얼어붙은 시간

김성종 장편비극소설

국립중앙도서관 출판시도서목록(CIP)

얼어붙은 시간 : 김성종 장편비극소설 / 저자: 김성종. --
서울 : 바른책, 2013
    p. ;   cm

ISBN 978-89-960955-5-2 03810 : ₩16000

한국 현대 소설[韓國現代小說]

813.62-KDC5
895.734-DDC21   CIP2013001407

얼어붙은 시간

김성종 장편비극소설

바른책

이 책은 1995년 추리문학사에서 최초 발행되었습니다

차 례

쓰레기 더미 ——— 7
어린 소년과 창녀 ——— 27
웨스턴양복점 ——— 50
출 장 ——— 62
임 신 ——— 79
동 정 ——— 92
털 장 갑 ——— 118
형 사 ——— 139
예 감 ——— 160
심 증 ——— 185
의문의 전보 ——— 203
눈(雪) ——— 226
진 술 ——— 251
위 자 료 ——— 276
살 인 ——— 302
얼어붙은 시간 ——— 325

쓰레기 더미

○ ○ ○ ○ ○ ○ ○ ○

그는 바지 주머니 속에 두 손을 찔러 넣은 채 뚜벅뚜벅 걸어갔다. 낡은 가죽점퍼의 등이 구부러져 있는 것이 춥고 피로한 모습이었다. 그는 가끔씩 손을 들어 흘러내리는 머리칼을 쓸어올리곤 했다. 그의 입에서는 허연 김이 흘러나오고 있었다. 그는 두 손으로 귀를 비벼대곤 했다. 몹시 추위를 타는 성싶었다.

1월이라 날씨는 몹시 추웠다.

모든 것들이 꽁꽁 얼어붙어 있었다.

조금 전에 내리기 시작하던 눈송이가 차츰 굵어지고 있었다. 그는 눈송이 하나를 잡으려고 손을 펴서 들었다. 그러나 눈송이는 모두 그의 손을 피해 떨어졌다.

골목길을 거슬러 올라가던 그는 어느 판잣집 앞에 서 걸음을 멈추었다. 판잣집 앞에는 소년 한 명이 발을 동동 구르며 서 있었다. 소년은 빨간 털모자를 쓰고 있었다. 눈이 유난히 까만 소년이었다.

그는 소년에게 미소를 던졌다. 그리고

"야, 꼬마야 이 근방에서 사람이 죽었다던데, 어디지?"

하고 물었다.

소년은 호기심어린 눈으로 그를 쳐다보았다.

"아저씨 형사예요?"

소년의 눈이 유난히 초롱초롱하게 빛나고 있었다. 그는 소년의 직감력에 놀랐다.

그는 한 발짝 다가섰다. 그리고 웃으며 물었다.

"내가 형사처럼 보이니?"

소년은 장난기어린 웃음을 지으면서 머리를 살살 흔들었다.

"아니오."

"그럼 왜 형사냐고 물었지?"

소년은 상체를 뒤틀었다. 여전히 장난기 어린 웃음을 지은 채,

"그냥 물어 본 거예요."

하고 말했다.

"이 짜아식, 맹랑하구나. 너 몇 살이지?"

그가 웃으며 손을 뻗자 소년은 뒤로 물러서면서 도망칠 자세를 취했다.

소년의 얼굴에서 금방 웃음이 사라졌다. 대신 굳은 표정으로 돌아와 있었는데 그것이 갑자기 소년을 낯설게, 그리고 나이 들어 보이게 만들었다.

소년은 열 두서너 살쯤 되어 보이는 매우 영리하게 생긴 얼굴이었는데, 옷차림은 몹시 남루했다. 입고 있는 낡은 점퍼의 앞자락에는 까만 땟자국이 흐르고 있었다.

왜 이 소년은 여기에 서 있을까. 그는 의아한 생각이 들었다.

이런 사창가에 어린 소년이 서 있다는 것은 결코 유쾌한 일이 못된다. 그것은 다분히 경계해야 할 일이다.

"이런 데 있지 말고 빨리 집으로 가거라. 여긴 너 같은 애가 올 데가 아니야. 빨리 가 봐."

그러나 소년은 쉽게 움직이려 들지를 않았다.

"왜 올 데가 아니에요?"

소년은 새끼손가락으로 콧구멍을 후비기 시작했다. 손가락 끝에 새까만 코딱지가 달라붙어 나오자 소년은 그것을 허공에다 튕겼다. 그리고 그를 보고 씨익 웃었다.

"어서 가 보라니까."

"왜요?"

"안 가면 잡아갈 거야."

그가 눈을 부라리자 소년은 입을 삐쭉 내밀었다. 조금도 겁이 없는 표정이었다.

"여기가 우리 집인데 어딜 가요?"

그는 소년이 장난하는 줄 알았다.

"거짓말하지 마."

"정말이에요. 여기가 우리 집이라구요."

소년은 자신만만한 얼굴로 판자문을 툭 걸어차 보였다. 판자문이 떨어져 나갈 듯 삐걱거렸다.

그는 정색을 하고 소년을 내려다보았다. 그리고 턱으로 판자문을 가리켰다.

"정말 너의 집이니?"

소년이 목소리를 높였다.

"정말이에요. 한번 들어와 보세요. 따뜻한 방에 예쁜 색시도 있어요."

"따뜻한 방에 예쁜 색시라고?"

그는 중얼거리듯 물었다.

그는 갑자기 어안이 벙벙해진 느낌이었다. 그래서 한동안 멍하니 소년을 바라보기만 했다. 따뜻한 방에 예쁜 색시가 있다고? 그 말의 의미를 알고나 그런 말을 하는 것일까? 망할 자식 같으니.

이윽고 그의 눈은 사납게 치켜 올라갔다. 그는 소년의 팔을 움켜잡았다.

"이놈의 자식, 또 그런 말할 거야 안할 거야?"

홧김에 너무 팔을 꽉 움켜잡았던 모양이다. 소년은 아픈지 팔을 빼려고 하면서 얼굴을 찡그렸다. 그러면서도 하고 싶은 말은 다했다.

"형사 아저씨한테는 공짜예요."

"이놈아, 내가 그런 공짜 좋아하는 줄 아니? 다시 한 번 그런 말하면 혼날 줄 알아. 알았어?"

그러나 소년은 대답 대신 입술을 삐죽 내밀었다.

"다시는 그런 말하지 마. 다른 사람들한테도 그런 말하지 마. 알았어?"

그러나 소년은 대답하지 않았다. 강한 반항의 표정이 얼굴에 서려 있었다.

그는 더욱 손에 힘을 주었다. 소년은 아픈지 다시 얼굴을 찌푸렸다.

"왜 대답하지 않아? 그런 말할 거야 안할 거야?"

소년은 갑자기 똑바로 눈을 뜨고 그를 올려다보았다. 그 표정에서 그는 소년이 절대로 대답하지 않을 것임을 깨달았다. 하는 수 없이 그는 소년의 팔을 풀어 주었다. 그 대신 어깨에 손을 얹고 다정하게 말했다.

"집에 들어가서 공부나 해라."

"공부는 해서 뭘 해요."

소년의 대답이 너무도 재빨리 튀어나왔기 때문에 그는 한 대 얻어맞은 기분이었다.

소년은 갑자기 호주머니에서 권총을 꺼내더니 허공에다 대고 쏘아 댔다.

땅!

소리는 요란스럽게 주위를 울렸다.

장난감 총소리였지만 그는 갑자기 당한 일이라 적잖게 놀랐다. 그리고 소년에게 놀림을 당한 기분이 되었다. 무엇이 이 소년을 이렇게 고집스럽고 반항적인 아이로 만들었을까.

"사람은 공부를 해야 훌륭한 사람이 될 수 있는 거야."

그렇게 말해 놓고 그는 영 언짢은 기분이 들었다. 그의 예상대로 소년은 즉시 대꾸하고 나왔다.

"누가 그걸 모르나요. 그렇지만 저는 싹이 노오래요. 학교도 안 다니는 걸요."

아, 그랬던가. 그는 가슴속에서 바윗덩이 같은 것이 쿵 하고 떨어지는 소리를 들었다. 소년의 말은 나무랄 데 없이 옳은 말이었다. 소년은 그 나이에 자신의 앞날을 훤히 내다보고 있었다. 그야말로 똑똑한 놈이다.

그는 전율을 느꼈다. 그는 더 할 말이 없어지고 말았다.

더 이상 도덕적인 말을 한들 자신에게도 소년에게도 웃음거리밖에 되지 않을 것 같았다.

그는 소년의 뺨을 세게 갈겨 주고 싶은 것을 가까스로 참았다. 도대체 나에게 소년을 때려 줄 수 있는 자격이 있단 말인가. 나는 지금 훌륭한 인생을 살고 있단 말인가. 나는 대학 교육까지 받았다. 그러나 지금 나는 뭐란 말인가.

이놈이 이대로 자란다면 아마 모르면 몰라도 흉악범이 되겠지. 그러면 나는 이놈을 기계적으로 잡아넣게 될 것이다. 나에게는 책임이 없는 것일까.

소년의 불행한 앞날을 보는 것만 같아 그는 기분이 울적해졌다. 이와 같은 소년들은 거리 어디에나 굴러다니고 있었다. 마치 쓰레기처럼. 쓰레기. 그렇다. 이놈은 쓰레기다. 나도 쓰레기다. 좀 더 지저분한 쓰레기.

그는 자신의 어린 시절을 생각하고 기분이 우울해졌다. 그의 어린 시절도 소년처럼 몹시 불우했었다. 정말 그때는 소년의 말마따나 싹이 노랬었다. 그때의 최대의 관심사는 먹는 일이었다. 가난에 넌더리를 치면서 그는 머리를 저었다.

"정말 넌 싹수가 노오랗구나. 그건 그렇고 어디서 사람이 죽었지?"

"저어기요. 쓰레기 더미 있는 데요."

소년은 손으로 골목 위쪽을 가리켰다.

형사는 소년의 머리를 쓰다듬어 준 다음 걸음을 옮겼다. 그러나 몇 걸음 안 가서 소년을 돌아보았다.

"너 이름이 뭐지?"

"그건 알아서 뭐하려고 그래요?"

형사는 입을 멍하니 벌리고 소년을 바라보다가 몸을 돌려 비탈길을 올라갔다.

중간쯤 올라가다가 다시 한 번 돌아보았을 때 소년은 연탄재를 발로 짓밟고 있었다.

골목길은 꾸불꾸불 이어져 있었고, 여기저기에 연탄재며 휴지 같은 것들이 널려 있어서 몹시 지저분했다.

판자문 사이로 빠져 나온 사내들이 사창가에 출입한 것이 부끄러운 듯 고개를 숙인 채 급히 길을 내려가곤 하는 것이 인상적이었다.

골목길 위에 조그만 공터가 하나 있었다.

주민들이 거기에다 쓰레기를 갖다 버리는 바람에 어느새 그곳은 쓰레기터가 되어 있었다.

이윽고 쓰레기터에 다다른 그는 멈칫하고 서서 본능적으로 상황을 살폈다. 시체를 본다는 것은 아무래도 꺼림칙한 일이었다. 형사로서 그만큼 시체를 많이 본 사람도 드물 것이다. 그런데도 그는 아직 시체를 보는 데 익숙해져 있지 않았다.

그는 담배를 한 대 피워 물고 나서 쓰레기터 주위에서 움직이는 사람들을 눈여겨보았다. 눈을 맞으며 움직이고 있는 사람들이 그의 눈에는 마치 딴 세계의 사람들처럼 보였다. 그는 그 세계 속으로 들어서기가 싫었다.

그는 그대로 서서 구경이나 하다가 돌아가고 싶었다. 주위에는 구경꾼들도 상당수 있었다. 하긴 시체야말로 좋은 구경거리다. 그것은 호기심과 공포의 대상인 것이다. 자기의 주검이 아니기 때문에 그것은 호기심을 자극한다. 한편 자기도 언젠가는 시체가 될 것이라는 공포가 거기에는 존재한다. 도달하고 싶지 않은 세계 - 그것은 생존자들에게는 공포의 세계인 것이다.

시체는 쓰레기 더미 속에 처박혀 있었다. 하필 죽어도 쓰레기 더미 속에 처박혀 죽다니 재수 더럽게 없는 사람이라고 그는 생각했다. 더럽게도 운이 없었던 사람인가 보다. 사람은 죽을 때 잘 죽어야 한다. 쓰레기 더미 속에서 얼어 죽다니 너무 비참한 죽음이다. 그의 입속에 반사적으로 침이 나왔다. 그러나 그것을 뱉는 대신 목구멍으로 삼켰다.

청소부들이 시체 주위에 둘러서서 제각기 한 마디씩 하는 말이 들려왔다.

"차린 걸 보니까 돈푼깨나 있는 사람 같지."

광대뼈가 유난히 튀어나온 청소부가 담배꽁초를 몇 번 빨아 대고 나서 말했다.

"제기랄, 사람은 죽으면 쓰레기야, 쓰레기……."

키가 크고 눈이 부리부리한 청소부가 침을 칵 하고 뱉었다.

"이런 줄도 모르고 처자식들은 눈이 빠지게 기다리고 있겠지."

"남의 일 같지가 않아."

광대뼈가 튀어나온 청소부가 중얼거리자 나이 든 사람이 면박을 주었다.

"자네도 술 좀 작작해. 그렇게 고주망태가 되어 얼어 죽으면 어떡하려고 그래."

오병호(吳炳鎬)는 시계를 보았다.

오전 10시가 막 지나고 있었다.

그는 하늘을 올려다보았다. 하늘은 온통 하얀 눈으로 가득 차 있었다.

그는 뒷짐을 지고 몇 걸음 더 다가섰다.

정복 차림의 경찰관이 저쪽에서 청소부 한 사람과 이야기를 나누고 있었다. 병호가 다가가자 경찰관은 그를 알아보고 그에게 거수경례를 했다.

"쓰레기를 치우다 발견했답니다. 시간은 아홉 시 조금 전이랍니다."

순경은 턱으로 자기 앞에 서 있는 청소부를 가리켰다.

그 청소부는 늙은 데다 사팔뜨기였다. 이쪽을 쳐다보는 것 같은 데 시선은 엉뚱한 데로 빗나가고 있었다. 그는 무슨 죄나 지은 듯이 두 손을 앞으로 모으고 서 있었다. 머리에 덮어쓰고 있는 방한모에 때가 새까맣게 끼어 있었다.

"당신이 제일 먼저 시체를 발견했나요?"

병호는 그 청소부에게 담배를 한 대 권하며 물었다.

"예, 제가……."

늙은 청소부는 때에 절은 면장갑을 벗은 다음 두 손으로 담배를 받았는데, 그 손이 마치 갈퀴 같다고 병호는 생각했다. 이 사람은 아마 시골에서 오랫동안 농사를 짓다가 논밭을 팔아 가지고 서울로 올라왔겠지. 가진 돈 다 없애고 이젠 이럴 수도 저럴 수도 없어 하는 수 없이 청소부 노릇을 하고 있을 것이다. 고생스러워도 시골 생활이 훨씬 나을 텐데 뭣 하러 올라와서 이 고생일까.

이 사람뿐이 아니겠지. 시골을 떠나는 사람들이 부쩍 늘어나고 있다. 금광을 찾아 몰려드는 것처럼 그들은 일확천금의 꿈을 안고 서울로 서울로 몰려들고 있다.

병호는 라이터를 켜 사내가 담뱃불을 붙이게 한 다음 시체 쪽으로 눈을 주고 물었다.

"어떻게 시체를 발견하게 됐는지 그 경위를 좀 말씀해 주시겠습니까?"

"예…… 에…… 저…… 그…… 그렁께 저 사람하고 함께 쓰레기를 치우는데……."

늙은 청소부는 광대뼈가 튀어나온 청소부를 향해 손으로 가리키고 나서 계속했다.

"……저 사람은 저쪽에서 일하고…… 저는 이쪽에서 일하고 있었는데…… 제가 쓰레기를 퍼 담고 있었는데 사람 다리가 보이더군요…… 그래 놀라서 파출소에다 신고를 한 겁니다. 저는……."

그의 말은 몹시 느려서 듣기에 답답했다.

"알겠습니다. 성함이 어떻게 되십니까?"

"김판돌이라고 하는구만요."

"주소는?"

"주소는……."

청소부는 두 손을 비비며 송구스러운 표정을 지었다.

"주소를 모르십니까?"

"예, 죄송하구먼요. 이사한 지 얼마 안 돼서……."

그는 구청 청소과에 임시직으로 고용되어 있는 청소부였다. 그래서 병호는 그의 근무처를 주소 대신 적었다.

"시체에다 손을 댔나요?"

"아, 아닙니다."

김판돌은 천부당만부당하다는 듯 고개를 흔들었다.

그는 자신이 맨 처음 시체를 발견했다는 사실을 매우 불운한 일로 생각하고 있는 듯했다. 그는 시종 불안하고 걱정스러운 표정으로 서 있었다.

"나중에 혹시 연락이 갈지 모르겠습니다."

"왜. 왜요? 제가 뭐 잘못한 일이라도 있는가요?"

"그래서 그런 게 아닙니다. 이제부터 여러 가지를 조사해야 하기 때문에 그러는 겁니다."

눈이 어느새 시체를 덮고 있었다. 쓰레기 더미에도 눈이 하얗게 쌓여 있었다.

누굴까. 어떤 사람이 무슨 이유로 쓰레기 더미 속에 처박혀 죽었을까. 호기심과 연민의 정이 일순 그의 가슴을 스치고 지나갔다. 그는 한숨을 내쉬고 경찰관을 바라보았다.

"끌어냅시다."

그의 지시가 떨어지자 경찰관은 청소부들을 향해 명령하듯 말했다.

"시체를 이리 끌어내요!"

그러나 그들은 서로 눈치만 볼 뿐 얼른 움직이려 들지 않았다. 누가 시체를 만지는 것을 좋아하겠는가.

그들이 아무래도 움직일 기미를 보이지 않자 경찰관은 두 사람을 손으로 가리켰다. 그리고 아까보다는 훨씬 엄한 목소리로 명령했다.

"당신하고 당신…… 이리 와서 끌어내!"

지적을 당한 두 청소부는 머뭇거리기만 했다.

"빨리!"

경찰관은 마침내 소리를 질렀다.

두 명의 청소부는 주춤주춤 움직였다. 그는 몹시 못마땅한 표정으로 말했다.

"공짜로 해 달라는 게 아니야. 수고비는 준단 말이야."

그제서야 그들은 시체 앞으로 슬금슬금 다가섰다.

시체는 하체만 밖으로 드러나 있었고 상체는 쓰레기 속에 깊이 처박혀 있었다.

"재수 더럽다."

청소부 한 명이 침을 탁 뱉으며 시체에 손을 가져갔다. 다른 청소부도 똑같은 행동을 했다. 그들은 시체의 발 하나씩을 움켜잡은 다음 끌어당겼다. 그러나 이미 경직되어 있는데다 무겁기 때문인지 시체는 쉽게 움직이려 들지 않았다.

"더럽게 무겁네."

그들은 끙 하고 힘을 주었다.

시체가 쓰레기 더미 속에서 빠져나왔다. 거칠게 잡아당겼기 때문에 양복저고리가 뒤집히고 안경이 벗겨졌다.

청소부들은 뭐라고 지껄이면서 들고 있던 시체의 다리를 내동댕이치듯 내려놓았다. 그리고 손을 털고 또 침을 뱉었다.

"수고했습니다."

병호는 그들에게 만 원짜리 한 장씩을 꺼내 주었다. 그들은 굳었던 표정을 풀면서 그것을 받았다.

오 형사는 쓰레기를 밟으며 시체 쪽으로 다가섰다. 먼저 얼굴로 시선이 갔다. 그는 한참 동안 죽은 사람의 얼굴을 내려다보았다.

그것은 40대의 살찐 얼굴이었다. 입이 크게 벌어져 있었고 두 눈은 부릅뜬 채 허공을 응시하고 있었다. 음식 찌꺼기 같은 것이 얼굴에 지저분하게 달라붙어 있었다.

병호는 허리를 굽혀 안경을 집어 들었다. 그리고 휴지로 더럽혀진 안경을 깨끗이 닦기 시작했다. 그러한 그의 행동을 사람들은 이상한 듯 바라보고 있었다.

안경 렌즈 하나가 깨어져 있었다. 안경은 금테로 된 외제로 매우 값비싼 것이었다. 감색 양복, 검정 구두, 밤색의 외제 혁대, 외제 양말, 외제 넥타이, 그런 것들을 병호는 자세히, 그리고 재빨리 관찰했다. 이렇게 고급으로 차린 것으로 보아 청소부들의 말처럼 돈푼깨나 있는 사람 같았다. 그러나 누가 빼어 가 버렸는지 손목시계는 보이지 않았다. 차림새로 보아 손목시계 없이 다닐 사람 같지가 않았다. 롤렉스 시계 정도는 차고 다닐 사람 같았다.

그는 다시 허리를 굽혀 시체의 주머니를 뒤져보았다. 먼저 손수건이 잡혀 나왔다. 손수건도 외제였다. 다음에는 100원짜리 동전 두 개가 나왔다. 10원짜리 동전도 하나 들어 있었다. 다음에는 라이터가 나왔다. 고급 외제 라이터인 던힐이었다.

병호는 속이 뒤틀리기 시작했다. 조금 전에 느꼈던 연민의 정은 눈 녹듯이 사라지고 갑자기 구역질이 솟았다.

"외제 일색이군. 이 사람은 조국도 없나."

그가 중얼거리는 소리를 듣고 경찰관이 말했다.

"아마 재미 교포인지도 모르죠."

그는 경찰관을 힐끗 쳐다보았다. 그리고 고개를 끄덕였다.

"그럴지도 모르겠군."

소지품은 더 이상 나오지 않았다. 신원을 밝힐 만한 것이 없을까 하고 샅샅이 뒤져보았지만 그런 것은 전혀 없었다. 그는 맥이 빠지는 것을 느꼈다. 그의 육감은 벌써부터 꽤 힘든 일거리를 만났다는 것을 느끼고 있었다. 신원이 가장 중요하다. 그것을 알아내지 못하면 사건은 해결되지 않는다.

"강도 살인 같은데요."

경찰관이 그의 머리 위에다 대고 말했다. 그는 경찰관을 쳐다보지 않았다.

시체를 아무리 살펴보아도 상처 같은 것은 보이지 않았다. 그러나 발견된 장소가 장소인 만큼 누가 살해해서 버렸을 가능성이 많았다.

시체 위로 눈이 하얗게 쌓이고 있었다. 그는 신문지를 둘둘 말아 시체의 얼굴 위에 쌓이는 눈을 털어냈다.

구태여 이런 사창가까지 들어와 성욕을 처리할 사람은 아닌 것 같았다. 이런 데는 돈이 별로 없는 사람들이나 찾아오는 곳이다. 여유가 있는 사람들은 호텔에서 비싼 콜걸을 부르게 마련이다. 이 사람은 이런 곳에서 죽을 사람이 아니다. 호텔 욕실에서 죽어야 어울릴 사람이다.

혹시 누가 시체를 갖다 버린 게 아닐까?

그는 구부리고 있던 허리를 폈다. 너무 오래 구부리고 있었기 때문에 허리가 아팠다.

그의 시선이 우연히 사팔뜨기 청소부의 얼굴에 머물렀다. 시선이 마주치자 그 청소부는 당황한 표정을 짓더니 다른 곳으로 눈길을 돌렸다.

"나 좀 봅시다."

병호는 늙은 청소부를 손짓해 불렀다.

"저 말인가유?"

하면서 청소부는 멈칫멈칫 다가왔다.

병호는 그가 입고 있는 누런 파카를 바라보았다. 때에 절은 그것은 해질 대로 해져 흡사 누더기 같았다.

청소부는 파카의 지퍼를 목 있는 데까지 바싹 치켜올려 놓고 있었는데 그 사이로 녹색의 머플러가 살짝 보였다. 그것은 너무 신선한 빛깔이었기 때문에 조금밖에 드러나지 않았는데도 불구하고 눈에 잘 띄었다. 그리고 그것은 어쩐지 그에게는 어울리지 않는 색깔 같았다.

"그 머플러 좀 봅시다."

"예?"

사팔뜨기의 시선이 급하게 엇갈리고 있었다.

"그 목도리 말입니다. 어디 좀 봅시다."

청소부는 어쩔 줄 모르고 당황해 하다가 지퍼를 내리고 머플러를 목에서 벗겨냈다.

그것은 새 것이었다. 그리고 프랑스 제품이었다. 피에르 가르뎅의 상표가 붙어 있었다. 청소부에게는 아무리 해도 어울리지 않는 비싼 물건이었다.

"이거…… 어디서 사신 겁니까?"

"저, 저기……."

그는 창백한 얼굴로 머뭇거리기만 했다.

"어디서 사신 겁니까?"

병호는 청소부로부터 눈을 떼지 않은 채 물었다.

"딸, 딸애가……주, 준 겁니다."

청소부는 얼결에 그렇게 말해 놓고 불안한 눈길로 그를 바라보았다. 그러나 시선은 엉뚱한 곳으로 빗나가고 있었다.
"정말입니까?"
"예…… 딸애가……."
그는 두 손을 비비면서 머리를 조아렸다.
"따님을 만나서 물어볼까요? 틀림없죠?"
"……."
그는 대답하지 않았다. 안절부절 못하며 두 손만 자꾸 비벼대고 있었다. 그때 사이렌을 울리며 앰뷸런스가 나타났다. 차는 좁은 골목을 용케 기어올라오고 있었다.
차에서 공의(公醫)를 포함한 몇 사람이 내렸다. 병호는 그들과 형식적인 악수를 나누었다.
시체를 많이 다루어 본 사람답게 공의는 능숙한 솜씨로 시체를 이리저리 들여다보면서 검사했다. 그는 유난히도 키가 작아 난장이로 통하고 있었다.
"약물 중독 같은데요."
공의가 허리를 펴면서 말했다. 병호는 귀가 번쩍 뜨이는 것을 느꼈다.
"무슨 약물입니까?"
"글쎄요. 그건 잘 모르겠습니다. 병원에 가서 검사를 해 봐야겠습니다. 얼굴이 붓고 반점이 나타난 걸로 봐서 독물을 마신 것 같습니다. 혀도 깨물었습니다."
공의는 거의 감정이 없는 목소리로 말했다.
"사망 시간은 언제쯤 됩니까?"

"어젯밤 12시 전후로 보는 게 적당할 것 같습니다. 확실한 검사가 끝난 뒤에 알 수 있겠지만……."

이 친구 막연하게 지껄이고 있군.

병호는 하늘을 쳐다보았다.

눈은 어느새 함박눈이 되어 내리고 있었다. 그는 문득 공복을 느꼈다.

해장국이라도 한 그릇 먹어야겠다고 생각하고 사람들 사이를 빠져나와 비탈길을 내려가는데 뒤에서 급히 누가 따라오는 기척이 났다.

"저기…… 저 좀 보시지요."

그는 걸음을 멈추고 돌아섰다.

사팔뜨기 청소부가 거의 울상이 되어 거기에 서 있었다. 손에는 머플러가 들려 있었다.

"용서해 주십시오. 늙은 놈이, 죽을죄를 졌습니다. 지가 그만 눈이 뒤집혀서……."

늙은 청소부는 수없이 허리를 굽혔다.

"그러지 말고 이야기를 해 보십시오, 어떻게 된 건지……."

"아…… 이건…… 제 딸애가 준 게 아니고…… 죽은 사람 겁니다. 하도 좋아 보이고 추워서 그만 제가…… 다리 옆으로 삐져나와 있길래 뽑아냈습니다요. 죽을죄를 졌습니다. 용서해 주십시오."

죽은 사람의 목에서 머플러를 벗겨 자기 자신의 목에 두른 사람. 전쟁터의 극한 상황에서나 볼 수 있는 행위다. 이 사람은 산다는 것 자체가 극한 상황인지도 모른다. 이런 사람에게 도둑질하지 말라는 말이 무슨 의미가 있을까.

"없었던 걸로 할 테니까 아무한테도 그런 말하지 마십시오. 쓰시고 싶으면 그대로 쓰세요. 임자는 죽었으니까. 나중에 수사에 단서가 될지도 모르니까 잘 간수하십시오."

"그, 그러면 저를 용서해 주시는 겁니까?"

병호는 상대방의 시선을 붙잡으려고 해보았지만 그의 시선은 옆으로만 빗나가고 있었다.

"걱정하지 않아도 됩니다."

그는 곤혹스러운 표정으로 말한 다음 돌아섰다.

"감사합니다. 고맙습니다."

청소부는 그의 뒤에다 대고 수없이 절을 했지만 그는 뒤돌아보지 않고 그대로 내려갔다.

어린 소년과 창녀

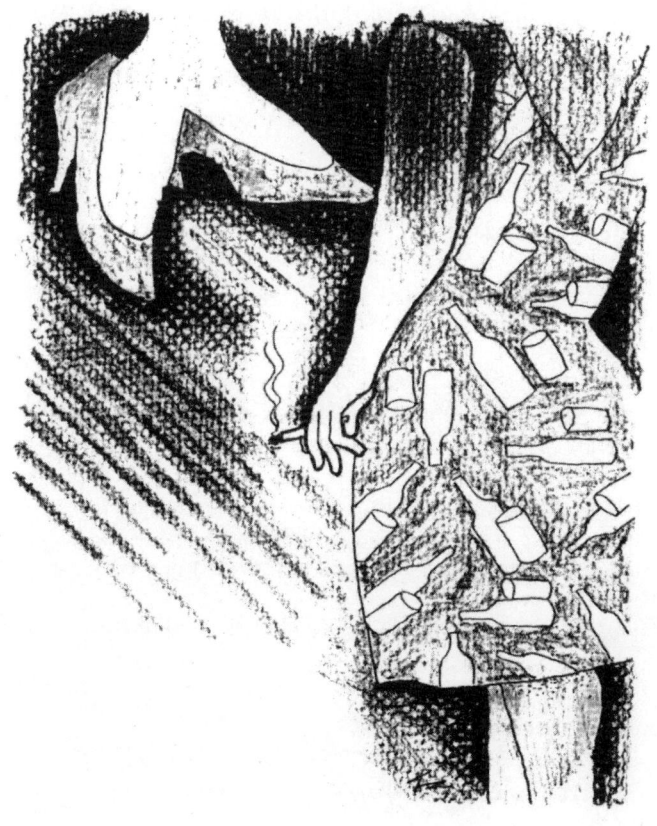

○ ○ ○ ○ ○ ○ ○ ○ ○

그가 D경찰서에 강력 사건 담당 형사로 온 것은 두 달쯤 전이었다.

평소에 말이 없이 조용한 그는 이곳에 와서도 별로 친교를 맺지 못하고 거의 혼자 지내고 있었다. 대부분 가정을 갖고 있는 동료들은 집이라도 한 칸 장만하려고, 또는 살림을 늘리려고 맹렬하게 뛰고 있었지만, 홀몸인 그는 그런 욕심도 없이 그저 막연하게 하루하루를 지내고 있었다.

직업에 대해서도 몹시 싫증을 내고 있는 그는 벌써 오래 전부터 그만두려고 마음먹고 있었지만, 막상 실직자가 되어 어슬렁거릴 것을 생각하니 당장 그럴 수도 없었다.

"부탁합니다. 피살자의 신원을 찾고 있습니다. 각 서에 들어오고 있는 실종 신고 가운데 30대에서 50대 사이의 남자를 찾는 신고가 있으면 알려주십시오."

그는 쓰레기터에서 발견된 시체를 피살체로 보는데 주저하지 않았다. 일단 그렇게 판단이 내려지자 그 방향으로 수사를 개시했다.

"피살자의 모습을 말해 보세요."

여자가 전화를 받고 있었는데 여간 퉁명스럽지가 않았다.

"말씀드리겠어요. 나이는 40대…… 감색 양복 차림에…… 검정 구두…… 밤색 외제 혁대…… 넥타이는 검정색과 빨강색 사선(斜線)…… 그리고 금테 안경에 얼굴은 살찐 편이고…….."

전화를 걸고 난 그는 경찰서 맞은 편 다방으로 들어가 혼자서 천천히 커피를 마셨다.

신원이 밝혀지지 않으면 사건은 미궁에 빠진다. 신원이 밝혀지지 않아 베일에 묻혀 버린 사건이 많다. 따라서 신원을 밝히는 것이 수사의 첫 단계다. 신원이 일단 밝혀지면 그때부터 수사는 활기를 띠기 시작한다.

시체 검사 결과 피살자는 일반 가정에서 흔히 사용하고 있는 쥐약에 의해서 독살된 것 같았다. 왜, 돈푼깨나 있어 보이는 자가 사창가에서 독살되었을까. 세상에는 알 수 없는 일들이 많단 말이야. 그것 참. 그는 턱에 손을 괴고 오른쪽으로 상체를 기울였다. 자살은 아니야. 쥐약 먹고 쓰레기터에서 자살하는 사람이 어디 있는가. 독살된 다음 쓰레기터에 버려졌을 거야.

그는 남은 커피를 훌쩍 마신 다음 가방을 들고 거리로 나섰다. 마치 외판 사원 같은 모습이었다. 그는 비닐 가방을 어깨에 걸었다.

가방 속에는 피살자의 안경, 양복, 구두 등이 들어 있었다. 그런 것들을 들고 다니며 이제부터 사람들을 만나 봐야 하는 것이다.

눈은 그쳐 있었지만 어제 내린 눈이 그대로 얼어붙어 길바닥은 미끄러웠다. 하늘은 흐려 있었다. 넘어지지 않으려고 조심해서 걸어야 했기 때문에 돌아다니는데 시간이 많이 걸렸다.

그는 우선 구두 안에 붙어 있는 메이커 이름을 찾아 나섰다. 그 메이커는 명동 복판에 있는 이름 있는 곳이었으므로 쉽게 찾아갈 수가 있었다. 그는 구두 메이커의 부장이라는 사람을 만나 피살자의 구두를 보였다.

"경찰에서 왔습니다. 이 구두를 사 간 사람을 찾으려고 하는데…… 좀 도와주십시오."

어처구니없는 질문인 줄 알면서도 그는 그렇게 물었다. 수사는 어처구니없는 데서부터 시작된다. 상대방이 어이없다는 듯이 웃었지만 그는 정색을 하고 상대를 바라보았다.

목이 자라처럼 들어간 사내는 그의 말이 떨어지기가 무섭게 머리를 흔들었다.

"아이구, 그건 불가능합니다. 하루에도 수십 켤레씩 구두가 나가고 있는데 일일이 어떻게 얼굴을 기억합니까."

"그렇지만 단골인 경우에는 알아볼 수 있지 않습니까?"

병호는 상대가 자기를 조소하든 말든 그런 것은 상관하지 않고 또 물었다.

"그야 그렇지요. 하지만 이름까지는 모르지요. 더구나 우리 제품은 여기서만 파는 게 아니고 서울 시내에만도 지점이 수십 군데나 되고 지방에도 많이 있습니다. 때문에 이 구두가 꼭 여기서 팔려 나갔다고 볼 수는 없지요. 협조해 드리고 싶지만 이건 불가능한 일입니다."

"알고 있습니다. 알고 왔으니까 한번 알아나 봐 주십시오.

종업원들한테 말입니다."

목이 자라처럼 들어간 사내는 답답하다는 듯 병호를 바라보다가,

"좋습니다. 야, 너희들 전부 이리 와 봐."
하고 소리쳤다.

종업원들이 모이자 지배인은 그들에게 구두를 내보였다.

"야, 너희들, 이 구두 사 간 사람 기억할 수 있어?"

그 말에 종업원들은 하나같이 어이없다는 표정을 지으며 실소했다. 그들은 구두를 한 번씩 바라본 다음 고개를 설레설레 흔들었다.

"모르겠는데요. 그걸 어떻게 기억합니까?"

부장은 그것 보라는 듯 병호를 조소 어린 눈으로 쳐다보았다. 그리고 다시 종업원들에게 말했다.

"임마, 그러지들 말고 다시 한 번 잘 생각해 봐. 이건 아주 중요한 일이란 말이야. 이분은 경찰에서 오신 분이야."

그러나 종업원들은 히죽거리기만 할 뿐 아무도 대답하려 들지를 않았다. 목이 자라처럼 들어간 사내의 호들갑떠는 소리를 뒤로 하고 병호는 밖으로 나왔다.

구두 가게를 찾는 것은 포기하는 것이 좋을 것 같았다.

그는 길가에 서서 안경점과 양복점 중 어느 곳을 먼저 찾아갈까 하고 망설였다. 그러나 안경은 외제품이기 때문에 그것 역시 조사가 불가능할 것 같았다. 그래서 그는 양복점을 먼저 찾기로 했다.

피살자의 양복 안쪽에는 <웨스턴>이라는 양복점 이름이 새겨져 있었다.

병호는 주위를 두리번거리다가 저만큼 서 있는 공중전화 부스를 발견하고는 그쪽으로 급히 걸어갔다. 부스 안으로 들어가 전화번호부 책을 뒤적이며 <웨스턴 양복점>이란 이름을 찾아보았다. 그러나 그런 이름은 나와 있지 않았다.

부스에서 나와 어디로 갈까 망설이다가 길 맞은편에 양복점이 있는 것을 발견하고는 길을 건너갔다. 문을 열고 안으로 들어서자 소파에 앉아 졸고 있던 사내가 후다닥 일어나면서,

"어서 오십시오."

하고 말했다.

"실례합니다."

"네, 어서 오십시오."

주인은 깍듯이 그를 맞이했다.

병호는 좀 민망스러웠다.

"뭐 좀 물어보려고 왔습니다.

그 말에 주인의 얼굴빛이 홱 변했다. 그는 바지 주머니 속에 두 손을 찌르면서 병호를 아래위로 훑어보았다.

"뭘 물어 보시려구요?"

"저기…… 웨스턴 양복점이 어디 있는지……."

그의 말이 채 끝나기도 전에 주인은 머리를 흔들었다.

"몰라요. 그걸 어떻게 압니까."

얼굴에 노골적으로 불쾌한 빛을 띠며 퉁명스럽게 말했다.

병호는 고개를 숙였다.

"미안합니다. 혹시나 해서 여쭤본 겁니다."

"시내에만도 수백 개의 양복점이 있는데 우리라고 다 알 수 있나요. 하루에도 문 닫고 열고 하는 양복점이 여러 군덴데 알 수 있겠어요? 다른데 가서 알아보세요."

주인은 목에 힘을 주면서 소파에 도로 주저앉았다.

"미안합니다. 그러면 혹시 서울 시내에 있는 양복점 이름이 모두 나와 있는 명단 같은 거 혹시 없습니까? 협회 같은 데서 발행한……."

"그런 거 없어요."

주인은 미간을 찌푸리며 신문을 집어 들었다.

"실례했습니다."

병호는 정중하게 인사한 다음 그 양복점을 나왔다.

그는 그런 푸대접을 받았으면서도 아무렇지도 않았다. 그는 그런 것에 매우 익숙해져 있는 터였다. 그건 것에 일일이 기분이 상하다가는 아무 일도 못하고 만다.

그는 그런 모욕을 당하면서도 계속 이곳저곳 양복점을 들러 보았다. 하루 종일 그렇게 돌아다녔지만 웨스턴이라는 양복점을 알고 있는 사람은 아무도 없었다. 그러나 그는 포기하지 않고 계속 돌아다녔다. 한 달이 걸리건 일 년이 걸리건 기어코 찾아내고야 말겠다는 각오로 돌아다녔다.

날이 저문 뒤에야 그는 꽁꽁 얼어붙은 몸으로 본서로 돌아왔다. 그는 D서로 들어서자마자 접수된 실종 신고에 대해 알아보았다. 별것이 없었다.

한참 후에 그는 시경으로 전화를 걸었다. 그리고 아침에 부탁한 것에 대해 알아보았다.

"몇 개 접수된 게 있는데…… 그런 사람은 없는데요."

전화를 통해 상냥한 목소리가 들려왔다.

병호는 목이 타는 것을 느꼈다.

"수고스럽지만 접수된 것 중 남자들만 한번 말씀해 주시겠습니까."

"그런 사람 없다니까요. 어린아이가 세 명, 고등학생이 두 명, 재수생 다섯 명, 그리고 노인이 한 명 있습니다. 이게 오늘 들어온 전부라구요."

상대방은 얼른 전화를 끊어주었으면 하고 바라는 눈치였다. 그러나 병호는 수화기를 놓으려고 하지 않았다.

"미안하지만 며칠 전 것부터 한번 훑어 봐 주시겠습니까."

"이거 지금 바쁜데……."

"미안합니다."

"그러지 말고 직접 와서 보세요. 그게 좋지 않겠어요."

"그럼, 그렇게 할까요."

그는 마지못해 전화를 끊었다. 빌어먹을. 그는 중얼거리며 일어섰다. 밖으로 나온 그는 얼마쯤 걸어가다가 싸구려 술집으로 들어갔다. 술집에는 언제나 손님이 많다. 여자들도 더러 눈에 띈다. 혼자 온 사람은 그뿐인 것 같았다.

그는 위축되는 것을 느끼면서 구석 자리에 앉아 도둑놈처럼 가만히 소주를 들이켰다.

그는 혼자서 술 마시는 것을 좋아했다. 그 대신 여럿이 어울려서 술 마시는 것을 몹시 싫어했다. 상대방을 의식해야 하고 쓸데없이 떠드는 상대방의 말소리에 귀를 기울여야 하는 것 따위를 그는 아주 싫어했다. 그는 지금 혼자서 술을 마시는 것을 날씨가 추운 탓이라고 생각했다. 술이 들어갈수록 그는 얼굴이 더욱 창백해지고 말수가 적어지면서 밑으로 밑으로 가라앉는 것이었다. 하여간 그는 혼자 술 마시는 것을 좋아했다.

밤이 되니 다시 눈이 내리기 시작했다.

2홉들이 소주를 비우고 난 그는 자기도 모르게 사창가로 발을 옮기고 있었다.

눈은 바람에 쓸려 눈보라가 되어 날리고 있었다.

그는 어깨를 잔뜩 웅크린 채 걸어갔다. 따뜻한 방에 누워서 오래오래 잠들고 싶다고 생각했다. 그렇게 해본 지도 정말 오래인 것 같았다. 그는 갑자기 걸음을 멈추고 눈을 크게 떴다.

내가 왜 여기로 왔지? 그는 돌아서야겠다고 생각했다. 그러나 마음만 그럴 뿐 돌아서지지가 않았다.

좁은 골목 양켠에는 여자들이 띄엄띄엄 서 있었는데, 어둠 속에 서 있는 모습들이 꼭 유령 같았다.

그녀들은 매서운 추위를 조금이라도 피해 보려고 어깨를 잔뜩 웅크린 채 벽에 기대어 서 있었다. 집에서 흘러나온 불빛과 희미한 가로등이 그녀들의 모습을 더욱 음침하게 만들어 주고 있었다.

남자 두 명이 그를 앞질러 먼저 골목길을 올라갔다. 그들은 제법 당당하게 걸어가고 있었다. 그러자 그때까지 유령처럼 서 있던 여자들이 그들에게 달려들었다.

"놀다 가세요."

"총각, 놀다 가요. 잘 해 줄게 놀다 가요."

"이리 와 봐요. 싸게 해줄게요."

"2만 원만 내요."

"야, 새끼야. 이리 와."

"야, 병신아. 이리 와 봐."

남자들은 억척스레 달라붙는 여자들을 떼어 내느라고 기를 쓰고 있었다. 그럴수록 여자들은 더 악착스럽게 달라붙고 있었다. 그러다가 남자들이 기를 쓰고 뿌리치면서 도망가면 갖은 욕설을 다 퍼붓는 것이었다.

기세 좋게 사창가 골목에 들어서던 남자들은 잔뜩 주눅이 들어 쥐구멍에라도 기어들 것 같은 모습이었다. 남자들이 여자들 앞에서 그렇게 행동한다는 것은 참으로 기이하고 볼꼴사나운 짓이었다. 무엇이 그들을 그렇게 무력하게 만들고 있을까. 그들은 무력하고 더없이 비굴해 보였다.

결국 남자들은 골목의 중간쯤에서 여자들에게 끌려 집안으로 들어가고 말았다.

그 뒤에 벌어질 일은 상상하고도 남음이 있었다.

병호는 주춤하며 망설이다가 걸음을 옮기기 시작했다. 어느 정도의 취기가 그로 하여금 그 골목에 들어서게 했는지도 모른다. 다리가 뒤틀리고 있었다.

여자들은 먹이를 노리는 호랑이처럼 으르렁거리며 그에게 다가왔다. 확실히 그녀들의 목소리는 그에게는 으르렁거리는 짐승 소리처럼 들렸다. 그녀들은 양쪽에서 그를 끌어 당겼다.

"봐. 놓으라니까."

그는 제법 점잖게 말했다. 그러나 그 정도의 말에 손을 놓을 여자들이 아니었다. 그의 팔짱을 끼고 가슴을 비벼대며,

"아이, 놀다 가요."

하고 말하는 것이었다.

"이거 놓으라니까!"

그는 더욱 엄한 목소리로 말했다.

팔짱을 낀 여자는 눈을 흘겼다.

"아이, 왜 이러세요. 재미보고 가시라는데……."

"저리 비켜!"

그는 팔꿈치로 여자의 가슴을 밀어제쳤다. 그 바람에 여자는 넘어질 듯 비틀거렸다. 겨우 몸을 가누고 선 여자는 두 손을 허리에 척하고 걸치더니,

"씨팔 새끼, 밀기는 왜 미니? 여긴 구경하러 왔니? 개새끼!"

하고 쏘아붙였다.

그는 기가 막혀서 바보처럼 여자를 한동안 바라보다가 외면하고 그대로 골목길을 걸어갔다. 이상하게도 그녀의 욕설이 하나도 기분 나쁘게 들리지 않았다. 으레 그러려니 하고 생각했기 때문일까.

그가 아무 소리 안하자 여자는 더욱 기세등등해서 그가 멀어질 때까지 뒤에서 고래고래 욕설을 퍼부었다.

그녀의 욕설은 추운 겨울의 밤하늘로 높이 울려 퍼지고 있었다. 이상하게도 그 욕설은 그녀의 울음소리처럼 들렸다.

"아저씨, 놀다 가세요."

어느 새 소년이 그의 앞을 가로막고 있었다. 아침에 본 그 소년이었다.

병호는 눈을 크게 떴다.

"음, 네놈이구나."

"아, 형사 아저씨!"

소년은 뒤늦게 그를 알아보고 도망치려 했다. 그러나 그보다 먼저 병호의 손이 소년의 팔을 움켜쥐었다.

그는 무섭게 눈을 치뜨고 소년을 노려보았다.

"너, 이 자식. 이런 짓하지 말라고 했지?"

"놔요!"

소년은 빠져 나가려고 몸을 뒤틀었다. 그러나 병호는 더욱 힘주어 소년의 팔을 움켜잡았다.

"이 자식, 혼 좀 나 봐라!"

그는 철썩하고 소년의 뺨을 후려갈겼다.

갑자기 따귀를 얻어맞은 소년은 얼어붙은 듯 가만히 있었다. 어둠 속에서 두 눈만이 반짝거리고 있었다.

소년의 눈이 적의로 번득이고 있는 것을 그는 읽을 수 있었다. 그는 가슴이 서늘해지는 것을 느꼈다. 내가 왜 이 애를 때렸지? 나에게 이 애를 때릴 자격이 어디 있단 말인가? 소년이 무슨 짓을 한들 내가 상관할 일이 아니지 않은가.

어느새 여자들이 그들을 둘러싸고 있었다.

그가 형사라는 것을 알게 된 그녀들은 침묵을 지키고 있었다. 그러나 그녀들의 눈에는 소년처럼 적의가 번득이고 있었다. 형사라는 것이 그녀들에게 얼마나 위력적인 존재인가를 그는 새삼 느낄 수가 있었다.

깡패처럼 보이는 청년들도 몰려와 있었는데 그들 역시 입을 다물고 있었다.

그는 숨이 막힐 것만 같았다.

"이 자식아, 놀다 가라는 것이 뭔 줄이나 알고 놀다 가라. 놀다 가라 하는 거냐."

그는 분노에 차서 다시 한 번 소년의 따귀를 철썩 하고 갈겼다. 철썩 하는 소리가 아까보다 더 세게 주위를 울렸다. 그는 다시 세 번째 따귀를 갈겼다.

가슴은 흥분되어 있었다. 그는 자신도 알 수 없는 분노에 사로잡혀 있었다. 자신의 그러한 격정에 스스로 놀라면서,

"또 이런 짓할래. 안할래?"
하고 물었다.

그가 위협적으로 물었지만 소년은 입을 다물고 있었다. 몹시 고집스러운 소년이었다. 소년이 결코 대답하지 않을 것이라고 그는 생각했다.

그는 그 무엇인지 알 수 없는 증오심으로 가슴이 끓고 있는

것을 느꼈다. 그것은 결코 소년에 대한 증오심이 아니었다..
"너 대답 안할래?"
그는 또 소년을 때렸다. 이상하게도 그는 자꾸만 소년을 때려 주고 싶었다. 주위에 둘러선 사람들에게 보라는 듯이, 왜 이 애한테 나는 잔인한 감정을 느끼는 것일까. 그는 내심 당황하고 있었다. 그러면서도 손을 거둘 수가 없었다.
"이런 짓할래. 안할래?"
"……."
소년의 입은 여전히 고집스럽게 닫혀 있었다.
"이 자식 봐라. 대답 안 하겠다. 이 말이지? 좋아. 너 같은 놈은 유치장에 집어넣고 혼을 내야지."
그가 끌고 가려고 하자 소년은 가지 않으려고 버텼다. 소년은 뒤로 몸을 빼면서 끙끙거렸다. 두 눈에는 어느새 물기가 번져 있었다. 소년은 심하게 반항하고 있었다.
"야, 똥개. 안 그런다고 그래."
아까부터 옆에서 구경하고 있던 깡패처럼 보이는 청년 하나가 한 마디 던졌다.
그래도 소년은 입을 열려고 하지 않았다. 눈에 눈물이 글썽이면서도 입을 꼭 다물고 있었다. 여간 고집스럽지가 않았다.
"좋아 너희 집에 가 보자. 도대체 너의 부모가 어떻게 생겼는지 한 번 봐야겠어."
팔을 놓아 주자 소년은 앞장서서 집안으로 들어갔다.
집안은 좁은 통로를 사이에 두고 조그만 방들이 다닥다닥

붙어 있었다. 퀴퀴한 냄새가 코를 찔렀다. 찌든 살 냄새 같은 것이었다.

입구 쪽에 있는 방문이 벌컥 열리더니 사내의 얼굴이 나타났다. 머리가 벗겨지고 삐쩍 마른 중년의 사내였다.

병호의 쏘는 듯한 눈초리에 사내는 잠시 주춤하는 기색을 보였다.

"당신이 주인이오?"

병호는 거칠게 물었다.

"네, 그렇습니다만……."

사내의 눈이 재빨리 움직이고 있었다. 상대방의 신분과 방문 목적을 간파하기 위함이었다. 이윽고 사내는 병호에게서 형사 냄새라도 맡았는지 비굴한 태도를 보였다.

병호는 분노를 누르며 물었다.

"왜 어린애를 내보내서 유객 행위를 시키는 거요?"

사내는 천천히 몸을 일으켰다. 파자마 차림이었다.

"이리 앉으시죠. 좀 들어오시지요."

사내는 문제의 초점을 흐리게 하려고 애쓰고 있었다. 그러나 병호는 똑같은 질문을 되풀이했다.

"왜 어린애를 내보내서 유객 행위를 시키는 거요?"

"지가 시켰단 말씀입니까? 그럴 리가 있나요. 전 그런 일 시킨 적 없습니다."

사내는 입가에 비굴한 웃음을 흘리며 말했다.

"시치미 떼지 마시오! 당신, 이런 장사하는 거 불법인 줄이나 아시오?"

"잘 알고 있습니다."

사내는 굽실거리며 대답했다.

"죄송합니다. 헤헤…… 먹고 살려고 이 나이에 이런 짓하고 있습니다. 죄송합니다. 들어오시지요."

병호는 소년의 어깨를 다독거리며 말했다.

"불법이지만 봐 줄 수 있다 이겁니다. 그렇지만 어린애한테까지 이런 짓을 시키는 건 나빠요. 자라나는 아이한테 이게 무슨 짓입니까? 이 아이가 커서 뭐가 되겠습니까?"

그는 고래고래 고함을 지르고 싶은 것을 간신히 참으면서 점잖게 말했다.

"죄송합니다. 사실은 저……."

"어떻게 자기 자식한테 이런 짓을 시킬 수가 있단 말이오. 도대체 이해할 수가 없어요."

그는 정말 이해할 수가 없었다. 이해할 수 없었기 때문에 현기증이 일었다.

"그 애는 제 자식이 아닙니다."

사내가 변명하듯 말했다. 억울하다는 표정이었다.

"그럼 누구 자식이란 말입니까? 어디서 데려왔어요? 하긴 누구 자식이든 상관없어요. 어린애한테 유객 행위를 시킨다는 그 자체가 나쁘다 이겁니다."

그는 주먹으로 판자벽을 두들겼다. 화가 치밀어올라 가슴이 터질 것 같았다.

이방 저 방에서 여자들이 얼굴을 내밀고 그를 쳐다보았다. 하나같이 짙은 화장으로 덮인 이상한 얼굴들이었다. 그의 눈에는 그녀들의 얼굴이 왠지 여자로 보이지가 않았다.

"죄송합니다. 애, 영화야!"

사내가 안쪽을 향해 갑자기 소리를 질렀다.

세 번째 불렀을 때 맨 안쪽의 방문이 빠끔히 열리더니 초췌해 보이는 어린 창녀의 얼굴이 나타났다.

"귓구멍이 막혔냐? 이리 나와 봐."

사내는 거칠게 그 창녀를 불렀다.

어린 창녀는 방에서 나와 슬리퍼를 질질 끌면서 다가왔다.

스무 살도 채 못 돼 보이는 어린 창녀였는데, 통치마 위로 배가 불룩하게 솟아 있는 것이 임신 중인 것 같았다. 빨간 스웨터 위로 젖가슴도 크게 부풀어 있었다.

그녀는 불안한 눈으로 두 남자를 번갈아 쳐다보았다. 창녀치고는 순진하고 가련한 눈매를 가지고 있었다. 이 소녀는 어쩌다가 이런 소굴에 빠지게 되었을까. 이것도 하나의 생존 방식일 수 있을까. 소녀는 바람이 조금만 불어도 쓰러질 것만 같았다. 그녀가 임신하고 있다는 사실이 그를 더욱 어지럽혔다. 배가 꽤나 부른 것으로 보아 수술 시기를 놓친 것 같았다. 아니면 돈이 없어서 이러고 있는지도 몰랐다.

창녀가 애를 배다니, 누구 씨인 줄 알고 있을까. 아마 모르겠지. 어느 놈의 씨인 줄도 모르는데 왜 떼지 않았을까? 만일 아기를 낳는다면 그 아기의 장래는 어떻게 될까?

사내가 말했다.

"사실은 이 애 누나랍니다. 그런데 몸이 불편하니까 아마 동생을 내보낸 모양입니다. 앞으로는 그러지 못하게 주의를 주겠습니다. 죄송합니다. 한 번만 봐 주십시오."

사내는 일그러진 표정으로 창녀를 바라보았다. 그리고 병호에게 들으라는 듯이 말했다.

"넌 몇 번이나 말해야 알아듣겠니? 어린 동생한테 그런 짓 시키지 말라고 내가 그렇게 말했는데도 또 내보냈니? 부탁이니 제발 너희들 나가 줘. 이젠 나도 지긋지긋하다. 아무리 같은 고향이라고 하지만…… 나도 더 이상 너희들을 봐 줄 수 없어. 이건 원 말을 들어먹어야 어떻게 해보든지 하지."

창녀가 가련한 눈으로 사내를 쳐다보았다. 그녀의 눈에는 공포의 빛이 서려 있었다. 추운 겨울에 어린 남동생과 함께 밖으로 쫓겨날지도 모른다는 데 대한 공포감 같았다.

"올 겨울만 나게 해주세요. 봄에는 틀림없이 나갈게요. 죄송해요. 사장님."

창녀의 머리가 밑으로 떨어졌다.

그녀의 눈에 눈물이 괴는 것을 보자 병호는 술이 확 깨는 것을 느꼈다.

"나간다 나간다 한 지가 벌써 언제니? 이젠 네 말 못 믿겠으니까 제발 나가 줘. 나도 먹고 살아야 해. 알았어?"

창녀는 손등으로 눈물을 훔쳤다.

소년은 고개를 숙인 채 바닥을 발끝으로 툭툭 차고 있었다.

"올 겨울만 나게 해주세요. 봄에는 꼭 나갈게요. 죄송해요."

어린 창녀는 똑같은 말만 되풀이했고, 사내는 머리를 저으며 안 된다고 했다.

창녀의 배는 몹시 무거워 보였다. 뱃속의 아기까지 치면 그녀는 두 생명을 데리고 추운 거리로 나가야 하는 것이다. 그녀가 공포에 사로잡힌 이유를 그는 알 수 있을 것 같았다.

"이 애들은 부모가 없나요?"

병호는 조심스럽게 물어 보았다.

"부모가 없습니다. 홀어머니 밑에서 컸는데 그나마 세상을 떠나자 서울로 올라온 모양입니다. 서울이 뭐가 좋다고 모두 기어 올라오는지……."

사내는 어린 오누이를 향해 눈을 흘겼다.

"이 애들과는 같은 고향입니까?"

"네, 이웃에서 살았지요. 서울에서 우연히 만나가지고 이렇게 함께 있게 된 거지요. 만났을 때 보니 둘이 다 거지꼴이었습니다. 애들을 모른 체 할 수가 있어야지요. 할 수 없이 데리고 온 겁니다."

사내는 담배꽁초를 입술에 꽂은 다음 성냥불을 그어 불을 붙였다.

병호는 소년을 바라보았다.

소년은 누나의 손을 꼭 잡은 채 시무룩한 얼굴로 서 있었다. 시선이 마주치자 소년은 겁먹은 얼굴이 되었다. 아까의 그 고집스런 모습은 어디로 가고 그 대신 단순한 얼굴이 거기에 있었다.

그는 역시 어린 소년이었다.

그는 소년의 머리를 가만히 쓰다듬어 주었다. 그리고,

"아까 때린 거 미안하다."

하고 말했다.

소년의 눈에 혼란이 일었다.

소년은 이해할 수 없다는 듯 의아한 눈으로 형사를 쳐다보더니 이내 고개를 푹 숙여 버렸다.

소년이 금방이라도 울음을 터뜨릴 것만 같았기 때문에 그는 소년에게 더 이상 말을 걸지 않았다. 그 대신 주인 남자를 똑바로 쳐다보고 말했다.

"이 애들을 내쫓지 마시오. 알겠습니까?"

사내는 당황한 표정을 지었다.

"왜…… 그런 말씀을……."

"이 애들을 내쫓으면 가만두지 않을 거요."

"그렇지만 저도 생활이 곤란해서……."

사내는 형사의 부탁을 받아들이기 어려운 것같이 말했다.

병호의 눈매가 곤두섰다.

"당분간만 데리고 있으란 말이오. 내 말 뜻을 못 알아듣겠습니까?"

"압니다. 하지만……."

병호는 사내의 말을 막았다.

"당신 눈으로 똑똑히 보란 말이오. 이 아가씨를 이 지경으로 만든 건 당신 아니오? 어린 아가씨 몸을 팔게 해서 지금까지 착취했으면 됐지, 이용 가치가 없다고 해서 내쫓으려 하다니, 도대체 일말의 양심이라도 있으면 그런 짓을 못할 거요. 같은 고향 사람이라면서 이 애들이 불쌍하지도 않소?"

그는 더러운 인간 같으니, 하고 말하고 싶은 것을 간신히 참았다. 그의 눈에는 사내가 한 마리의 기생충으로 보일 뿐이었다. 이 기생충 같은 놈, 하고 소리치고 싶은 것을 그는 목구멍으로 삼켰다.

노리끼리한 사내의 눈이 희번덕거렸다. 사내는 몹시 당황스런 얼굴로 말했다.

"무슨 말씀을 그렇게 하십니까?"

"왜? 내 말이 틀렸단 말이오? 더 심한 말을 하고 싶은 것을 꾹 참고 있다는 걸 아시오. 당신은 이 아가씨에게 평생 씻지 못할 죄를 지었다는 걸 알아두시오. 그리고 평생 갚아도 갚을 수 없는 빚을 졌다는 것도 알아두시오."

"제가 이 애를 착취했다는 것은 언어도단입니다. 저는 이 애가 같은 고향 사람이고 올 데 갈 데도 없는 고아라 집으로 데려와서 돌봐준 것뿐입니다. 그런데 착취했다니 그건 너무 심한 말씀입니다. 뭔가 오해하신 것 같습니다. 저한테 죄가 있다면 이 애들을 돌봐 주었다는 것뿐입니다."

사내는 어린 창녀를 쏘아보았다.

"그렇게 바보처럼 서 있지 말고 설명을 드려! 네가 그렇게 아무 말 않고 서 있으면 난 뭐가 되니? 난 완전히 너를 착취한 꼴이 되지 않느냐 말이야!"

영화는 움찔 놀라서 남자들을 번갈아 쳐다보았다. 그리고 떨리는 목소리로 기어들어갈 듯 말했다.

"아, 아저씨는…… 아, 아무 것도…… 아, 아저씨는…… 우리들한테 잘해 주셨어요…… 아저씨가 아니었다면…… 우리는 굶어 죽었을……."

"그만 해둬."

병호는 어린 창녀의 다음 말을 막았다.

"아가씨가 말하지 않아도 나는 잘 알고 있어요. 나는 오해한 것도 아니고 심한 말을 한 것도 아니오."

그는 사내 쪽으로 시선을 돌렸다.

"몸을 팔게 한 것이 보호해 준 거요? 임신까지 한 모양인데, 이것이 당신이 돌봐 준 결과란 말이오?"

"제가 몸을 팔라고 강요한 건 아닙니다. 지가 자진해서 돈 벌겠다고 그런 겁니다."

"자진해서 그런 걸 보고도 가만있었단 말이오? 그게 돌봐 주는 건가요?"

사내는 마침내 입을 다물었다.

대꾸할 말이 얼른 생각나지 않는데다 대꾸하지 않는 것이 좋겠다고 생각한 것 같았다.

"그래, 이 애들을 기어코 내쫓겠다는 거요?"

병호의 얼굴은 노여움으로 창백해지고 있었다.

사내는 당황해서 머리를 저었다.

"아, 아닙니다."

"부탁합니다."

병호는 그제야 말투를 부드럽게 했다.

"알겠습니다."

사내는 마지못한 듯 머리를 끄덕였다.

병호가 돌아서 나오려고 하자 어린 남매가 불안한 눈으로 그를 쳐다보았다. 자기들을 내버려 둔 채 떠나면 어떡하느냐는 그런 눈빛이었다.

"또 올께."

그는 소년의 머리를 쓰다듬어 주면서 처음으로 미소 지었다. 그러나 가슴 속으로는 찬바람이 몰아쳐 오는 것을 느끼고 있었다.

"또 봅시다."

병호는 이렇게 말하고 돌아섰다.

"예, 안녕히 가십시오."

사내는 살았다는 듯 한숨을 내쉬었다.

웨스턴 양복점

○ ○ ○ ○ ○ ○ ○ ○ ○

거의 1주일이 지났다. 그러나 피살자의 신원은 아직 밝혀지지 않고 있었다. 피살자를 찾는 실종 신고도 들어오지 않고 있었고, 웨스턴 양복점도 찾을 수가 없었다.

지금까지 그는 쉬지 않고 조사를 해 왔지만 얻은 것이라고는 깊은 허탈감뿐이었다.

시체는 가매장되었고, 그는 거의 포기하고 있었다. 포기하고 싶지는 않았지만 포기할 수밖에 없다는 심정이 강하게 그를 지배하고 있었다.

어떻게 할까를 망설이는 시간이 점점 많아지고 있었다. 어느 쪽에도 그는 안주할 수가 없었다.

그날 밤도 그랬다.

밤거리를 걸어가면서 그는 망설이고 있었다.

밤이 되어 무교동 술집 골목을 지나던 그는 문득 걸음을 멈추었다. 그렇게도 찾고 싶어 하던 글자가 갑자기 눈에 띄었기 때문이다.

그곳은 조그만 스낵바 앞이었는데, <웨스턴>이라는 아크릴 간판이 붙어 있었다. 이곳이 양복점이라면 얼마나 좋을까 하고 그는 생각했다. 그러나 아무리 눈을 씻고 봐도 웨스턴은 웨스턴인데 양복점은 아니고 술집이었다.

그래도 그 이름이 반가워 그는 문을 열고 안으로 들어갔다.

침침한 조명등 아래서 사람들의 얼굴은 하나같이 음침해 보였다.

스탠드 앞에 앉아 있는 사람들의 시선이 일제히 그에게 쏠렸다. 새로운 손님이 들어올 때마다 한 번씩 쳐다보는 것이 사람들의 버릇인 듯했다.

그들은 재빨리 그를 관찰하고 그에 대한 판단을 내린 다음 도로 시선을 거두는 것이었다. 별 볼일 없는 사람이라고 생각한 것 같은 그런 표정들이었다.

실내는 음산한 분위기였다. 조용한 음악이 흐르고 있었지만 그것이 분위기를 따뜻하게 감싸 주지는 못하고 있었다.

벌거벗은 여인의 사진이 벽에 걸려 있었다. 그는 그녀의 젖가슴과 음부를 무표정하게 바라본 다음 도로 나갈까 하다가 자신에 대한 강한 반발심을 느끼면서 스탠드 앞에 걸터앉았다. 그리고 위스키를 한 잔 주문했다.

"혼자 오셨나 봐요?"

술을 따라주고 난 여자 바텐더가 웃으면서 말을 걸어왔다. 눈 화장이 유난히 짙은 여자였다. 가슴이 깊이 파인 빨간 드레스를 입고 있었다. 여자는 상당히 예뻤다. 그는 그녀가 춥겠다고 생각했다.

"예, 혼자 왔어요."

그는 미소를 지으며 말했다. 그리고 벽에 걸린 나체의 여인을 다시 한 번 바라보았다. 바텐더보다는 그녀를 쳐다보는 것이 덜 쑥스럽고 좋을 것 같았다.

"쓸쓸해 보이네요."

바텐더가 또 말을 걸어왔다.

그녀의 말에 그는 당황하고 난처해졌다. 이럴 때는 뭐라고 대답해야 할까 하고 생각하다가 그는,

"난 그렇지 않은데……."

하고 대답했다.

"들어오실 때부터 전 그걸 느꼈는데요. 애인과 막 헤어지고 돌아오는 사람 같은 그런 느낌을 받았어요. 안 그래요?"

"글쎄, 그렇게 느꼈다면 할 수 없는 일이지요. 어떻게 보든 그건 각자의 자유니까. 하지만 난 조금도 쓸쓸하지 않아요. 알았어요?"

"그럼 제가 잘못 봤나 보네요."

바텐더는 생글생글 웃으며 지금 막 들어온 다른 손님들 쪽으로 걸어갔다.

잠시 후 그녀는 병호 쪽으로 다시 다가왔다.

"위스키 한 잔 더 줘요."

병호는 그녀에게 다시 손가락 하나를 세워 보였다.

그녀의 움직임은 세련되어 보였고, 특히 뒷모습은 매력적이었다. 많은 남자들이 그녀를 구경하기 위해 여기에 몰려드는 것 같았다. 여자와 술 — 그것은 불가분의 관계일까. 병호는 쓸쓸하게 웃으며 두 번째 잔을 입으로 가져갔다.

"여기서 일한 지는 오래되나요?"

그는 바텐더를 지그시 바라보며 물었다. 그녀는 머리를 살살 흔들었다. 그리고 장난스러운 표정으로 대답했다.

"얼마 안돼요."

"웨스턴…… 이름이 좋군."

그녀가 앞으로 상체를 기울였다. 그 바람에 흰 젖가슴이 훤히 들여다보였다.

그녀는 요염하게 웃었다.

"자주 오세요. 여긴 처음 오셨죠?"

"음, 처음이야. 앞으로 자주 와야지."

그는 손으로 턱을 문질렀다. 손등으로 입을 닦은 다음,

"가만 있자. 웨스턴이라는 이름을 어디에선가 또 본 것 같은데……."

하고 혼잣말처럼 중얼거렸다.

"그럴 거예요."

그녀가 눈을 반짝이며 말했다. 그녀에게서 뜻밖에도 기대하지도 않았던 반응이 나오자 그는 긴장되었다.

"그럴 거라니?"

그는 놀라움을 감추고 물었다. 그는 숨을 죽인 채 그녀를 바라보았다. 여자의 도톰한 입술이 날렵하게 움직였다.

"우리 사장님은요, 이거 말고도 사업을 많이 하고 있어요. 나이도 젊은데 말이에요."

병호는 글라스를 흔들었다. 얼음 조각들이 달그락거렸다.

"돈이 많은가 보군."

그는 시큰둥한 표정을 지은 채 다시 혼잣말처럼 중얼거렸다. 바텐더는 신이 나서 나불거렸다.

"네, 돈이 많아요. 자가용이 두 대나 되고 집도 어마어마해요. 사장님은 그랜저를 굴리고 있고요. 사모님은 일제 차를 굴리고 있고요."

"집에도 가봤나 보지?"

"아뇨. 지배인한테 들었어요."

"부럽군. 도대체 몇 살이나 된 사람이야?"

"아주 젊어요. 서른다섯이나 여섯쯤 됐을 거예요."

우리 사장님은 젊은 나이에 그렇게 많은 돈을 벌고 있는데 당신은 그 나이에 그 꼬락서니가 뭐냐는 듯이 그녀는 그를 자세히 바라보고 있었다.

그녀는 스탠드에 팔꿈치를 괸 채 한 마디씩 할 때마다 엉덩이를 흔들어대곤 했다.

"사장님은 매일 여기 나오시나?"

"아뇨. 가끔 어쩌다가 나와요. 사장님 얼굴 못 본 지가 일주일이 넘어요."

"도대체 뭘 해서 그렇게 돈을 잘 벌지? 난 돈 잘 버는 사람들 보면 신기해요. 난 아무리 돈을 벌려고 해도 벌어지지가 않아요. 한 달 내내 죽어라 일해도 쥐꼬리만 한 월급밖에는 벌지 못해요. 돈 잘 버는 사람들 보면 정말 부럽고 신기하고 존경하고 싶다구요. 도둑질을 하든 뭘 하든 정말 돈 잘 버는 사람은 존경

할 만해요. 그렇게 생각지 않아요?"

그는 얼빠진 듯 웃으며 여자를 바라보았다. 그녀는 입가에 조소를 띠면서 어른이 아이에게 말하듯 입을 열었다.

"아무나 돈을 벌 수 있는 건가요 뭐, 타고난 재주가 있어야지요. 선생님은 무슨 일을 하고 계세요?"

"글쎄요."

그녀는 고개를 갸웃했다.

"보아하니 세일즈맨 같기도 하고…… 학교 선생님 같기도 하고…… 아니에요?"

"맞았어요."

병호는 고개를 끄덕였다.

"어마, 그 봐요! 선생님이 맞죠?"

그녀는 자기가 그의 직업을 단번에 맞췄다고 생각했는지 환호성을 질렀다. 그것을 보고 병호는 바보스럽게 웃었다.

"사장님은 이것 말고도 또 무슨 사업을 하고 있어요?"

"이것 말고도 다방을 두 개나 하고 있고 당구장, 빠찡코…… 그리고 양복점도 하고 있어요."

그녀의 히프는 흔들 때마다 점점 더 커지는 것 같았다.

병호는 입을 크게 벌렸다.

"야, 굉장하군."

"그게 뭐가 굉장해요."

바텐더는 갑자기 태도를 바꿔 입을 삐죽거렸다.

"굉장하지 않고. 그런데 모두 이름이 웨스턴인가?"

"그렇대요. 웨스턴 다방, 웨스턴 당구장, 웨스턴 바아, 웨스턴 양복점……."

그녀는 재미있다는 듯 깔깔 웃으면서 새로 온 손님들 쪽으로 가 버렸다.

병호는 찬바람이 가슴을 뚫고 쏴아 하고 몰려드는 것을 느꼈다. 얼마 후 그는 바텐더를 부르기 위해 위스키 한 잔을 또 청했다. 그리고 질문을 좁혀 나갔다.

"이봐요, 그 웨스턴 양복점 괜찮나?"

"뭐가요?"

그녀는 그의 말을 얼른 알아듣지 못하고 되물었다.

"옷을 잘 뽑느냐 말이야."

그는 일부러 혀 꼬부라진 소리로 말했다.

"아이, 선생님두…… 제가 그걸 어떻게 알아요."

"하긴 그렇겠군."

"왜요? 양복 맞추시려구요?"

"왜? 나라구 옷 못 맞춰 입나? 아무리 가난한 월급쟁이지만 일 년에 옷 한 벌 정도는 맞춰 입을 수 있다구. 가난한 월급쟁이라고 무시하지 말아요."

"아이, 선생님두…… 제가 언제 선생님을 무시했나요."

그는 게슴츠레한 눈으로 그녀를 흘겼다.

"나를 무시하지 않았단 말이야? 좋아, 좋아, 옷을 하나 맞춰야겠는데 잘 아는 데가 없어. 잘 뽑는 데가 있으면 단골을 삼을까 하는데…… 우리 학교 선생님들만 데려가도 꽤 많을 거야."

바텐더 눈이 반짝 빛났다. 그녀는 그에게 바싹 다가서더니,

"그럼 웨스턴양복점에서 맞추세요. 제가 소개해 드릴게요."
하고 몸을 뒤틀면서 말했다.

"잘 뽑아야 말이지. 비싸기만 하면 곤란해."

"잠깐 기다리세요. 제가 알아보고 올 테니까요."

바텐더는 구석진 데로 가더니 어떤 사내를 붙들고 한참 무엇인가 속삭였다.

병호는 그쪽을 보지 않은 채 조금 남은 술을 들이켰다. 일이 잘돼가는 성싶었다. 그래서 그는 기분이 좋아졌다.

여자가 생글거리며 돌아왔다. 그녀가 엉덩이를 흔들며 말했다.

"지배인한테 물어 봤더니 아주 그만이래요. 디자인도 멋있구요. 칼라도 다양하대요. 외제 옷감도 많대요. 그래서 외국 사람들도 많이 오나 봐요. 여기 전화번호 있어요. 별로 비싸지도 않대요. 옷 맞추시면 한턱 내셔야 해요."

그녀는 전화번호가 적힌 메모지를 병호에게 내밀었다. 그는 한숨을 내쉬면서 메모지를 집어 들고 일어났다. 드디어 하나의 실체를 손안에 쥔 느낌이 들었다.

"알았어. 한번 가보지."

"저기, 가시면요, 미스 김 소개로 왔다고 말씀해 주세요. 그래야 저도……"

"아, 알았어. 말하고말고."

그는 천천히 담배를 피워 물면서 그곳을 나왔다.

길바닥에는 어느새 눈이 두껍게 쌓여 있었다. 굵은 눈송이가 마치 눈물처럼 뚝뚝 떨어지고 있었다. 그는 차도 타려고 하지 않고 느릿느릿 걸어갔다.

몇 걸음 앞에 한 사람이 비틀비틀 걸어가고 있었다. 몹시 취해 제대로 몸을 가누지도 못했다. 위태위태하다 싶었는데 아니나다를까, 얼마 못가 푹 꼬꾸라지고 말았다. 사내는 일어나려고 하다가 그대로 길게 드러누워 버렸다.

사내는 알 수 없는 소리를 계속 중얼거리고 있었다. 사람들이 한 번씩 들여다보고는 그대로 지나쳐 가곤 했다. 병호는 그 사내를 툭툭 걷어찼다.

"이거 봐요. 일어나요. 여기 누워 있다가는 얼어 죽어요. 일어나요. 일어나."

그러나 사내는 손을 휘휘 내저었다.

몇 번 더 걷어차면서 일어나라고 했지만 사내는 잠 속으로 빠져드는지 움직이려고 하지도 않았다. 그렇다고 그 육중한 몸을 끌어 일으킬 힘이 그에게는 없었다. 그 역시 취기로 몸이 풀려 있었다.

그는 갑자기 귀찮은 생각이 들었다. 그래서 사내를 거기에 내버려 둔 채 그대로 걸어갔다.

얼마쯤 가다가 공중전화를 발견하고는 걸음을 멈추었다.

부스 안으로 들어가 주머니에서 메모지를 꺼내 놓고 동전을 집어넣은 다음 다이얼을 돌렸다. 한참 신호가 가는데도 웨스턴 양복점에서는 전화를 받지 않았다. 시계를 보니 11시가 지난 시각이었다.

　내일 전화를 걸기로 하고 부스에서 나와 집으로 돌아갔다.
　그는 조그만 독신자 아파트에서 혼자 살고 있었다. 오랫동안 혼자 살아왔기 때문에 그는 외로운 독신 생활에 꽤나 익숙해져 있었다. 그는 외롭기는 하지만 자유로운 그 생활이 마음에 들었다. 그래서 그 생활을 버리려고 하지를 않았다.
　그는 따뜻한 아랫목에서 새우처럼 등을 구부리고 잠이 들었다가 새벽녘에 문득 눈을 떴다. 머리가 뻐개지는 듯 아팠다. 술에 취해 길바닥에 쓰러져 있던 사람이 생각났다. 귀찮은 생각에 그대로 지나쳐버렸는데, 그것이 마음에 켕기는 것이었다. 그 사람은 어떻게 되었을까. 집에 돌아갔을까. 그때의 상태로 봐서는 혼자서는 도저히 집에 돌아갈 수 있을 것 같지가 않았다. 그런데 왜 그것이 지금 생각난단 말인가.
　그는 다시 잠을 청하기 위해 몸을 새우처럼 구부렸다. 그러나 잠은 쉬이 오지 않았다. 그는 뒤치락거리다가 벌떡 몸을 일으켰다. 불을 켜고 시계를 보니 4시가 가까워 오고 있었다.
　그는 급히 옷을 입고 밖으로 뛰어나갔다.
　밖은 몹시 추웠다. 다니는 행인도 차량도 눈에 띄지 않았다. 한참 걸어가서야 간신히 택시를 한 대 잡을 수가 있었다. 그는 운전사에게 무교동으로 가자고 말했다.
　택시에서 내린 그는 시커먼 물체를 향해 조심스럽게 다가가 보았다.
　시커먼 물체는 사람이었다. 어제 그가 깨우다 말고 그대로 지나쳤던 그 주정꾼이었다.

　그 사내는 꽁꽁 얼어붙은 채 깊이 잠들어 있었다. 영원히 깨어날 수 없는 깊은 잠을 자고 있었다. 얼마나 추웠던지 무릎이 가슴팍에 붙을 정도로 웅크린 채 잠들어 있었다. 그는 사내의 어깨를 잡아 흔들다가 말았다. 사내의 몸은 냉동된 고깃덩이처럼 딱딱했다.

　그는 한참 동안 거기에 서서 떨고 있다가 파출소 쪽으로 힘없이 걸음을 옮겼다.

　"네가 조금만 수고했더라면 한 사람의 목숨을 살릴 수가 있었을 텐데. 그런데도 너는 귀찮아서 그것을 포기했다. 너는 살인자다!"

　뜨거운 것이 안에서 치밀어 오르고 있었다. 그것은 자신에 대한 분노였다. 참을 수 없는 분노였다.

출 장

○ ○ ○ ○ ○ ○ ○ ○ ○

아침 10시경에 병호는 웨스턴 양복점으로 전화를 걸었다.
"네, 웨스턴 양복점입니다."
신호가 떨어지면서 활기 있는 남자 목소리가 들려왔다.
"거기 위치가 어디쯤 됩니까?"
"무슨 일로 그러십니까?"
경계하는 투로 상대방이 물었다.
"아, 친구 소개로 거기 한번 가볼까 해서 전화 걸었습니다. 좋은 옷감으로 아래위 콤비 한 벌을 맞추려면 얼마나 들겠습니까?"
"에또, 50만 원에서 60만 원 사이입니다. 딴 데 비해서 싼 편입니다."
"그렇군요."
"한번 와 보시죠."
"네, 위치를 가르쳐 주십시오."
"K호텔 아시죠?"
"광화문에 있는 거 말입니까?"
"네, 바로 그 호텔 3층에 있습니다."
"아, 그래요. 시간을 내서 한번 가보죠."

전화를 끊고 난 그는 어쩐지 일이 잘 풀려나가는 것 같은 느낌이 들었다.

거리는 눈 때문에 엉망이었다. 쌓인 눈이 녹지 않고 그대로 얼어붙어 길은 미끄러웠고, 그래서 차들은 제대로 길을 빠져나가지 못한 채 곳곳에서 뒤엉켜 아우성이었다.

그는 차라리 걷는 게 낫겠다 싶어 광화문 쪽으로 걸어갔다.

웨스턴 양복점은 정말로 K호텔 3층에 자리 잡고 있었다. 그런 곳에 자리 잡고 있으니 찾기가 쉬울 리 없었다.

그는 엘리베이터를 타고 갈까 하다가 비상계단을 통해 3층으로 올라갔다. 초라한 바바리 차림의 사내를 두 명의 장발 청년이 의아한 듯 바라보았다.

"경찰에서 왔습니다."

병호는 가방을 탁자 위에 올려놓고 미소를 지었다.

청년들은 경계의 눈초리로 그의 움직임을 지켜보았다.

"무슨 일로 오셨습니까?"

병호는 미소를 잃지 않은 채 가방을 열었다.

"좀 앉아도 되겠습니까?"

"네, 앉으십시오."

병호는 소파에 앉으면서 가방 속에서 피살자의 양복을 꺼냈다.

"이 양복 한번 봐 주십시오. 여기서 만든 양복인지 아닌지 확인해 주십시오."

키 큰 청년이 조심스럽게 다가와 양복을 이리저리 들여다보았다. 병호는 숨을 멈추고 청년의 반응을 기다렸다. 이윽고 청년이 양복에서 손을 떼며 말했다.

"맞습니다. 여기서 만든 겁니다."

병호는 마른침을 꿀꺽 삼켰다. 목이 아팠다. 그는 숨을 내쉬고 양복을 손바닥으로 쓰다듬었다.

"이 양복 맞춘 사람 알 수 있습니까? 이 양복에는 이름이 안 박혀 있는데……."

"네, 부탁하는 사람에 한해서만 이름을 박아 드리고 있습니다. 그런데 이 양복은 기억이 납니다. 바로 한 달 전에 맞춰간 건데……."

청년들은 서로 얼굴을 마주 쳐다보았다. 말해도 괜찮은 건지 어떤 건지 생각해 보는 눈치였다.

병호는 날카롭게 그들을 쳐다보았다.

"기억나면 말해 주시오. 이건 매우 중요한 일이니까."

"박 사장님이란 분이 맞추신 겁니다. 여기 단골이십니다."

뚱뚱한 청년이 대답했다.

"그분이 어떻게 생겼는지 말씀해 주시겠습니까?"

"뚱뚱하고 안경을 끼었습니다."

"이렇게 생긴 안경입니까?"

병호는 피살자의 안경을 꺼내 보였다.

"네, 그분도 금테 안경이었습니다. 꼭 그 안경이라고 말씀드릴 수 없지만……."

이번에는 키 큰 청년이 물었다.

"그런데 그분한테 무슨 일이 생겼습니까?"

"앞으로는 여기에 못 올 겁니다."

"아니, 왜…… 그럼 혹시……."

병호는 고개를 끄덕였다.

"죽었어요. 일주일 전에 죽었어요. 그건 그렇고, 박 사장 이름이 뭡니까?"

그들은 한동안 말없이 서로를 바라보았다. 믿어지지 않는다는 표정들이었다.

"그건 모릅니다. 박 사장님이란 것만 알고 있습니다."

청년들의 표정은 갑자기 찬바람을 맞은 듯 잔뜩 얼어붙어 있었다.

"주소는 알고 있습니까?"

"네, 찾기 쉽습니다. 바로 이 호텔 7층에 있는데 동양물산(東洋物産)이라는 무역 회사인가 봐요."

병호는 몸을 일으켰다. 온몸의 근육이 팽팽해지는 것을 느꼈다.

"그럼 그 회사 사장이란 말이오?"

"네, 사장님입니다."

그는 옷을 도로 가방 속에 집어넣고 문 쪽으로 걸어갔다. 나가기 전에 돌아서서 그들에게 물었다.

"그 사람이 죽은 걸 아직 모르고 있었나요?"

"네, 모르고 있었습니다."

"실종됐다는 말도 듣지 못했나요?"

"네, 못 들었습니다. 가끔 옷 맞추러 오실 때 외에는 뵙기가 힘듭니다."

병호는 알겠다는 듯 고개를 끄덕거리고 나서 돌아섰다.

"실례 많았습니다."

웨스턴 양복점을 나온 그는 커피숍으로 가서 커피 한 잔을 시켜 마셨다.

일단 이렇게 찾고 싶은 것을 찾게 되면 뜸을 들이며 한숨을 돌리는 것이 그의 버릇이었다.

그는 들락거리는 사람들을 쳐다보고, 말소리에 귀를 기울이고, 하품을 하면서 오랫동안 앉아 있었다. 그러면서도 그의 머릿속은 피살자에 대한 생각으로 가득 차 있었다.

일류 호텔에 사무실을 두고 있는 무역 회사 사장이 왜 사창가에서 죽었을까? 아무리 생각해도 알 수 없는데, 무엇인가 뿌리 깊은 내막이 있는 게 아닐까.

두 테이블 건너 맞은편 자리에 화사하게 생긴 여인이 다가와 앉았다. 그 여인의 화사한 모습에 그의 생각은 중단되었다. 시선이 마주치자 그녀는 미간을 찌푸리며 창밖으로 시선을 돌려 버렸다.

그는 다시 생각에 잠겼다. 그 피살자는 정말로 동양물산의 박 사장이란 사람일까? 만일 헛짚었다면 이제 그 피살자의 신원을 밝혀낸다는 것은 영 불가능해지고 만다.

그는 일어섰다.

이번에는 엘리베이터를 타고 7층으로 올라갔다.

7층에서 내리자 동양물산 간판이 눈에 들어왔다.

그는 주저했다. 확인한다는 것이 갑자기 두려워졌기 때문이다. 그는 화장실로 들어갔다. 소변을 보고 나서 세면대 앞으로 다가섰다. 핏기라고는 없는 앙상한 얼굴을 바라보다가 손을 씻었다.

화장실을 나와 동양물산 앞으로 다가갔다.

숨을 죽이며 문을 노크했다.

안에서 들어와도 좋다는 반응이 들려왔다. 그는 문을 밀고 안으로 들어갔다.

"어서 오십시오."

책상 앞에 앉아 있던 여직원이 재빨리 몸을 일으키며 그를 맞이했다.

그는 책상 위를 내려다보았다. 책상 위에는 일본 패션 잡지가 펼쳐져 있었다.

여직원은 몸매가 아주 좋았다. 얼굴도 예뻤다. 세련된 느낌을 주는 여자였다.

"어떻게 오셨습니까?"

아름다운 목소리로 그녀가 물었다.

"사장님을 좀 뵈러 왔습니다."

그녀는 아래위로 그를 훑어보았다. 그리고 수상쩍다는 듯이 물었다.

"어디서 오셨지요?"

"경찰에서 왔습니다."

그는 신분증을 꺼내 그녀 앞에 디밀었다. 비로소 그녀의 표정이 굳어졌다.

"지금 사장님 안 계시는데요."

"어디 가셨지요?"

그는 조용히 물었다.

"출장 가셨어요."

그녀는 좀 불안한 기색으로 대답했다.

"어디로 출장 가셨나요?"

"일본에 가셨는데요."

"언제 돌아올 예정입니까?"

"열흘 예정으로 가셨으니까 내일이나 모레쯤 오실 거예요. 무슨 일로 그러십니까?"

"아, 뭐 좀 알아볼 게 있어서 그럽니다. 그 동안 일본에서 연락이 있었나요?"

"없었는데요."

"다른 때도 출장 가서 연락 안 합니까?"

"아니오. 자주 연락하세요."

"그런데도 이상하게 생각하지 않았습니까?"

"글쎄요…… 그게…… 가까운 나라이고 해서…… 별일 없으리라고 생각했죠."

병호는 고개를 끄덕이며 실내를 둘러보았다.

열 평도 못 돼 보이는 좁은 실내에 댓 명쯤 되는 사원들이 앉아 있었다. 그들은 호기심어린 눈으로 이쪽을 바라보고 있었다. 사장실은 맨 안쪽에 있었다.

"사장실은 비어 있겠군요."

"네, 안 계시니까요."

"비서를 좀 만났으면 하는데……."

"제가 겸하고 있어요."

"그럼 사장실로 들어가서 이야기합시다."

그러는데 중년의 남자 직원 한 명이 앉은 채로 큰 소리로 물어왔다.

"미스 김, 무슨 일이야?"

여비서는 망설이다가 그 직원 쪽으로 걸어가 낮은 소리로 말했다.

"경찰에서 오셨대요. 사장님 만나러 오셨대요."

그 남자 직원이 병호 쪽으로 다가왔다. 명함을 꺼내 주면서 자기는 상무라고 했다.

"사장님을 만나러 오셨다구요?"

"네, 출장 가고 안 계시는군요."

"회사에 관계된 일이라면 저한테 물어보시죠."

"미안합니다. 이 아가씨하고 사장실에 들어가서 이야기를 좀 나누었으면 합니다. 단둘이 말입니다."

상무라는 자는 자기가 무시되자 얼굴이 시뻘게졌다.

병호는 상관하지 않고 여비서를 데리고 사장실로 들어갔

다. 사장실은 호화롭게 꾸며져 있었다.

그는 벽에 걸린 사진틀 앞으로 다가섰다. 컬러 사진이었는데 피살자의 얼굴과 비슷해 보였다.

"이분이 사장님입니까?"

"네……."

그녀는 차갑게 그의 움직임을 눈여겨보고 있었다.

그는 책상 위를 바라보았다.

책상 위 앞 쪽에는 대표 박윤기 <代表 朴允基>라는 명패가 놓여 있었다. 그는 명패를 가리키며 물었다.

"사장님 이름이 박윤기 맞습니까?"

"네, 맞아요."

그는 가방을 열고 양복을 꺼냈다.

"이거…… 혹시 사장님 옷 아닙니까?"

"아니. 이거 어디서 나셨나요?"

여비서는 눈을 크게 뜨고 양복을 움켜쥐었다. 가냘픈 손이었다.

"사장님 옷이 맞습니까?"

그는 여비서의 눈을 들여다보며 물었다.

"네. 마, 맞아요. 사장님 거예요. 어떻게 된 거예요?"

그녀의 입술이 떨리고 있었다.

"출장 가실 때 입고 간 옷이에요. 코트도 입고 가셨는데……."

그녀의 목소리가 떨리고 있었다.

병호는 안경을 꺼내들었다.

"이 안경도 맞습니까?"

그녀는 펄쩍 뛰었다.

"어마나! 네, 맞아요! 우리 사장님 안경이 맞아요! 어떻게 된 거예요?"

그녀는 금방이라도 울음을 터뜨릴 것만 같은 표정이었다.

"좀 조용히 하시오. 사실은……."

그는 실내를 둘러보고 그녀의 표정을 살피고 나서 숨을 들이켰다. 그리고 재빨리 말했다.

"……지난 1월 10일 사장님은 죽었소."

그의 목소리는 너무도 조용했다.

그녀는 별소리를 다 듣겠다는 표정으로 그를 바라보았다. 지금 이 사람이 제정신으로 하는 소리인가 하고 자세히 살피는 눈치였다.

"박윤기 사장은 죽었습니다. 지난 10일에……."

그는 다시 한 번 반복해야 했다.

비로소 그녀의 얼굴에서 핏기가 사라졌다. 하얗게 질린 그녀는 얼이 빠진 듯 한동안 그를 바라보다가,

"그, 그 말씀 정말인가요?"

하고 물었다.

"정말입니다. 시체를 확인해야 정확하겠지만…… 틀림없는 것 같습니다."

여비서는 울음을 참느라고 무진 애를 쓰고 있었다. 눈물이

마구 흘러내리고 있었다.

"다른 사람들이 알면 시끄러우니까 조용히 하십시오. 조용히 일을 처리해야 합니다."

그녀는 두 손으로 얼굴을 감쌌다. 병호는 창밖으로 시선을 돌린 채 잠시 기다렸다.

손을 떼었을 때 얼굴은 눈물로 질펀히 젖어 있었다. 울음소리를 내지 않으려고 기를 쓰고 있었기 때문에 어깨가 마구 떨리고 있었다.

"어쩌다가 돌아가셨죠?"

한참 후 그녀는 떨리는 목소리로 물었다.

"차차 알게 될 거요."

일본에 출장 간다고 간 사람이 일본이 아닌 국내에서, 그것도 사창가 쓰레기 더미 속에서 시체로 발견되었다. 자 이것을 어떻게 해석하면 좋을까.

"믿을 수가 없어요!"

여비서가 갑자기 날카롭게 병호를 쏘아보면서 낮게 부르짖었다.

"나도 내 판단이 틀렸으면 합니다. 박 사장 댁을 좀 안내해 주겠소?"

여비서는 눈물을 훔치며 고개를 끄덕거렸다.

박윤기(朴允基) 사장 집으로 그를 안내하는 동안 여비서는 줄곧 울었다. 하도 비통하게 울었기 때문에 병호는 말릴 엄두도

나지 않았다. 그래서 실컷 울도록 내버려 두었다.

박 사장의 집은 신흥 주택가에 자리 잡은 이층 양옥이었다.

요란스럽게 차려 입은, 얼른 보기에도 즉물적으로 생겨먹은 부인은 남편이 죽었다는 말에 외마디 소리를 지르면서 주저앉더니 기절하고 말았다.

의사가 와서 진정제를 놓는 등 법석을 떨며 한 시간쯤 지나자 그녀는 정신을 차리고 일어나 앉았다. 워낙 건강하게 생긴 여자라 쉽게 깨어난 것 같았다.

"일이 이렇게 된 이상 부인께서 냉정히 일을 처리하셔야겠습니다."

그의 말이 떨어지기가 무섭게 그녀는 머리를 내흔들었다. 그리고 격하게 외쳤다.

"그럴 리가 없어요! 일본에 출장 간 사람이 왜 서울에서 죽어요. 그럴 리가 없어요! 죽을 리가 없어요."

그녀의 입에서 거품이 일고 있었다.

병호는 곤혹스런 눈으로 그녀를 바라보았다.

"좋습니다. 그렇다면 확인을 좀 해 주십시오."

그의 말에 그녀는 눈을 크게 떴다.

"시체를 확인하란 말인가요? 남의 시체를……?"

"네, 그렇습니다."

"그건 못해요! 그것은 못하겠어요!"

그녀는 막무가내로 몸을 흔들었다.

"할 수 없지 않습니까? 그 방법밖에는 다른 수가 없지 않습니까? 이리 좀 오십시오."

"그래도 싫어요! 그것은 할 수 없어요!"

그녀는 마치 아이처럼 몸을 흔들었다.

병호는 그녀를 달래는 데 꽤나 애를 먹어야 했다.

두 시간쯤 지나 병호는 부인만을 데리고 피살자를 매장해 둔 곳으로 갔다.

차가 달리는 동안 그는 공포에 질려 있는 그녀를 상대로 이 것저것 닥치는 대로 물어 보았다.

"자녀분은 몇이나 되십니까?"

"자식은 없어요."

그녀는 연방 눈물을 닦고 있었다.

"그럼 단 두 식구뿐인가요?"

"네. 식모 하나하고 셋이에요."

"사장님께서 원망을 사실 일은 없었나요?"

"그런 일은 없었어요."

그녀는 손수건을 꺼내 콧물과 눈물을 닦았다. 눈물 때문에 화장기가 지워져 얼굴은 지저분하기 짝이 없었다.

"일본 출장 가신다고 해 놓고 국내에 계시다가 변을 당한 모양인데…… 혹시 짐작이 가시는 일이라도 있습니까?"

"없어요. 누가 그이를 죽였다는 말인가요?"

그녀는 공포에 질려 와들와들 떨었다.

"네, 피살된 것 같습니다."

"그럴 리가 없어요. 잘못 보셨을 거예요

그녀는 두 눈으로 직접 시체를 확인하지 않고는 못 믿겠다는 표정이었다.

"죄송한 말이지만…… 가정생활은 어땠습니까?"

"우리에게 아기는 없었지만…… 화목했어요."

그녀는 갑자기 자신 없는 투로 힘없이 말했다. 그녀가 쓰러질 듯 비틀거렸기 때문에 병호는 그녀를 부축하지 않으면 안 되었다.

그들은 공동묘지 입구에서 차를 내렸다.

"임시로 가매장해 뒀습니다."

그는 인부 두 명을 사서 데리고 올라갔다.

인부들이 무덤을 파헤치는 동안 그녀는 고개를 돌린 채 오열하고 있었고, 병호는 한쪽에 서서 계속 줄담배를 태우고 있었다.

흙을 다져 두지 않았기 때문에 시간이 오래 걸리지는 않았다. 관 뚜껑 열리는 소리가 유난히도 크게 들렸다.

병호는 여인의 팔을 끌었다.

"자, 다 됐습니다."

"싫어요!"

그녀는 그의 손을 완강히 뿌리쳤다.

"그럼 그냥 돌아가시겠습니까?"

병호의 냉정한 말에 그녀는 그제서야 돌아섰다. 그리고 파헤친 구덩이 쪽으로 다가섰다.

워낙 날씨가 추웠기 때문에 시체는 여러 날이 지났는데도 그렇게 심하게 부패되어 있지는 않았다. 아직 알아볼 수 있을 정도의 형체는 갖추고 있었던 것이다.

시체를 보는 순간 그녀는 그 위로 몸을 덮쳤다. 그리고 몸부림치며 통곡하기 시작했다.

병호는 그녀가 울도록 가만 내버려 두었다.

눈이 하얗게 덮인 황량한 공동묘지 위로 여인의 통곡 소리가 애처롭게 울려 퍼지고 있었다. 그녀의 울음소리 사이로 가끔씩 까마귀의 울음소리도 들려오고 있었다.

한참 후 부인의 울음소리가 그치는 것 같자 병호는 그녀에게 다가갔다.

"그만 진정하십시오. 이렇게 된 이상 냉정히 일을 처리해서야 됩니다."

그녀는 손으로 얼굴을 가리고 있었다.

"다시 한 번 확인 안 해도 되겠습니까?"

그녀는 머리를 흔들었다.

"박 사장님이 틀림없습니까?"

그녀는 고개를 끄덕였다. 그리고 다시 격렬하게 흐느껴 울었다. 마치 죽은 남편보다도 살아 있는 자신의 신세가 한탄스럽다는 듯이.

"누가 그이를 죽였지요? 어떤 놈이 그이를 죽였나요?"

그녀는 땅바닥에 주저앉아 주먹으로 쿵쿵 내려쳤다.

"그만 일어나십시오. 그만 고정하시고 내려갑시다."

"누가 우리 그이를 죽였나요. 누가 죽였어? 누가 죽였냐구?"

그녀는 거의 제정신이 아니었다. 아무리 달래도 막무가내로 울부짖고 있었다.

"누구 소행인지 우리 경찰도 아직 모르고 있습니다. 하지만 범인은 곧 잡힐 겁니다. 반드시 잡힐 겁니다."

하늘에서는 다시 눈발이 날리고 있었다.

임 신

○ ○ ○ ○ ○ ○ ○ ○ ○

　40대 부부가 자식 없이 살아왔다. 그런데 돈은 많다. 여기서 어떤 문제가 발생할 법도 하다.
　더구나 죽은 박윤기라는 사람은 머리끝에서부터 발끝까지 외제로 죽을 쑨, 한 마디로 말해 철저하게 속물화된 인간이다. 그런 위인이 과연 자식도 없는 가정에 행복을 느끼면서 평탄한 생활을 해올 수 있었을까. 아무래도 믿기지가 않는다. 그의 부인은 가정생활이 더없이 행복했다고 말하고 있지만 그녀가 그렇게 말하면 할수록 믿어지지가 않는다.
　속물근성에 돈까지 있으면 웬만한 사람이면 비정상적인 생활을 하게 마련이다. 방법과 정도의 차이는 있을망정 말이다. 여자와 술, 도박……, 이중 하나일 수도 있고 그 전부일 수도 있다. 박 사장에게는 여자가 있었을 가능성이 높다. 왜냐하면 그에게는 아내가 자식을 낳지 못한다는 것이 크고 정당한 이유가 될 수 있었을 것이기 때문이다.
　몸매 좋은 여비서는 비교적 소상하게 박 사장의 집안 사정을 알고 있었다. 처음 만났을 때와는 달리 그녀는 냉정을 되찾고 있었다.
　"자식이 없었던 것은…… 박 사장 쪽에 결함이 있었던 게 아닙니까?"

병호는 식은 찻잔을 들어 올리다 말고 물었다. 그들은 다방에 앉아 있었다.

여비서는 완강하게 머리를 저었다.

"아니에요. 사모님께서 아기를 못 낳는 것이 분명해요. 사장님이 불평하신 적이 여러 번 있었어요."

"부인 때문에 아기를 가질 수 없다고 말인가요?"

"네, 그랬어요. 자기는 아기를 하나 갖는 게 소원이라고 자주 말했어요."

그런 말을 했을 정도라면 두 사람 사이는 꽤나 가까웠던 모양이다. 여비서는 이제 사장의 죽음을 슬퍼하지 않고 있는 것 같았다.

박 사장 부인은 일체 입을 다물고 있었다.

집안 사정을 알아보려면 오히려 이웃 사람들에게 물어 보는 것이 나을지 모른다. 좋지 못한 소문이란 으레 널리 퍼지는 법이니까.

여비서와 헤어진 그는 박 사장 집이 있는 동네로 갔다.

사건이 미궁에 빠질 공산이 클 것 같았다. 그렇게 되면 정말 귀찮아진다.

박 사장 집에서 얼마 떨어지지 않는 곳에 조그만 구멍가게가 하나 있었다. 마땅한 곳이 없었기 때문에 그는 가게 문을 열고 안으로 들어갔다.

입이 뾰족하게 튀어나온 젊은 부인이 아기에게 젖을 주고 있다가 그를 맞았다.

가게 한쪽에는 연탄난로가 하나 놓여 있었다. 난로 위에서는 주전자 물이 끓고 있었다.

"호빵 하나 주십시오. 우유도 함께 주고요."

그는 난롯가에 걸터앉았다.

젊은 부인이 아기를 내려놓자 아기는 자지러지게 울어 댔다. 그녀는 얼른 호빵과 우유를 내 준 다음 아기에게 다시 젖을 물렸다. 탐스러운 젖이었다.

"저기 파란 대문집 주인이 죽었다면서요?"

그는 박 사장 집을 가리키면서 지나가는 말로 물어 보았다.

"그렇다나 봐요. 쓰레기 더미 속에서 발견됐대요."

젊은 아낙은 아무렇지도 않은 듯 지껄이고 나서 입을 삐쭉 내밀었다.

병호는 소문이 빠른 데 대해, 그리고 정확함에 놀랐다.

"누가 그러던가요?"

"누가 그러기는요. 소문이 다 퍼져 있던데요 뭐. 일본에 출장 간 줄 알았는데 그게 아니고 사창가 쓰레기 더미 속에 죽어 있더래요."

"아, 그랬군요. 쯧쯧쯧……."

병호는 혀를 찼다.

부인이 다시 입을 열었다.

"죽으면 다 소용없어요. 아무리 돈이 많아도 죽으면 다 소용없어요. 세상엔 돈이면 단 줄 아는 모양이지만 그렇지도 않나 봐요. 사장 집이라고 거드럭거리더니 결국…….”

그녀는 박 사장이 죽은 것이 당연하다는 투로 말했다.

"그렇지요. 죽으면 다 소용없는 일이지요. 빈손으로 왔다가 빈손으로 가는 게 인생이죠.”

병호는 맞장구를 쳤다.

"사람은 인심을 잃지 말아야 해요.”

"생전에 인심을 잃었나 보지요?”

"아유, 말도 말아요. 어쩌면 부부가 똑같이 그렇게…… 사장 부인이라는 여자 여기 와서 물건 값 깎는 거 보면 기가 막히다구요. 이까짓거 남으면 얼마나 남는다고 그렇게 값을 깎는지 모르겠어요. 자주나 오면 또 몰라요. 가끔 어쩌다 들르면서 그 지랄이라니까요. 그런 손님은 차라리 안 오는 게 나아요. 그런 손님이 오면 속이 뒤틀려서…….”

말하다 말고 그녀는 좀 놀란 듯이 병호를 바라보았다. 자기가 혹시 입을 헤프게 놀리지 않았나 하고 생각하는 눈치였다.

"저 집 찾아오셨나 보지요?”

"아, 아닙니다.”

그는 그녀를 보고 부드럽게 웃었다.

"저는 이번 사건을 조사하고 있는 사람입니다. 그래서 동네 사람들 이야기를 좀 들어 보려고 이렇게 찾아왔습니다.”

"어머. 그럼 경찰이신가요?”

"네, 그렇습니다.”

"어머나, 그런 줄도 모르고 쓸데없이…….”

여자는 새삼 그를 살펴보고 나서 입을 다물어 버렸다. 표정이 굳어지는 것을 보고 그는 부드럽게 웃었다.

"쓸데없이 말씀하신 게 아닙니다. 정말 잘 들었습니다. 기탄없이 말씀해 주셔서 고맙습니다. 수사에 많은 도움이 될 것 같습니다. 아는 대로 좀 더 말씀해 주십시오."

"제가 뭘 아는 게 있어야지요."

그녀는 뒷걸음질 치려 하고 있었다.

"그래도 이 동네에 사시니까 저보다는 많은 걸 알고 계실 거 아닙니까. 아시는 대로 말씀해 주십시오. 시시한 거라도 좋습니다. 비밀은 지켜드리겠습니다."

"괜히 말 한 마디 잘못 했다가 무슨 일이나 나면 어떡합니까. 지금 세상이 어떤 세상인데……."

여인은 그렇게 말하고 그를 힐끗 쳐다보았다. 말할 것이야 있지만 선뜻 입을 열기가 망설여진다는 눈치였다.

병호는 다시 웃어 보였다.

"원, 아주머니도…… 들은 소문 이야기하는 건데 걱정할 게 뭐 있습니까."

"그래도 불난 집에 부채질 한다고……."

아기가 입을 떼자 젖꼭지에서 흰 젖물이 뚝뚝 떨어졌다. 병호의 시선을 느끼자 그녀는 얼른 브래지어로 젖을 가렸다. 그러나 표정은 별로 부끄러워하는 것 같은 기색이 아니었다.

"범인을 잡기 위해 그러는 거니까 염려하실 거 없습니다."

침묵이 흘렀다. 병호는 답답했다.

"저 집은 자식이 없나 보지요? 아기를 못 낳는가요?"

"그런가 봐요. 저기…… 꼭 비밀을 지키셔야 해요. 제가 말했다는 말은 하지 마세요."

"물론이지요."

아낙은 엽차 물을 한 모금 홀짝 마시고 나서 입을 삐쭉 내밀었다. 아기는 어느새 잠들어 있었다.

병호는 귀를 세웠다.

"자식이 없으니까 부부 사이가 좋을 리가 있나요. 직접 보지는 않았지만 사이가 아주 나빴대요. 이웃집에서 싸우는 소리를 종종 들었다니까 거짓말은 아니겠지요. 남자가 첩을 보고 있다는 소문도 있었고…… 그런데…….."

그녀는 침을 꿀꺽 삼키고 나서 다시 엽차를 홀짝 마셨다.

"맥주 한 병하고 안주나 하나 주십시오."

여자는 기다렸다는 듯이 맥주병 마개를 땄다.

"한 잔 드시죠."

"아이, 저 술 못해요."

"한 잔만 받으십시오."

그녀는 마지 못하는 척 한 잔을 받더니 시원스럽게 한 잔을 들이켰다. 병호는 그녀가 따라 주는 술을 마시고 나서 그녀에게 다시 한 잔을 권해 보았다. 그랬더니 그녀는 이번에는 사양하지 않고 술잔을 얼른 받았다.

술이 들어가자 그녀는 제법 말이 많아지기 시작했다.

"그런데 글쎄…… 저 집에 처녀가 식모로 들어갔는데……

나중에 몇 달 지나서 보니까 그것이 임신을 했더라고요."

"저런! 그래서요?"

병호는 짐짓 놀라는 척하면서 눈을 크게 떴다.

"동네에 소문이 파다하게 퍼졌지요."

여인은 신이 나서 지껄였다.

"그래서요? 그 식모는 지금도 집에 있습니까?"

"없어요. 제 말 들어 보세요."

"맥주 한 병만 더 주십시오."

그녀가 술병을 가져 오느라고 이야기가 잠시 중단되었다.

"식모는 몇 살쯤 됐나요?"

"아이, 제 말 들어 보시라니까요."

그녀는 병호가 따라 주는 술을 사양하지 않고 받았다.

"나이는 한⋯⋯ 열일곱 여덟 됐을까. 아주 곱상하게 생긴 시골 아이였지요. 그런데 주인이 애를 배게 한 모양이에요."

"박 사장이 말입니까?"

"네, 그 집 주인이라니까 사장이겠지요."

"네, 그래서요?"

여인은 혀로 입술을 핥았다.

"서방이 식모애를 임신시켰으니 집안이 조용할 리가 있겠어요. 시끄러웠죠."

"형편없는 친구군."

"죽어 싸지요. 그것 때문에 부부가 매일 싸우고 하루도 조용할 날이 없었지요. 그런데 이상하게도 그 식모애를 내쫓지 않더라구요."

"첩으로 삼았나요?"

"아이, 그게 아니고……."

여자는 제법 눈을 곱게 흘겼다.

"……그게 아니고, 나중에 알고 보니까 이왕 아기를 밴 거 뗄 필요 없이 아기를 낳기로 한 모양이에요. 그러니까 자식이 없는 판에 식모가 아기를 낳으면 그 아기를 기르기로 하고 대신 식모는 쫓아 버리려고 한 모양이에요. 식모한테는 돈 좀 쥐어 주고 말이에요. 왜 그런 일 있잖아요."

"그, 그렇죠. 있을 수 있는 일이죠."

여인이 신이 나서 지껄여 주는 바람에 그는 기분이 좋았다. 그러나 내색은 하지 않고 바보 같은 표정만 짓고 있었다.

가게 여주인은 말을 계속했다.

"그렇지만 아무리 식모라고 그 말을 듣겠어요. 짐승도 자기 자식을 데려가면 울부짖고 야단인데 하물며 사람이 가만있을 리 있겠어요."

"그렇지요. 들을 리가 없지요."

병호는 더 많은 것을 알아내기 위해 부지런히 맞장구를 쳤다. 꽤 재미있는 사건인 것 같았다.

여인은 벌건 얼굴을 손바닥으로 쓰다듬으며 뜸을 들였다.

"그래서 어떻게 됐습니까?"

"어떻게 되긴요. 식모애가 도망쳐 버렸지요. 뭐."

병호는 들고 있던 술잔을 탁 내려놓았다.

"아이구, 저런! 도망을 쳐요?"
"네, 그랬다니까요. 당연하죠 뭐. 안 그래요?"
"그, 그렇죠. 그대로 있을 수는 없죠. 어디로 도망쳤나요?"
"그걸 누가 아나요. 아무도 모르지요. 아무리 식모지만 그렇게 대할 수 있어요? 식모가 도망쳤다는 소문을 듣고는 어떻게나 불쌍하던지……."

그녀의 눈시울이 붉어지고 있었다.

"그 어린 것이 배가 불러 가지고 어디로 갔겠어요. 하여간 남자란 다 도둑놈들이에요."

그녀는 말을 마치고 술을 벌컥벌컥 들이켰다.

병호는 맥주 한 병을 또 시켰다.

"그 후 그 식모 소식은 들었나요?"

"못 들었어요."

"그 식모는 어떻게 해서 저 집에 들어가게 됐나요?"

"이 동네에 살고 있는 전라도 아줌마가 소개했지요. 그 애하고는 같은 고향 사람인데, 올 데 갈 데 없으니까 그 애를 소개해 줬나 봐요."

자던 아기가 깨어 울어대기 시작하자 아낙은 아기를 품에 안고 젖을 물렸다. 젖을 끄집어내는 폼이 조금도 부끄러워하거나 하는 기색이 없었다.

병호는 그녀의 탐스럽게 부풀어 오른 흰 젖가슴을 염치없이 바라보았다. 시선이 마주치자 그녀는 미소를 보내왔다. 요염한 미소였다. 병호는 시선을 돌리면서 물었다.

"그 전라도 아줌마라는 여자 좀 만날 수 없을까요?"
"지금은 안 돼요."
그녀는 토라져서 대답했다.
"왜요?"
술까지 사 줬는데 거절할 셈인가. 한 병 더 팔아 줄까.
여자가 트림을 했다. 눈언저리가 불그레하게 달아올라 있었다.
그녀는 손을 뻗어 담배를 한 대 뽑아 들었다.
"담배 한 대 피우겠어요."
"아, 얼마든지 피우십시오."
병호는 성냥불을 당겨 주었다.
그녀는 제법 능숙하게 담배를 피웠다. 그녀는 담배 연기가 아기에게 가지 않도록 능숙하게 연기를 내뿜었다.
허공으로 담배 연기를 뿜어대는 그녀의 모습과 칭얼거리며 열심히 빨아대는 아기의 모습이 너무 대조적으로 보였다.
"여자 혼자서 살아가는 것도 참 힘드네요."
여자가 느닷없이 혼잣말처럼 중얼거렸다.
"혼자 사십니까?"
"가게 하나 차려주고 자기는 외국에 나갔어요. 돈 벌어 오겠다고 사우디아라비아에 갔는데…… 여기 있을 때는 밤낮 술만 퍼마시고 해서 제발 따로 살았으면 했는데 막상 몇 달 떨어져 있으니까 그래도 아무리 주정꾼 남편이라도 없는 것보다는 곁에 있는 게 낫겠다 싶네요."

"그거야 그렇지요. 사람은 혼자서는 못 사는 법입니다."

"지금 애가 몇이세요?"

갑자기 여자가 이런 질문을 하자 그는 잠시 머뭇거리다가 거짓말을 했다.

"셋입니다."

"사모님이 잘해 주시죠?"

"뭐 그저 그렇지요. 그 전라도 아줌마를 좀 만나야겠는데…… 어디 가면 만날 수 있을까요?"

"시장에서 생선 장사하고 있어서 집에는 없어요. 집에는 늦게나 돌아올 거예요."

"시장으로 찾아가면 만날 수 있겠군요?"

"생선 장사가 어디 한둘인가요."

"어느 시장인지 가르쳐만 주십시오."

"길 건너에 가서 버스를 타고 종점까지 가시면 돼요. 종점에서 시장이 어디냐고 물으면 가르쳐 줄 거예요. 그러나 지금은 가 봐야 만날 수 없을 거예요."

그녀는 자기 혼자서만 병호를 상대하고 싶어 하는 눈치였다. 정보 제공을 다른 사람한테 넘기고 싶지 않다는 기색이 역력했다. 사람의 욕심이란 때로는 터무니없는 것에까지 기승을 부린다. 병호는 계산을 치르고 일어섰다. 가게 여주인에게서 얻은 정보는 아주 귀중한 것이었다.

오늘은 소득이 많은 날이었다. 그는 기분이 좋았다.

"정 그 여자를 만나시려면 밤늦게나 집으로 찾아가는 수밖에 없을 거예요."

"저녁에 들르죠. 실례 많았습니다."

"자주 들러 주세요."

그녀는 타는 듯한 눈으로 바라보면서 아쉬운 듯 말했다.

"그렇지 않아도 자주 들를 겁니다."

그는 턱을 쓰다듬으면서 돌아섰다. 까칠한 수염이 손바닥을 간지럽혔다.

동 정

◦ ◦ ◦ ◦ ◦ ◦ ◦ ◦ ◦

눈은 아까보다 더욱 많이 내리고 있었다. 솜뭉치 같은 눈이 펑펑 쏟아지고 있었다. 세상이 온통 하얗다. 사람도, 길바닥도, 지붕도, 달리는 차량도, 강아지도 모두 하얗기만 하다.

그는 문득 세상이 아름답다고 생각한다. 이 아름다운 세상에서 오래오래 아름답게 살고 싶다고 생각한다. 바람이 분다. 바람에 눈송이가 미친 듯 춤을 춘다. 이번에는 눈송이처럼 미친 듯 춤을 추고 싶다고 생각한다. 춤추다가 쓰러지고 싶다고 생각한다.

그러고 보니 춤을 춰 본 지도 무척이나 오래된 것 같다. 너무 오래되어 춤추는 법도 잊어버린 것 같다.

실로 오랜만에 그 여자가 생각났다. 수년 전에 사귀던 여자였는데, 콧잔등에 주근깨가 촘촘히 붙어 있는 그녀는 춤을 잘 추었다. 춤출 때는 그의 품에 안겨 꿈꾸듯 추곤 했는데, 몸집이 작아 팔을 벌리면 폭 안겨들곤 했다. 폭 안겨드는 그 맛이 좋아 그는 그녀와 자주 춤을 추러 다니곤 했다.

그는 눈을 발로 툭툭 차면서 걸어갔다.

임신한 소녀는 무거워 오는 배를 안고 어디로 갔을까. 임신한 여자. 그것도 앳된 얼굴에 유난히 배가 부른 여자를 보면 측은한 생각이 든다. 그것이 그녀의 운명인 것처럼 생각된다.

　소녀가 임신을 했다. 그것도 아버지 같은 사람의 씨를 뱄다. 놀라운 일이다.

　하긴 놀라운 일이 어디 한둘인가. 도처에서 일어나고 있는 일들이 모두 놀라운 일들뿐인데.

　올 데 갈 데 없다는 그 소녀는 지금쯤 어디에 가 있을까. 어느 구석진 곳에서 뱃속의 아기를 지키기 위해 아마 절망적인 몸부림을 치고 있겠지. 자기를 임신시킨 사내가 죽은지도 모르고. 배가 불렀으니 어디 간들 따뜻이 맞아 주겠는가. 소녀에게 이 세상은 한없이 넓고 춥기만 하겠지. 그리고 모든 사람들이 무섭고 야속하기만 하겠지.

　인간 사회처럼 약육강식의 논리가 철저히 적용되는 곳도 없다. 그것을 막기 위해 여러 가지 제도가 존재하고 있고 또 강구되고 있지만, 그것이 효과적으로 영향력을 발휘하고 있는 것을 그는 아직 보지 못했다. 사악한 인간들은 그 벽을 교묘히 피하든가 또는 그것을 무너뜨리면서 약육강식의 논리를 지켜나간다.

　동물 세계에서는 그것이 원시적인 충동에 의한 단순한 것이지만 인간 사회에서는 그것이 교묘하고 비열하고 타산적인 것이다.

　맹수는 배가 고프기 때문에 약자를 잡아먹는다. 그리고 배가 부르면 맹수는 잠을 잔다. 아무런 죄의식도 없이 자연의 당연한 섭리에 따라 느긋하게 잠을 잔다.

　그러나 인간은 그렇지가 않다. 아무리 배가 불러도 먹이를 더 많이 저장해 두기 위해 약자를 착취한다. 그 욕심은 무한한 것이어서 아무리 착취를 해도 만족을 느끼지 못한다. 섹스를 처리할 수 있는 아내가 있는데도 불구하고 어린 식모를 겁탈한 사내야말로 이런 인간들의 대표적인 예에 속한다.

그런데 그러한 사내의 살인범을 나는 체포해야 한다. 그의 죽음은 당연한 것인지도 모른다. 그러나 나는 그를 살해한 범인을 찾아야 하는 것이다. 아무리 마음이 내키지 않더라도 말이다. 정의의 칼이라는 이름 아래…….

우스운 이야기다. 정의의 칼이라니, 정말 우스운 이야기다. 나는 법이라는 우스꽝스러운 제도의 도구일 뿐이다. 명령에 따라 움직이는 꼭두각시.

그는 하늘을 올려다보았다. 눈이 얼굴에 부딪히자 간지럽게 느껴졌다. 예쁜 처녀가 우산을 받쳐 든 채 다가오고 있다. 하얀 우산 밑의 예쁜 얼굴이 한 폭의 그림 같다. 그는 자기도 모르게 처녀를 향해 미소를 던진다.

처녀는 놀란 표정으로 얼른 시선을 돌려 버린다. 그리고 그의 곁을 급히 지나친다. 미친 남자의 미소에 불안을 느꼈던 것 같다.

이렇게 눈이 올 때면 끝없이 걷고 싶다. 옆에 사랑하는 여자라도 있으면 걷는 즐거움이 더욱 크겠지. 그런데 왜 내 곁에는 사랑하는 여자가 없을까?

콧잔등에 주근깨가 많은 그 조그만 여자는 사귈수록 사랑스러운 여자였었다. 그녀의 아버지는 초등학교 교사였고, 그녀 역시 초등학교에서 아이들을 가르치고 있었다.

그 여교사와의 관계는 1년쯤 계속되었었다. 자기보다 열아홉 살이나 아래인 그녀를 그는 시간이 흐를수록 더욱 좋아하게 되었고, 그에 못지않게 그녀 역시 열심히 그를 따랐다. 그런데 서로가 깊이 사랑하고 있다는 것을 자각하고 있으면서도 그들은 웬일인지 어느 쪽에서도 그런 말을 하려고 들지를 않았다. 물론 육체관계 같은 것도 없었다.

그는, 자기 딸보다 열아홉 살이나 많은, 마흔이 넘은 사내한테 자기 딸을 시집보낼 부모가 세상 천지에 어디 있겠느냐고 스스로 생각하고 있었다. 더구나 형사 나부랭이라는 별 볼일 없는 직업을 가지고 있는 사내한테 말이다. 만일 그런 부모가 있다면 그 부모는 미친 것이 틀림없다. 미치지 않고서는 그런 사내한테 자기 딸을 줄 수가 없는 것이다.

어느 날 그녀가 어쩌면 결혼하게 될 것 같다고 말했을 때, 그는 아무 말도 할 수 없었다. 그녀에게 결혼하지 말라고 자신 있게 말할 수 없는 자신의 입장이 그렇게 저주스러울 수가 없었다. 여자가 야속하기도 했다. 하지만 그것은 배신감과는 다른 것이었다.

그는 어느 다방 앞에서 걸음을 멈추었다. 조잡하게 만든 아크릴 간판이 바람에 흔들리고 있었다.

그는 다방 안으로 들어갔다. 변두리 다방이어서 그런지 실내에는 별로 손님이 없었다. 그는 난롯가에 앉았다. 구석에 앉은 중년 사내와 시시덕거리고 있던 아가씨가 일어나 그에게 다가왔다. 그는 커피를 한 잔 시켜 마신 뒤 흘러간 유행가 가락을 듣고 있다가 이윽고 고개를 떨어뜨리면서 끄덕끄덕 졸기 시작했다.

선잠이었는데 꿈속에 잠깐 사창가에서 본 그 어린 소년이 나타났다. 소년의 두 눈이 유난히 까맣게 반짝인다. 그 눈이 흑진주 같다고 그는 생각한다. 그것을 만지려고 하자 소년은 그를 피하면서

"이쁜 색시 있어요."

하고 말한다.

그의 안색이 굳어진다. 그는 소년의 멱살을 움켜쥐고 주먹을 쳐들다가 멈칫한다. 임신한 창녀가 판자문을 잡고 서서 그를 쳐다보고 있다.

소년의 누나다. 어린 창녀의 얼굴은 하얗다 못해 푸르딩딩한 빛을 띠고 있다. 배는 유난히 부풀어 있다. 배가 몹시 무거워 보인다. 창녀의 앙상한 두 손이 배 위에 놓여 있다.

"놀다 가세요. 이쁜 색시 있어요."

소년이 그의 소매를 잡아 흔든다. 그를 바라보는 창녀의 눈이 점점 확대된다. 흡인력이 느껴지는 눈이다. 그 눈에 끌리듯이 그는 창녀 쪽으로 다가간다. 창녀의 눈에 공포의 빛이 나타난다. 그녀가 갑자기 떨기 시작한다. 떨다말고 갑자기 집안으로 사라져 버린다. 그는 창녀를 부르다가 눈을 떴다. 사실은 누가 흔드는 바람에 눈을 뜬 것이다.

레지가 그를 거만하게 내려다보고 있었다.

"다방에서 잠자면 어떻게 해요."

깡말라 보이는 레지가 쌀쌀맞게 쏘아붙였다.

그는 수치심을 느끼면서 바로 앉았다. 그리고,

"피곤해서 눈 좀 붙였어요."

하고 말했다.

그의 말이 떨어지기 무섭게 레지는 다시 쏘아붙였다.

"여기가 잠자는 덴 줄 아세요. 손님들 눈이 있잖아요."

레지가 큰소리로 말하는 바람에 그는 기분이 상했다. 그러나 대꾸하지 않고 그대로 잠자코 있었다. 여자하고는 싸움이 안 된다. 싸움이 될 수가 없는 것이다. 만일 여자하고 싸우고 싶으면 이쪽도 여자가 되어야 한다. 레지가 거친 손길로 찻잔을 걷어가자 그는 일어서서 밖으로 나왔다.

꿈속에서 나타난 소년과 창녀의 모습이 머릿속에 선명하게 남아 있다. 마치 그들이 그를 부르고 있는 것만 같았다. 그는 그 동안 그들을 잊고 있었던 것을 깨닫고 사창가로 발길을 돌렸다.

소년의 누나인 그 어린 창녀는 누구의 씨를 배고 있는 걸까. 아마 누구의 씨인지도 모를 테지. 그러면 왜 수술하지 않고 그러고 있는 걸까. 아버지를 모르는 아기라도 낳고 싶어서 그러는 걸까. 그럴 리야 없겠지. 그렇다면 수술비용이 없어서 그대로 있는 것일까. 그 늑대 같은 포주가 수술비를 대줄 리가 없겠지. 사악한 인간 같으니! 가장 좋은 방법은 그녀를 수술시킨 다음 공장 같은 데 취직시켜 주는 것이다. 뜻대로 될지 모르겠지만 한번 알아 봐야지.

사창가 골목은 언제 보아도 을씨년스럽다. 생활의 활기 같은 것은 조금도 보이지 않고 오물이 쌓여서 썩어가는 듯한 냄새만 난다. 모든 것을 포기한 여자들의 절망적인 눈초리가 골목 안을 더욱 을씨년스럽게 만들어 주고 있다.

그는 자신도 모르게 심호흡을 했다. 동정을 버리기 위해 처음으로 사창가에 들어서는 남자처럼 긴장된 표정이다. 왜 그럴까. 처음 가는 것도 아닌데. 그리고 창녀를 안기 위해 가는 것도 아닌데 불안하고 조심스러워진다.

수줍음을 버린 여자들이 섹스를 제공하기 위해 줄지어 서 있다. 어둠 속에 얼어붙은 듯 서 있는 모습들이 하나같이 허수아비 같다. 어둠 속에서 수십 개의 눈들이 번득거리고 있다. 더 이상 버릴 것이 없는 여자들이기에 남자들보다 용기가 있는지도 모른다. 여자들이 그를 향해 흐물흐물 움직이기 시작한다. 먹이를 노리고 다가오는 짐승들 같다.

"놀다 가세요."

주름을 감추려고 화장을 짙게 한 늙은 창녀가 그의 소매를 잡아끈다. 그는 머리를 흔들면서 걸어갔다.

"쉬었다 가세요."

이번에는 유난히도 어려 보이는 창녀가 그를 붙잡았다. 보아하니 열댓 살 정도로밖에 보이지 않는다. 그가 주춤하자 어린 창녀는 그의 팔짱을 끼었다.

"쉬었다 가세요. 싸게 해드릴께요."

"이러지 마."

그가 팔을 빼려고 하자 그녀는 더욱 세게 팔짱을 끼었다.
"아저씨, 놀다 가세요. 2만 원만 받을게요."
창녀의 목소리가 애잔하게 그의 귓전을 흔들었다. 비로소 그는 그녀가 손님을 붙잡기 위해 거의 필사적이라는 것을 깨달았다.
"이러지 마. 난 가야 해."
"아이, 놀다 가세요. 잘해 드릴게 놀다 가세요."
그녀는 그의 팔에다 가슴을 비벼대며 울상을 지었다.
"만 오천 원만 내세요."
"……."
"그럼 만 이천 원."
"……."
"만 원……."
"……."
"오천 원!"
그녀가 더 이상 참을 수 없다는 듯 소리를 질렀다. 그는 기가 막혀 멀거니 그녀를 쳐다보았다. 단돈 5천 원에 자기 몸을 팔겠다는 어린 창녀를 과연 어떻게 받아들여야 할지 그는 알 수 없었다. 자신이 마치 인생을 헛산 것 같은 기분이 들기도 했다. 어린 창녀의 두 눈에 눈물이 괴어 있는 것을 보고 그는 고개를 돌렸다.
"얘가 미쳤어? 이분은 형사야!"
창녀 하나가 그를 알아보고 큰 소리로 말하자 어린 창녀는 그에게서 얼른 손을 떼었다. 그리고는 뒷걸음질 치다가 재빨리 어둠 속으로 사라져 버렸다.

창녀들이 일제히 경계의 눈초리로 그를 바라본다. 이제 아무도 그를 붙들려고 하지 않는다. 말을 거는 여자도 없다.

범인은 어쩌면 이 골목 안에 있는지도 모른다고 그는 생각한다.

그는 창녀들을 한 사람 한 사람씩 자세히 훑어본다. 창녀들이 몸을 움츠린다. 개중에는 슬슬 집안으로 들어가 버리는 창녀들도 있다. 붙잡혀 갈까 봐 겁이 나는 모양이다.

박 사장이 이 창녀들 중의 그 누군가와 관계가 있는 것이 아닐까. 이곳을 조사할 필요가 있다. 그러나 어디서부터 손을 대야 할지 그는 막연하기만 했다. 그렇다고 아무나 붙잡고 박윤기 사장을 아느냐고 물을 수도 없는 노릇이었다. 아마 그런 식으로 묻다가는 웃음거리밖에 안 될 것이다.

가까운 곳에서 갑자기 싸우는 소리가 들려 왔다. 술 취한 남자와 여자가 한데 어우러져 욕설을 퍼붓고 있었다. 그쪽은 술집이었다.

"X년, 지랄하고 자빠졌네."

"뭐가 어째?! 이 X새끼야. 느그 에미보고 X년이라 그래라. 내 막내 자식이 너보다는 나이가 훨씬 많다. 아무리 술장사 한다고 사람을 깔보면 안 돼! 너한테는 에미 애비도 없냐? 예끼, X새끼!"

"아이구, 육갑하네. 똥개 같은 것이 똥이나 처먹어라."

"네 에미하고 붙어먹어라, 이놈아!"

"왜? 나하고 붙어먹고 싶어? 하고 싶으면 따라와, 얼마든지 해줄게."

"이 천벌을 받을 놈! 너 같은 놈은 지옥에나 가야해. 짐승 새끼만도 못한 새끼! 저런 것도 사내새끼라고!"

"왜? 한 번 보여줄까? 물건이야 기차게 생겼지. 자, 보라구."

"예끼! 호로 X놈!"

그릇 깨지는 소리와 구경꾼들의 웃음소리가 한데 어우러져 들려왔다.

그것은 그야말로 푸짐한 욕설이었다. 너무 푸짐해서 나중에는 욕이 욕으로 들리지가 않았다. 오히려 눈을 녹일 듯 따뜻하게 느껴졌고, 끝내 그는 웃음이 나오고 말았다.

난무하는 욕설은 마치 눈송이처럼 어두운 하늘로 날아오르고 있었다. 그는 문득 자신도 한번 저들처럼 실컷 욕설을 쏟아봤으면 하고 생각했다. 차마 입에 담지 못할 욕들을 큰 소리로 쏟아 내면 답답한 속이 좀 풀릴 것 같았다.

"씨팔!"

그는 제법 큰 소리로 한마디 했다.

"X새끼!"

두 번까지는 할 수 있었다. 그러나 그 이상은 할 수 없었다. 그는 얼굴을 붉히며 입을 다물었다.

쌓인 눈이 얼어붙는 바람에 길은 미끄러웠다.

그는 어두워진 골목길을 천천히 올라갔다. 뒷짐을 진 채 할

일 없는 사람처럼 어슬렁어슬렁 걸음을 옮겼다.

"안녕하세요?"

소년이 어둠 속에서 튀어나오면서 절을 꾸벅 했다.

소년의 생글거리며 웃는 모습에 그는 마음이 밝아지는 것을 느꼈다. 그는 어둠 속에서 촛불을 보는 것 같았다. 지난번 사건 뒤로 소년은 그를 보호자처럼 생각하게 된 것 같았다. 형사 아저씨가 우리를 보호해 주기 위해 다시 나타났으니까 까불지 말라는 듯 주위를 한번 둘러보며 어깨를 펴는 것 같았다.

"오, 잘 있었니?"

그는 소년의 어깨를 잡고 흔들었다. 소년의 가냘픈 어깨뼈가 그의 손아귀 속에서 부서질 듯 흔들렸다.

"어디 가세요?"

소년은 그를 올려다보기 위해 고개를 뒤로 발딱 젖히고 물었다.

그는 허공을 한 번 올려다보고 나서 소년의 머리 위에 손을 얹었다. 그는 따뜻한 눈길로 소년을 내려다보면서 나한테도 요만한 아들놈이 있으면 얼마나 좋을까 하고 생각했다. 그러나 그것은 불가능한 일이다.

어쩐지 그는 평생 혼자 살 것만 같은 생각이 들었다. 낯선 여자와 만나 가정을 꾸린다는 것이 그에게는 왠지 너무 벅차고 어색하게 느껴지는 것이었다.

"어디 가세요?"

소년이 그의 소매를 잡아 흔들며 다시 물었다.

"너한테 놀러 왔다."

소년의 눈이 반짝 하고 빛났다. 보석같이 반짝이는 눈빛이었다.

"우리 누나하고 놀려구요?"

소년의 당당하고 거침없는 물음에 그는 기가 질렸다.

여자와 논다는 것이 무엇을 의미하는지, 그리고 그것이 자기 누나한테 얼마 만한 고통을 가하는 것인지, 소년은 모르고 있었다.

원, 이럴 수가 있담. 이 자식을 어떻게 해야 이해시킬 수 있을까.

그러나 어떠한 말로도 이해시킬 수 없음을 알자 그는 갑자기 기분이 암담해졌다. 어떤 말로도 소년을 이해시킬 수 없다고 생각한 것은 그 자신이 무능하다는 것을 스스로 느끼고 있기 때문이었다. 자신의 무능을 이처럼 확연히 느껴 본 적은 일찍이 없었다. 그것도 어린 소년한테 말이다.

처음 소년을 만났을 때와는 달리 그는 이제 소년으로부터 그런 말을 들어도 화가 나지 않았다. 그 대신 자신도 어찌 할 수 없는 깊은 절망감만을 맛보았다. 그는 절망의 늪 속에 빠져 허우적거리는 자신의 모습을 훤히 들여다보는 듯했다. 그것은 구제될 길 없는 허우적거림이었다.

"너의 누나는 몸이 아프지 않니?"

그는 소년의 눈치를 보면서 물었다. 소년은 고개를 살래살래 흔들었다.

"괜찮아요."

 소년 역시 병호의 눈치를 살피더니, 이젠 무슨 말을 해도 그가 화를 내지 않을 것이라고 생각했는지 거침없이 말을 이었다.

 "우리 누나 아프지 않아요. 매일 손님 받고 있는데요, 뭐. 우리 누나하고 노세요. 우리 누나 이뻐요. 우리 누나 인기 최고예요."

 소년은 그의 소매를 잡아끌기까지 했다.

 그는 자신이 허수아비 같다는 생각이 들었다. 이 애야말로 가장 절박한 삶을 살고 있다. 거기에 비한다면 나라는 존재는 아무 것도 아니다. 범인이나 찾아다니는 그야말로 한심하기 짝이 없는 존재일 뿐이다.

 "그러면 안 돼. 너의 누나 자꾸 그러다간 큰일 난다. 정말 큰일 난다. 네가 누나를 잘 돌보지 않으면 누가 돌보겠니? 너의 누나는…… 남자들 하고 놀면 안 돼. 방안에만 가만히 누워 있어야 해."

 "방안에만 가만히 누워 있으면 돈은 누가 벌어요? 우리는 굶어 죽게요?"

 어른스런 말에 그는 말문이 막혔다.

 "임마, 돈이 문제가 아니야. 너의 누나 그러다간 죽어. 누나가 죽어도 좋아?"

 일순 소년의 맑은 눈 속에서 불안한 빛이 스쳐갔다. 그러나 소년은 이내 머리를 흔들어 그의 말을 부정했다.

 "거짓말 말아요. 우리 누나가 왜 죽어요? 우리 누나는 죽지 않아요."

그들은 갑자기 약속이나 한 듯 눈을 똑바로 뜨고 서로를 쏘아보았다. 이상할 정도로 긴 침묵이 흐른 뒤 형사가 먼저 입을 열었다.

"세상에 죽지 않는 사람은 없어. 사람은 누구나 다 죽기 마련이야. 늙어서 죽고…… 병들어서 죽고…… 사고로 죽고…… 죽은 원인도 여러 가지야. 그리고 언제 죽을 지는 아무도 모르는 거야."

소년의 표정이 굳어졌다. 그는 비로소 형사의 말이 진지하다는 것을 깨달은 것 같았다. 그러나 그는 형사의 말을 믿기를 두려워하고 있었다.

"우리 누나는 괜찮아요. 누나가 괜찮다고 그랬어요."

"괜찮은 게 아니야. 누나는 일부러 그렇게 말한 거야. 누나는 지금 몸이 좋지 않아."

"괜찮대두요. 누나가 스케이트 사준다고 그랬어요. 이제 손님 다섯 명만 더 받으면 스케이트 살 수 있대요."

이런 멍청이 같은 놈. 그는 주먹을 불끈 쥐었다가 도로 풀었다. 이놈은 스케이트를 사는 것이 꿈인 모양이다. 손님 다섯만 더 받으면 스케이트를 살 수 있단다. 손님을 받는다는 것이 무엇을 뜻하는 것인지, 그 의미를 깨닫기까지는 앞으로 수년이 걸릴 것이다.

"이놈아, 그 돈이 어떤 돈인데 그 돈으로 스케이트를 사겠다는 거니? 바보 같은 놈 같으니."

"누나가 사준다고 그랬어요."

누나한테 책임을 전가하려고 든다. 나쁜 놈 같으니. 보나마나 누나한테 스케이트를 사달라고 몹시 졸랐겠지. 그리고 누나는 마지못해 사주겠다고 약속했겠지.

"하여간 누나한테 가 보자."

그는 소년의 어깨를 밀었다.

소년은 금방 표정이 밝아지면서 의기양양하게 앞장서서 걸어 들어갔다.

병호는 고개를 숙이고 뒤따라 들어섰다. 자신이 마치 사창가를 찾아온 손님으로 오해받을까 봐 뒤가 켕겼다.

중년 사내가 문틈으로 밖을 내다보다가 그와 시선이 마주치자 문을 열고 나왔다.

"아이구, 오셨습니까."

사내는 역겨울 정도로 비굴하게 웃으면서 고개를 숙였다. 병호는 반사적으로 그를 외면했다. 그리고 부드럽게 물었다.

"별일 없지요?"

병호의 부드러운 물음에 사내는 적이 놀라는 눈치였다.

그는 이 기회에 형사를 잘 사귀어 놔야겠다고 생각했는지 더욱 굽실거렸다.

"덕분에 아무 별일 없습니다. 좀 쉬었다 가시죠. 마침 좋은 애가 하나 들어왔습니다. 헤헤…… 아주 좋은 앱니다. 때도 묻지 않은 싱싱한 앱니다."

병호는 보기 싫은 얼굴을 똑바로 쳐다보았다. 그의 눈에는 그가 연약한 여자들의 고혈을 빨아먹고 사는 흡혈귀로 보였다. 이런 흡혈귀를 보고 있어야만 하는 자신의 무력감에 대해 그는 화가 치밀었다.

형사의 눈길이 갑자기 저주스러운 빛으로 변하자 사내는 당황했다.

"어, 어서 안으로 들어가시죠."

"나에게 두 번 다시 그런 말하지 마시오."

병호는 엄한 목소리로 말했다.

"아니, 전 특별히 다른 뜻으로 말씀드린 게 아니고……."

"닥쳐요!"

그는 낮게 부르짖었다. 사내는 움찔하고 놀라 입을 다물었다. 소년도 겁먹은 눈으로 병호를 쳐다보고 있었다.

"그런 짓하려고 여기 온 게 아니라 이 애 누나를 좀 만나보려고 온 거요. 오해하지 말아요."

"아, 그러십니까. 전 그런 줄도 모르고, 죄송합니다. 야, 얼른 방으로 모셔."

사내는 소년에게 냅다 소리 질렀다.

병호는 미간을 찌푸리면서 소년을 따라 구석진 방으로 들어갔다.

그러한 그를 사내는 아무래도 이해하지 못하겠다는 듯이 의아한 눈으로 바라보았다. 이윽고 형사가 방안으로 사라지자 그의 눈은 적대감으로 번득이기 시작했다.

어린 창녀는 방안으로 들어서는 병호를 보고 화들짝 놀라 일어섰다. 그녀는 눈을 크게 뜨고 병호를 바라보았다. 그녀가 너무 놀란 표정을 지었기 때문에 병호도 놀란 눈으로 그녀를 쳐다보았다.

그는 미소를 지어 보이려고 했지만 그것도 마음대로 되지가 않았다.

그들은 한동안 말없이 서로를 바라보기만 했다.

먼저 시선을 피한 것은 창녀 쪽이었다. 그녀는 시선을 피했다가 다시 그를 쳐다보았다. 빨간 스웨터 위로 부풀어 오른 젖가슴이 흔들리고 있었고 입은 반쯤 벌어져 있었다. 콧잔등에는 주근깨가 몇 개 오밀조밀 모여 있었다. 둥그스름한 코가 만지고 싶도록 귀여워 보였다.

아래까지 내려온 흑발과는 대조적으로 얼굴은 꿈에서 본 것처럼 창백했다. 그러나 자세히 보니 창백하다기보다는 누르스름하게 떠 있었다. 화장이라고 하긴 했는데 화장품이 받지를 않는지 화장기가 한쪽으로 밀려난 것이 마치 휴지로 지우다 만 것 같았다.

그의 시선이 밑으로 구르자 그녀는 두 손을 맞잡으면서 얼른 배를 가렸다. 그 바람에 그녀의 배는 더욱 두드러져 보였다. 이 몸을 가지고 손님을 받는단 말인가. 병호는 기가 막혀 말이 나오지 않았다.

"아저씨 잘 놀다 가세요."

소년이 제법 어른처럼 말했다. 놈은 의미 있는 미소를 던지며 꾸벅하고 절까지 했다.

"어디 가려고 그래. 추운데 여기 있어. 우리 군고구마나 사 먹으면서 재미있는 이야기나 하자."

병호가 붙들어 앉히려고 하자 소년은 잽싸게 밖으로 달려나갔다.

"괜찮아요. 잘 놀다 가세요."

놈은 히히 하고 웃었다.

"들어오라니까."

"싫어요."

소년은 머리를 흔들더니 총알처럼 뛰어가 버렸다.

둘만 남게 되자 창녀는 그제야 그의 시선을 피하면서 고개를 숙였다. 병호는 어색한 기분이었다. 괜히 들어왔다는 생각이 들었다. 어쩌자고 내가 여긴 들어왔지. 무얼 하자고 들어왔을까. 나라는 놈은 알다가도 모르겠단 말이야.

판자벽이 쿵쾅거리고 울리더니 갑자기 옆방에서 창녀의 윽박지르는 소리가 들려 왔다.

"X새끼, 아무리 X팔아 사는 년이지만 사람을 뭘로 알고 개수작이야. 개수작은. 썩 꺼져! 빨리! 드러운 새끼! 퉤!"

"이러지 마아―."

충청도 같기도 하고 전라도 같기도 한 사내의 느리터분한 말씨가 그 뒤를 이었다. 술에 잔뜩 취해 혀꼬부라진 소리였다.

"나가! 나가라니까!"

벽에 무엇이 날아와 부딪히는 소리가 요란스러웠다.

"아따, 되게 그래 쌌네. 잠깐 기다려어. 옷이라도 입어야 헐

거 아니여."

"기가 막혀서. 재수가 없으려니까 별 거지 같은 영감쟁이가 걸려가지고……."

"압따. 손님에게 너무 그러지 말더라고. 세상 살다보면 그럴 수도 있는 거 아니여. 요새 세상에 외상 안 통하는 데가 어디 있당가."

"뭐가 어째? 세상 천지에 외상 X하는 데가 어딨니? 단골이면 또 몰라. 오다가다 들른 생판 모르는 영감쟁이한테 뭘 보고 외상 X을 줘!?"

"아, 그렇게 해서 단골 되는 거지 뭐. 외상이라고 나쁠 것도 없지 않아. 나중에 이자 쳐서 주면 될 거 아니여."

"그럼 좋아. 그 시계 풀어."

"이 시계를 잡히라고? 그건 안 되지. 이 시계는 내 딸이 해준 건디, 안 되지."

"그럼 관둬. 썩 꺼져."

"어허 이러지 마. 좋게 말로 하지 차긴 왜 차. 연만한 사람한테 그러면 쓰는가."

문이 열리고 손님이 나가는 소리가 들려 왔다. 그러나 늙은 손님은 발길을 돌리기가 아쉬운 모양이었다.

"그래 좋아. 시계를 맡기지. 그 대신 이걸 잘 보관하고 있어야 혀. 내가 돈을 가지고 올 때까지 말이여."

"알았어요. 그까짓 고물딱지 누가 팔아먹을 줄 알아요?"

"고물딱지라니, 이래뵈도 신품이여 신품……."

손님이 다시 방안으로 들어가고 문이 쾅하고 닫히는 소리가 들려왔다.

병호는 가만히 한숨을 내쉬면서 방안을 둘러보았다.

방안은 두 사람이 겨우 누울 수 있을 정도로 비좁았다. 방바닥에는 때에 절은 듯한 이불이 펴져 있었고, 한쪽 구석에는 조그만 트렁크가 하나 댕그라니 놓여 있었다. 짐이라곤 그 트렁크 하나뿐이었다. 그 트렁크 위에 화장품이 서너 가지 오밀조밀하게 놓여 있었다.

병호는 한동안 그 빈약한 화장품을 물끄러미 바라보고 있었다. 사실은 그 화장품 사이에 놓여 있는 조그만 성모상에 눈을 주고 있었다. 석고로 만든 그 조그만 성모상은 흰빛을 뿌리며 화장품 사이에 놓여 있었다. 그것 때문인지 그때까지 침침하고 어둡기만 하던 방안이 갑자기 밝아지는 것 같았다.

방안이 밝아진다고 느끼는 순간 갑자기 불이 꺼졌다. 그리고 대신 붉은 불이 켜졌다. 너무 촉수가 약했기 때문에 잠시 주위가 보이지 않았다.

주위에 눈이 익었을 때 창녀가 옷을 벗고 있는 것이 보였다. 그녀는 아주 조용히 움직이고 있었다.

먼저 스웨터를 벗어 벽에 걸었다. 다음에는 검정 셔츠를 뒤집어 뽑았다. 뒤집힌 것을 바로하고 차곡차곡 개어 웃목에 놓는다. 가슴을 가린 브래지어는 그대로 둔 채 이번에는 스커트를 끌어내린다.

그녀의 움직임은 매우 느렸다. 싫은 것을 마지못해 억지로 벗는 것 같은 그런 모습이었다. 그런데 붉은 불빛 때문인지 그녀의 움직임 하나하나가 환상적으로 보였다. 그녀는 마치 붉은 조명등 아래에서 무언극을 하고 있는 것 같았다.

그녀는 벗은 옷가지들을 모두 차곡차곡 개켜 놓았다. 양말까지도 아무렇게나 벗어 던지지 않고 얌전히 개 놓았다.

병호는 그녀의 움직임을 잠자코 지켜보고 있었다. 어떻게 나오는지 가만 두고 볼 생각이었다.

그녀는 매우 신중하게 움직였다. 마치 중요한 의식을 앞에 둔 사람처럼.

마침내 브래지어와 팬티만 남게 되었다.

창녀가 몸을 조금 돌리면서 그를 바라보았다. 쓸쓸한 미소가 그녀의 입가에 잠시 나타났다가 사라졌다. 준비가 다 됐다는 표시일까.

브래지어 위로 터질 듯이 부풀어 오른 젖가슴이 마른 몸매와 묘한 대조를 이루고 있었다. 삼각팬티 위로 불룩 솟아나온 아랫배는 기형적으로 보였다. 누가 보아도 임신임을 알 수 있을 만큼 그것은 눈에 띄게 두드러져 보였다.

팔다리는 그야말로 앙상해 보였다. 그것이 더욱 측은한 느낌을 자아내게 하고 있었다.

앙상한 몸매와 큼직한 젖가슴, 그리고 튀어나온 아랫배는 아무래도 어울려 보이지가 않았다.

그녀는 무슨 말을 할 듯하다가 또 가만히 미소했다. 역시 쓸쓸하고 조심스러운 미소였다.

그가 아무 반응을 보이지 않자 그녀는 안심한 듯 손을 뒤로 돌려 브래지어를 벗겨 냈다. 그리고 마지막으로 허리를 굽혀 팬티를 벗었다.

그녀는 수줍은 듯 한 손으로는 젖가슴을, 다른 한 손으로는 음부를 가리면서 그를 쳐다보았다. 그가 얼른 행동에 옮겨 주기를 바라는 눈치였다.

그제서야 병호는 고개를 흔들었다.

"그럴 필요 없어. 옷을 입어요."

그 말에 창녀는 당황하는 것 같았다. 모욕을 당한 듯 그녀는 어쩔 줄 모르며 그를 쳐다보기만 했다.

그녀를 놀린 것 같아 그는 미안한 생각이 들었다. 그녀가 옷을 벗기 전에 말했어야 옳았다.

"옷을 입으라니까!"

그는 큰소리로 말했다.

그러나 그녀는 옷을 입으려 들지 않았다. 호소하는 눈길로 그를 쳐다보기만 할 뿐이었다.

그는 다시 한 번 옷을 입으라고 말했다. 그러자 그녀는 울먹이는 소리로,

"제가 임신했기 때문에 그러시지요?"

하고 물었다.

너무도 가냘픈 목소리에 그는 대꾸할 말을 잃었다. 그녀가 말을 이었다.

"임신했어도 그건 할 수 있어요. 남보다 잘할 수 있어요."

병호는 기가 막혀서 멍하니 그녀를 바라보았다.

그녀는 젖가슴과 음부를 가리고 있던 두 손을 밑으로 떨어뜨렸다.

그녀의 얼굴에서는 이미 수줍음 같은 것은 사라지고 없었다. 그 대신 이 손님을 놓쳐서는 안 된다는, 그를 어떻게든 붙들어야 된다는 집요한 의지 같은 것이 드러나 있었다.

그녀는 벌거벗은 채 대담하게 그를 향해 다가왔다. 그리고 호소하는 눈길로 그를 쳐다보면서,

"옷 벗겨 드릴께요."

하고 말했다. 그녀의 손이 그의 코트 자락을 잡았다.

"이러지 마."

그는 그녀의 손을 가만히 밀어냈다.

"옷을 입으라니까."

"괜찮아요."

그녀의 눈이 원망으로 변했다.

"전 잘할 수 있어요. 즐겁게 해드릴 수 있어요."

그녀의 눈에 눈물이 어리고 있었다.

"가지 마세요. 네? 그대로 가시면 싫어요. 제발 부탁이에요. 가지 마세요. 네?"

그녀는 애처로운 눈길로 그를 바라보면서 애걸했다.

"남자들은 저만 보면 도망쳐요. 제가 임신했기 때문에 그러는 거예요. 어제도 하루 종일 공쳤어요. 제발 가지 마세요. 잘해 드릴께요."

병호는 그녀의 말에 서서히 분노가 치미는 것을 느꼈다. 그녀를 한 대 쥐어박고 싶은 것을 가까스로 참으면서 그녀의 팔을 꽉 움켜잡았다.

"이 바보야, 그런 몸으로 남자를 받으면 어떻게 되는 줄 알아? 잘 못하면 죽어."

"죽어도 좋아요."

그녀는 절망적으로 말하면서 손등으로 눈물을 훔쳤다.

병호는 그만 할 말을 잃었다. 그는 한참 동안 그녀를 노려보다가,

"너하고 그걸 하려고 여기 들어온 게 아니야."

하고 말했다.

"그럼, 뭐 하러 오셨어요?"

그녀는 의심스러운 듯 물었다.

그녀의 눈에는 세상의 모든 남자들이 다 똑같아 보였다. 나이가 많든 적든, 학력이 높든 낮든, 가난한 사람이나 부자나 간에 여자를 상대하는 면에서는 다를 바가 없었다. 무수한 남자들이 그녀의 배 위를 거쳐 갔고, 그 과정에서 그녀는 나이에 어울리지 않게 많은 것을 경험하고 배울 수가 있었던 것이다.

지난번에 왔을 때 이 형사는 인정이 있는 체 굴었다. 인정을 앞세우는 이런 류의 인간들이 더러 있다. 혀를 끌끌 차면서 동정하는 체 하지만, 거기에 넘어가서는 안 된다. 이들이 보여 주는 동정이란 기실 엉큼한 수작에 불과하다. 뭔가 뜯어가려는 수작 말이다. 하지만 나한테는 아무 것도 뜯어가지 못할 걸. 아무 것

도 가진 게 없으니까. 나는 이 몸밖에는 아무 것도 가진 게 없어. 이 남자는 나를 미끼로 주인 아저씨한테서 돈을 우려내려고 그러는 게 아닐까.

"이거 봐. 내 말 안 들려? 빨리 옷을 입고 거기에 앉으란 말이야. 화대는 주고 갈 테니까."

병호는 털썩 주저앉은 다음 담배를 꺼내 불을 붙였다.

모든 것이 암담하게만 느껴졌다.

털장갑

○ ○ ○ ○ ○ ○ ○ ○ ○

"싫어요!"

창녀는 날카롭게 소리쳤다.

그 완강한 태도에 병호는 어리둥절할 정도였다.

"이런 바보 같은, 아기를 낳아서 어떻게 하겠다는 거야. 아버지도 모르는 아기를 낳아서 도대체 어떻게 하겠다는 거야?"

그는 화가 나서 창녀에게 사정없이 말했다.

서영화(徐英和)는 고개를 숙이더니 훌쩍훌쩍 울기 시작했다. 소리를 죽이느라고 어깨가 격하게 들먹거리고 있었다.

병호는 문득 자기가 왜 이렇게 나서야만 할까 하고 생각했다. 그것은 분명 그가 해야 할 일이 아니었다. 그가 해야 할 일은 살인범을 찾아내는 일이었다. 그런데 그는 엉뚱하게도 어린 창녀의 임신을 놓고 걱정하고 있는 것이다.

"네 처지를 잘 생각해 봐. 넌 지금 열여덟 살이야. 열여덟 살짜리가 혼자서 아기를 낳아 기르겠다는 거냐? 그러다간 넌 평생 불행하게 돼. 병원에 가서 수술만 하면 간단하게 끝날 수 있는데, 왜 고생을 사서 하는 거지? 수술비가 없으면 내가 대 줄 테니까 그건 염려 마. 수술하고 몸이 건강해지면 취직도 시켜 주겠다. 잘 생각해 봐. 이런 사창굴에서 이런 짓 하다가는 넌 얼마 못

가 죽고 말아."

그는 자신도 놀랄 정도로 열심히 지껄였다. 그러나 어린 창녀의 반응은 냉담하기만 했다.

"차라리…… 죽고 싶어요."

그녀는 더듬거리며 말했다.

병호는 찬물을 뒤집어쓴 것 같은 기분이었다.

"이런 빌어먹을……."

그는 자기도 모르게 욕이 나왔다. 더 욕이 나오려는 것을 참자니 화가 나서 견딜 수가 없었다.

그는 창녀를 쥐어박고 싶었다. 갸름하고 앳되게 생긴 것과는 달리 그녀는 몹시 고집스러웠다.

"정말 죽고 싶어?"

"네, 죽고 싶어요."

그녀는 서슴없이 대답했다.

열여덟 살 소녀의 입에서 죽고 싶다는 말이 거침없이 나오고 있다. 이것을 어떻게 받아들여야 할까.

"그런 말 함부로 하는 게 아니야."

그는 그녀의 어깨 위에 손을 얹었다. 어깨의 떨림이 가라앉을 때까지 그는 그러고 있었다.

"네 동생을 생각해 봐. 네 동생은 똑똑하고 영리한 것 같은데 학교도 못 가고 여기서 나쁜 것만 배우고 있지 않니. 이건 네 책임이야. 그렇게 생각하지 않나?"

그녀는 고개를 떨어뜨렸다. 그 말을 인정한다는 뜻이었다.

그녀가 처음으로 수긍하는 빛을 보였기 때문에 그는 반가웠다.

"여기는 아이들이 있을 곳이 못 돼. 될 수 있는 대로 빨리 여기를 벗어나 다른 곳에 가서 살아야 돼. 네 동생은 정말 똑똑하고 영리한 아이야. 학교에 보내면 공부 잘할 거야."

그의 말은 비로소 효력을 발휘하기 시작한 것 같았다. 동생 문제를 들고 나오자 그녀는 꼼짝 못하고 있었다.

사실 그녀는 어린 동생을 생각할 때마다 가슴이 아팠다. 지금 밖에 나가 손님을 끌어오는 것은 전적으로 어린 동생이 맡아하고 있었다. 그녀는 유객 행위를 하고 싶어도 배가 불러 오히려 손님을 쫓는 격이 되어 밖에 나가지를 못하고 있었다. 그래서 어쩔 수 없이 어린 동생을 내보내고 있는데 그게 마음에 걸려 항상 그녀의 가슴을 아프게 하고 있었다.

그 가장 아픈 곳을 형사가 찌르고 있는 것이다. 그의 말은 백번 옳았다. 그녀도 이곳을 빨리 벗어나 동생을 학교에 보내야 한다는 것을 잘 알고 있었다. 비록 자신은 몸과 마음이 짓밟힐 대로 짓밟혀, 갈 데까지 갔지만 동생만은 훌륭하게 키워야 한다고 언제나 생각하고 있었다. 어린 동생은 초등학교 3학년까지 다니고 나서 그 뒤로는 학교에 가 보지 못했다. 동생은 지금 아무것도 모르고 있지만, 그녀는 어린 동생의 장래를 생각할 때마다 너무 안타까운 나머지 가슴이 미어지곤 했다. 생각 같아서는 동생을 대학까지 마치게 하고 싶었다. 그러나 지금 같아서는 그저 암담하기만 했다.

그녀는 묘하게 생겨먹은 형사가 왜 그녀의 아픈 곳을 짓궂

게 건드리고 있는지 알 수 없었다.

"너는 하루빨리 여기를 빠져나가 취직을 해서 네 동생 학교도 보내고 너도 새 생활을 해야 돼. 네가 그럴 마음만 있다면 내가 적극 도와주겠다."

고마운 말이다. 그렇게 되면 얼마나 좋으랴. 하지만 그녀는 그의 말에 기대를 걸 수 없었다. 그가 분명 조건을 제시할 것이기 때문이었다. 아니나 다를까.

"취직을 하려면 우선 몸이 그래서는 안 돼. 배가 불러가지고는 아무데도 취직할 수 없어. 그러니까 내 말대로 병원에 가서 수술하도록 해. 수술비는 내가 대줄 테니까."

"싫어요!"

그녀는 완강히 고개를 흔들었다. 그 점에 있어서만은 그녀는 단호했다.

"네가 말을 안 들으면 강제로 끌고 가겠어. 강제로 병원에 끌려가는 것보다는 자발적으로 가는 게 좋을 거야."

그는 협박조로 말해 보았다. 그러나 그녀에게는 그 어떤 것도 먹혀들지 않았다.

"안 돼요. 싫어요."

그녀는 뒤로 물러앉으면서 그를 사납게 쏘아보았다.

병호는 한숨을 내쉬었다.

"그럼, 아기를 낳겠다는 거냐?"

창녀는 웅크린 채로 머리를 끄덕였다.

"도대체 남자가 누군 줄이나 알고 있니?"

그녀는 고개를 떨어뜨린 채 대답하지 않았다.

"남자가 누군지도 모르는 아기를 낳겠다는 거야? 남자 없이 아기를 기른다는 게 얼마나 어려운 일인 줄 알아? 고생스러운 것은 둘째 치고 아이의 장래가 문제야. 아버지도 모르는 사생아는 호적에 입적시킬 수도 없어. 그렇게 되면 학교에도 보낼 수 없단 말이야. 아무 말 말고 내가 시키는 대로 해."

그러나 그녀는 천천히 고개를 가로 저었다.

"그럴 수 없어요. 사생아가 되지는 않을 거예요."

"남자를 알고 있다는 거야? 누구니? 너를 임신시킨 남자가 누구야?"

그녀는 대답하지 않았다. 입술을 깨무는 것이 결코 대답할 것 같지가 않았다. 그럴수록 병호의 마음은 답답하기만 했다.

"가만있지 말고 대답해 봐. 남자가 누구야?"

그녀는 고개를 들어 그를 빤히 쳐다보았다. 그 눈은 도대체 당신이 뭔데 그런 것을 꼬치꼬치 캐묻는 거냐고 말하고 있었다.

병호는 뜨끔했다. 왜 자신이 그런 것까지 묻고 있는지 도대체 알 수 없다는 생각이 들었다. 내가 이 아가씨의 보호자란 말인가.

그러나 그는 더욱 심한 말을 그녀에게 쏟아 놓고 있었다.

"넌 하루에도 여러 명씩 남자들을 상대하는데, 어떻게 아기 아버지를 알고 있다는 거지? 설령 네가 알고 있다 해도 그 남자가 그걸 믿을까? 아마 아무도 자기 자식이라고 믿지 않을 걸. 나라도 믿지 않겠어. 넌 지금 네 입장을 망각하고 있어. 자기 입장을 망각한 채 꿈에 젖어 있는 거야. 환상에 젖어 엉뚱한 고집을 부리고 있는 거야."

"아니에요! 그렇지 않아요!"

그녀는 노골적으로 얼굴에 반항의 빛을 나타냈다.

"그럼 그 남자를 만나 봤어?"

그녀의 표정이 굳어졌다. 그녀는 다시 입술을 깨물었다.

병호는 너무 심한 말을 했다고 생각했다. 그런 말은 상대방의 상처를 건드리는 것 외에 아무 것도 아니었다.

사실 영화는 형사가 그런 질문을 던져왔을 때 가슴이 미어지는 것 같았다. 그와 함께 그가 더없이 무자비한 남자로 생각되었다. 남의 가슴을 바늘로 콕콕 찌르는 것 같은 질문만 던져오는 그가 이루 말할 수 없이 원망스러웠다. 그녀는 그에 대한 반발로, 대답할 수 없는 부분에 대해서는 숫제 입을 다물어 버렸다.

"그 남자를 만나 봤어?"

병호는 잔인할 정도로 파고들었다. 생각과는 달리 말은 잔인하게 나오고 있었다. 그러나 그녀는 거기에 대해 대답하지 않았다.

"그 남자가 여기 오나?"

"……"

영화는 집게손가락으로 이불을 후벼 팠다.

병호는 더욱 잔인한 질문을 던졌다.

"그 남자가 너를 안 만나 주지? 그렇지? 아무리 만나 달라고 해도 안 만나 주지?"

"……."

"남자란 다 그런 거야. 그런 남자를 믿고 언제까지나 기다린다는 건 그야말로 어리석은 짓이야. 아무리 기다려도 그 남자는 오지 않을 걸. 가장 좋은 방법은 빨리 잊는 거야. 빨리 잊고 새 출발하는 게 자신을 위해 좋은 거야."

그는 가슴에 박힌 답답한 기분을 풀기 위해 한숨을 길게 내쉬었다. 그런 다음 다시 말을 이었다.

"내가 왜 이러는지 모르겠군. 나하고는 아무 상관도 없는 일을 가지고 말이야. 네가 아기를 낳든 말든 나하고는 아무 상관도 없는 일이야. 안 그래? 그런데 내가 왜 이렇게 관심을 갖는지 모르겠단 말이야. 때때로 사람은 자기도 모르는 일에 관심을 갖나 보지. 상대방이 싫어하건 말건 말이야."

그가 무슨 말을 하건 어린 창녀는 절대 입을 열지 않겠다는 듯 몸을 웅크린 채 방어 태세를 갖추고 있었다. 그녀를 입신시킨 남자의 정체만은 결코 안 밝힐 셈인 것 같다.

어떤 사내일까.

"나는 바쁜 몸이야. 그런데도 이렇게 시간을 내어 너를 만나러 왔어. 내 성의를 봐서라도 뭐라고 좀 말해 봐. 너를 그대로 내버려 둘 수가 없단 말이야. 이제 겨우 두 번째 만난 건데 아주 오래 전부터 만난 것 같은 기분이 들어. 너는 어떻게 생각할지 모르지만 나는 그런 기분이 든단 말이야. 너는 나를 귀찮게 생각하고 있겠지. 얼른 돌아가 주었으면 하고 바라겠지."

그의 말대로 그녀는 그가 귀찮은 생각이 들었다. 제발 그만 돌아가 주었으면 하고 바랐다. 그러나 일찍이 자신에 대해 이렇게 관심을 보여 준 사람도 없었다고 생각하자 단단히 굳어졌던 마음이 조금 풀리는 것 같았다. 그래서 그녀는 그를 이해시킬 수 있는 말을 한 마디라도 하고 싶었다. 하지만 생각처럼 그렇게 말이 나오지가 않았다. 그녀는 안타까운 나머지 손만 만지작거리고 있었다.

"넌 부모도 안 계시니?"

그녀는 대답 대신 고개를 끄덕였다.

"모두 돌아가셨나?"

그녀는 또 끄덕였다.

"가 있을 만한 친척도 없나?"

그녀는 역시 고개를 끄덕였다. 정말 그녀와 그녀의 동생은 갈 데가 없었다. 그들 오누이를 반겨줄 사람은 이 세상 천지에 아무도 없었다. 그들은 하루아침에 갑자기 고아 신세가 되었고, 그리고 그때부터 세상에서 버림받은 처지가 되었던 것이다.

병호는 더 이상 물어 볼 마음이 나지 않았다.

그녀의 마음을 돌린다는 것은 현재로서는 불가능한 것 같았다. 그렇다고 강제로 병원 수술대에 눕힐 수도 없는 일이었다. 그녀의 부모라 해도 그럴 권리는 없는 것이다.

그는 어린 창녀의 두 손을 잡았다. 그리고 얼굴을 들여다보듯이 하면서 부드럽게 물었다.

"마지막으로 다시 한 번 묻겠어. 나하고 함께 병원에 가지 않겠어? 나랑 함께 가면 무섭지 않을 거야. 시기를 놓치면 수술

할 수도 없어."

그의 말이 떨어지기 무섭게 그녀는 고개를 흔들었다.

병호는 그녀의 손을 꼭 잡았다.

"몸이 이래가지고는 어디에 취직할 수도 없어. 여기서 아기를 낳아 기를 셈이야?"

그녀는 고개를 푹 숙였다.

"영화, 내 말대로 해. 내 말대로 하면 여기서 이런 짓하지 않아도 돼. 자 일어서."

그는 당장이라도 그녀를 병원으로 데리고 갈 듯 말했다.

그러나 그녀가 고개를 흔드는 것으로써 그의 기대는 물거품이 되고 말았다. 그는 한숨을 내쉬면서, 이럴 때 이들 남매를 사창굴에서 끌어내어 침식을 제공해 줄 수 있는 경제적인 능력이 나에게 있으면 얼마나 좋을까 하고 생각했다.

"아무튼 잘 생각해 봐. 나는 너희 남매를 위해서 권하는 것이니까 잘 생각해 보도록 해. 다음에 또 올 테니까 마음이 변했으면 말해 줘."

그는 아쉬운 표정으로 일어섰다. 어린 창녀도 따라 일어섰다. 그러나 그녀는 고개를 떨어뜨린 채 그를 쳐다보려고 하지 않았다. 형사가 밖으로 나가자 영화는 벽에 얼굴을 묻은 채 소리 죽여 울었다. 울다가 고개를 흔들고, 그러다가 다시 울었다.

밖으로 나가려는 병호를 주인 사내가 막았다. 그 사내는 병호의 소매를 붙잡으면서 봉투 하나를 내밀었다.

"또 오십시오. 이거 얼마 안 되지만……."

병호는 반사적으로 사내를 쏘아보면서 손을 뿌리쳤다. 그러자 사내는 그가 부러 그러는 줄 알고 우격다짐으로 그의 호주머니 속에 봉투를 찔러 넣었다. 그 바람에 병호의 호주머니 속에서 두 사람의 손이 부딪치고 봉투는 구겨졌다. 병호의 얼굴은 모욕감으로 붉게 달아올랐다. 사내의 손은 억셌다. 병호는 언성을 높였다.

"이러지 말라구요. 사람을 뭘로 알고 이러는 거요? 이거 치워요! 난 이런 돈 필요 없어요!"

그러나 사내는 더욱 거머리처럼 달라붙었다.

돈을 마다할 사람이 세상 천지에 어디 있을까 보냐. 너라고 별 수 있을 줄 아느냐. 사람은 다 똑같은 거야. 자, 그만 가면을 벗고 이걸 받으시지. 사내의 눈은 이렇게 말하고 있었다.

"앗따, 이 돈은 돈이 아닙니까? 재벌 돈만 돈이고 이건 돈이 아닙니까? 돈은 다 똑같다구요. X팔아서 번 돈이나······."

병호는 사내를 홱 떠밀었다. 사내는 비틀거리며 뒤로 쓰러질 듯하다가 판자벽에 몸을 기댔다. 그는 의외라는 표정을 지었다가 이내 적의에 찬 시선을 보내왔다.

"너무 이러지 마십시오."

사내의 입에서 술 냄새가 풍겨 왔다. 두 눈이 충혈되어 있는 것이 술깨나 마신 것 같았다.

"당신 이런 짓하면 정말 재미없어. 딴 사람한테는 통할지 몰라도 나한테는 안 돼. 난 이런 걸 제일 싫어해."

병호는 봉투를 바닥에다 집어던졌다.

사내의 표정이 굳어졌다. 그는 허리를 굽혀 봉투를 집어 들었다. 그리고 더 이상 권한다는 것이 쓸데없는 짓이라는 것을 깨달았는지 그것을 자기 주머니 속에 집어넣었다.

적대감으로 번득이던 사내의 눈에 비굴한 미소가 감돌았다. 사내는 놀라울 정도의 인내심으로 감정을 억제하고 있었고, 그때마다 표정을 재빨리 바꿀 줄도 알고 있었다.

"이럴 것까지는 없지 않습니까. 저는 단지 순수한 마음으로……."

"뭐? 순수한 마음이라고?"

병호는 눈을 크게 떴다가 입가에 쓴웃음을 지었다.

사내는 어떤 모욕에도 견딜 수 있는 비굴함을 지니고 있었다. 그는 비굴한 미소를 잃지 않고 말했다.

"저는 아무 사심 없이…… 오 형사님께서 너무 수고하시는 것 같아서 저녁이나 한 끼 하시라고 그런 건데…… 오해하신 것 같습니다. 오해하셨다면 죄송합니다. 제가 그런 데는 영 서툴러서…… 용서하십시오."

"난 오해하지 않았어요. 그리고 당신한테 저녁 식사를 대접받아야 할 이유도 없어요. 난 거지가 아니오!"

"아이구, 무슨 말씀을 그렇게, 제가 언제 오 형사님을 거지라고 했습니까?"

"거지가 아니고는 그런 돈 받지 않아요."

병호는 잔인할 정도로 냉혹하게 말했다. 그는 가능한 한 최대로 사내에게 모욕을 주고 싶었다. 그러나 그런 말이 얼른 생각나지 않아 가슴만 부글부글 끓어올랐다.

어린 여자들의 피와 기름을 짜서 살아가는 이런 사내야말로 가장 혐오하고, 저주받아 마땅할 자였다. 미친 듯이 상대를 후려지고 싶은 충동을 그는 지그시 눌렀다.

"아무튼 앞으로는 나한테 봉투를 내민다거나 하는 짓 따위는 일절 하지 말아요. 다시 또 그런 짓하면 나에 대한 모욕으로 알고 가만있지 않을 거요."

"알겠습니다. 이제 오 형사님의 진심을 알았으니까 절대 그런 짓은 하지 않겠습니다. 제가 너무 몰라 뵀던 것 같습니다. 죄송합니다."

사내는 연방 굽실거리며 그의 눈치를 부지런히 살폈다.

"당신한테 뭘 한 가지 물어 볼 게 있는데……."

병호가 갑자기 목소리를 낮추며 화제를 바꾸자 사내는 추락된 체면을 만회할 기회라도 얻은 듯 금방 눈웃음을 쳤다.

"네, 좋습니다. 뭐라도 물어 보십시오. 제가 아는 한 모두 말씀드리겠습니다. 우선 이리 들어오셔서 한 잔 하시면서……."

사내가 병호의 팔을 잡아 끌었다.

병호는 그의 손을 뿌리쳤다.

"아니, 난 곧 가야 하니까 여기가 좋아요. 며칠 전에 일어난 살인 사건 잘 알지요?"

사내의 얼굴에 긴장의 빛이 나타났다. 본능적인 반응인 것 같았다.

"살인 사건이라니요?"

사내가 담배를 권해 오면서 정색을 하고 되물었다.

병호는 그것을 물리치고 호주머니에서 자기 담배를 꺼냈다. 사내가 재빨리 라이터 불을 붙여 주었다. 병호는 담배 연기를 깊이 빨아들였다가 길게 내뿜었다. 그리고 곁눈질로 힐끗 사내를 쳐다보았다.

"저기 쓰레기 더미에서 발견된 시체 말이오. 며칠 전 저 위에 있는 쓰레기터에서 남자 시체가 하나 발견됐는데 소식 못 들었나요?"

"아, 난 또 뭐라구요. 알지요. 저도 가서 봤습니다. 하필 왜 쓰레기 더미에서 죽었지요?"

사내는, 사람은 자기가 죽을 장소를 잘 선택해야 한다고 덧붙여 말했다. 고귀한 생명이 쓰레기 더미 속에서 최후를 맞이한다는 것은 말도 안 된다는 것이었다.

"누가 쓰레기터에서 죽을 줄 알았나요. 자기도 몰랐겠지요. 그런데서 죽고 싶은 사람은 아무도 없을 겁니다."

"그야 그렇겠지요. 그 사람 혹시 너무 술에 취해 얼어 죽은 거 아닙니까? 날씨가 추울 때는 그런 일이 많으니까요."

"짚이는 일이라도 있습니까?"

병호는 사내에게서 눈을 떼지 않고 물었다. 사내는 당황해서 머리를 저었다.

"아, 아닙니다. 그냥 문득 그런 생각이 들어서 물어 본 것뿐입니다."

"그 사람은 얼어 죽은 게 아닙니다."

"그럼 어떻게 죽은 건가요?"

"살인입니다. 누가 독살을 했어요. 그리고 시체를 쓰레기터에다 갖다 버린 거예요."

"저런……."

사내는 혀를 끌끌 찼다.

"세상에 그럴 수가…… 아무리 흉한 세상이라 하지만 세상에 사람을 독살해서 쓰레기터에다 갖다 버리다니, 그런 놈은 잡아서 사람들이 보는 앞에서 총살시켜야 합니다."

사내가 흥분해서 말했다. 병호는 고개를 저었다.

"아무리 흉악범이라도 적법한 절차를 거쳐 비공개리에 처벌하는 것이 문명사회의 법칙입니다. 흉악범이라고 해서 대중의 증오심에 편승해서 공개 처형한다는 것은 미개 사회에서나 있을 수 있는 일입니다."

"사람들에게 경종이 되게 하기 위해 그런 놈은 사람들이 보는 앞에서 처단해야 합니다."

"글쎄, 그래서는 안 된다니까요. 그건 문명사회에서는 있을 수 없는 일이고 인권을 짓밟는 행위입니다. 흉악범한테도 인권은 있는 겁니다."

"그런 놈한테 인권 같은 게 무슨 소용이 있습니까?"

사내의 가늘고 노리끼리한 두 눈에 초조가 감돌았다.

병호는 필요한 말만 하고 얼른 돌아서고 싶었다. 그러나 사내로부터 그런 말을 들으니 가만있을 수 없었다.

"인권을 들먹이고 싶지도 않지만 누구나 인권을 무시해서는 안 돼요. 당신 같은 사람한테는 특히 인권을 중요시하는 의식이 필요해요. 여기서 이런 장사를 하는 것이야말로 가장 잔인하게 인권을 짓밟는 악랄한 짓이라고 할 수 있어요. 흉악범이 따로 있는 게 아니에요. 당신처럼 인권을 짓밟는 사람이 바로 흉악범이에요."

사내의 얼굴이 벌겋게 달아올랐다. 그러나 그는 얼굴에서 비굴한 미소를 잃지 않고 있었다.

"너무 심한 말씀을 하십니다. 이런 장사를 하는 놈이 어디 저 혼자뿐입니까. 이 일대가 모두 이 장사로 먹고 사는데요. 저 혼자 이 장사 그만 둔다고 해서 어디 이런 장사가 없어질 줄 아십니까? 인류 역사에서 이 장사가 그래도 가장 오래된 직업이라는데……."

사내가 인류 역사를 들먹이는 바람에 병호는 그만 어이가 없어 입이 딱 벌어지고 말았다.

그는 멍하니 사내를 바라보다가,

"그 죽은 사람, 혹시 본 적이 없소? 이 근방에 볼일이 있어서 왔다가 죽은 것 같은데……."

하고 물었다.

"제가 말씀입니까?"

사내는 눈을 크게 떴다가 이내 이를 드러내면서 능글맞게 웃었다.

"처음 보는 사람이던데요. 그런 사람 본 적도 없습니다. 안면이 있는 사람이라면 벌써 말씀드렸지요. 죽은 사람 신원이 밝혀지지 않으면 그거야 말로 참 곤란하겠군요."
"그걸 밝혀내지 못하면 수사가 안 되지요."
병호는 미간을 찌푸렸다.
"제가 도와드릴 일이 뭐 없을까요?"
사내가 두 손을 비비며 물었다.
이런 자라도 수사에 이용할 수 있으면 해야 한다.
술 취한 젊은이 한 명이 문을 밀치며 들어왔다. 아직 스물도 안 돼 보이는 애송이였다. 머리가 짧은 것이 고등학생 정도 되어 보였다.
"아가씨 없어요?"
애송이는 혀 꼬부라진 소리로 당돌하게 물었다.
사내가 눈짓을 보내자 나이 든 창녀가 애송이를 끌고 안쪽으로 사라졌다.
미성년자가 들어왔으니 단속 대상이 될 수 있었다. 그러나 사창가 자체가 불법으로 엄연히 존재하고 있는 마당에 거기에 출입하는 사람들을 붙잡고 따진들 무슨 의미가 있겠는가.
병호는 사내를 외면한 채 말했다.
"이 근방에서 누가 그 죽은 사람을 본 적이 있는가 알아봐 주시오. 당신이라면 이 근방에 있는 사람들은 다 통할 테니까. 분명히 누군가가 그 사람을 본 사람이 있을 거요."
"그거야 어렵지 않지요. 제가 알아봐 드리겠습니다. 그것 참, 왜 하필 여기서 사람이 죽어 가지고……. 아무튼 수고가 많겠습니다."

"직업이니까요."

돌아서는 그를 향해 사내는 사납게 눈을 흘겼다. 저주스러운 눈길이었다.

밖은 완전히 어두워져 있었다.

병호는 빙판길을 조심스럽게 내려갔다. 가슴 속에 무엇인가 묵직한 것이 들어앉아 있는 것 같아 몹시 답답한 기분이었다. 생각 같아서는 가슴을 통째 들어내고 싶었다. 가슴 없이 기계적으로 냉혹하게 살 수 있다면 얼마나 좋을까 하고 그는 생각했다.

골목길 양쪽에 검은 그림자가 되어 서 있는 여인들의 모습이 칼날 같은 삭풍에 흔들리고 있었다. 그는 문득 그녀들의 그 절망적인 몸짓에 무서운 전율을 느꼈다.

골목길을 중간쯤 내려갔을 때 소년이 뛰어왔다.

"아저씨, 이제 가세요?"

소년이 경쾌한 목소리로 물었다.

"음, 그래."

소년을 보자 그의 얼어붙었던 눈길이 비로소 풀리는 것 같았다.

"넌 춥지 않니?"

그는 소년의 어깨 위에 손을 올려놓았다. 소년은 머리를 흔들었다.

"괜찮아요."

소년은 장갑도 끼지 않은 맨손을 비벼대면서 웃었다. 까만 눈이 유난히 반짝이고 있었다.

"아저씨는 추우세요?"

"그래. 춥다."

그는 정말 추웠다. 그는 추위를 몹시 싫어하고 있었다.

"추우면 주무시다 가세요."

소년이 어른스럽게 말했다. 병호는 더 이상 소년에게 화를 낼 수가 없었다.

"날 따라와. 장갑 하나 사 줄게."

왜 그런 생각이 들었는지 모른다. 자신이 소년의 호감을 사고 싶어 한다는 사실에 그는 기분이 유쾌해졌다.

"괜찮아요."

소년이 어른스럽게 사양했다. 병호는 소년의 기특한 생각에 머리를 쓰다듬어 주었다.

"사양할 줄도 아는구나. 잔말 말고 따라와."

"잡아가려구요?"

소년은 약간 겁먹은 목소리로 물었다.

"그런 걱정은 하지 않아도 돼."

"그럼 안 잡아가는 거죠?"

"그래. 너를 잡아갈 리가 있니."

그는 소년의 손을 잡고 골목을 내려갔다.

소년의 손은 얼음장처럼 차가웠다. 손을 꼭 쥐자 소년은,

"아저씨 손은 참 따뜻해요."

라고 말했다.

소년은 형사의 손을 잡고 간다는 것이 기쁜지 금방 생기 넘

친 얼굴이 되었다. 그는 으스대듯 창녀들을 쳐다보았다. 창녀들도 신기한 듯 소년과 형사의 다정한 모습을 바라보고 있었다. 그들이 보기에 그것은 확실히 기묘한 모습이었다.

"얘, 어디 가니?"

창녀 하나가 궁금증을 못 이겨 물어 왔다. 소년은 턱을 치켜들고 대답했다.

"저어기……."

"얘, 뭐 하러 가니?"

이번에는 다른 창녀가 물었다.

"뭐 사러 가."

소년은 어깨를 으쓱거렸다.

"뭐 사러 가니?"

"장갑!"

병호는 갑자기 소년의 이름을 알고 싶었다.

"넌 이름이 뭐니?"

"학구요. 서학구(徐學求)요. 아저씨는요?"

"난 병호다. 오병호……."

소년이 갑자기 깔깔거리고 웃었다.

"왜 웃니?"

"이름이 꼭 무슨 고기 이름 같아요. 생선 이름이요."

"병어 말이냐?"

"네."

"요놈의 자식."

그는 소년의 머리에 군밤을 하나 먹였고, 소년은

"아야!"

하고 소리를 질렀다.

골목을 벗어난 곳에 마침 조그만 양품점이 하나 있었다. 병호는 소년을 데리고 양품점 안으로 들어갔다.

"네 맘대로 하나 골라 봐."

주인 여자가 꺼내 놓은 어린이용 털장갑을 가리키며 병호가 말하자 소년은 한참 머뭇거리다가 빨간색 벙어리장갑을 집어 들었다.

가만 보아하니 소년은 몹시 감동한 것 같았다. 감동한 나머지 장갑을 벗었다 끼었다 하면서 어쩔 줄을 모르고 있었다.

"어때? 마음에 드니?"

학구는 고개를 끄덕이면서 장갑 낀 두 손을 꼭 움켜쥐었다.

양품점을 나온 병호는 제과점으로 소년을 데리고 갔다.

형 사

○ ○ ○ ○ ○ ○ ○ ○

뜨끈뜨끈한 단팥죽을 소년은 순식간에 먹어 치웠다. 남김 없이 싹싹 긁어먹고 나서 이번에는 빵을 노려보았다.

"먹어라. 난 먹기 싫으니까 다 너 먹어."

병호는 빵 그릇을 밀어 주면서 소년이 마음 놓고 먹을 수 있도록 딴 데로 시선을 돌렸다.

소년은 재빨리 빵 하나를 집어 들더니 그의 눈치를 살피고 나서 마침내 맹렬한 기세로 그것을 먹어치우기 시작했다.

"목메니까 우유도 마시면서 천천히 먹어라."

병호는 소년을 외면한 채 말했다. 그러나 소년의 먹는 속도는 점점 더 빨라지고 있었다. 이 자식, 몹시 굶주렸구나. 얼마든지 먹겠는데.

그는 불현듯 자신의 어린 시절이 생각났다. 굶주렸던 기억밖에 나지 않았다. 언제나 배고픈 상태에 있었기 때문에 먹을 기회만 생기면 배가 터지도록 닥치는 대로 먹어치웠고 그래서 자주 배탈이 났다. 그래도 그 시절에는 무엇인가 먹는 시간이 가장 행복했었다. 그 중에서도 제사 때가 제일 기다려지곤 했었다. 제사는 주로 큰아버지 댁과 큰 당숙 댁에서 있었는데, 제사날이 되면 그는 초저녁부터 죽치고 앉아 제사가 끝나기를 기다리곤 했었다. 제사보다는 젯밥에 더 신경을 쓰면서 밀려오는 졸음을 견뎌내느라고 무진 애를 쓰다가 자정이 지나 마침내 제사가 끝나고 음복할 시간이 되면 다른 아이들과 함께 우하니 제상으로 몰려들곤 했었다. 제상에는 평소 먹고 싶어 하던 것들이 골고루 놓여 있었기 때문에 어느 것을 먼저 집어야 할지 망설여지곤 했었다. 맛있는 것을 서로 먼저 집으려고 하는 바람에 아이들끼리 싸움이 벌어지는 수도 있었다.

그 시절에는 정말 먹어도 먹어도 끝이 없었다. 지금 생각하면 사람이 그렇게 끝없이 먹어댈 수 있다는 사실이 그저 놀랍기만 했다. 아이들이 굶주린다는 것은 가장 괴롭고 가슴 아픈 일이다. 아이들의 먹고 싶은 본능처럼 순수한 것이 있을까. 아이들은 꿈속에서도 먹는 것만 찾는다.

"넌 학교 어디까지 다녔니?"

학구는 손가락 세 개를 펴 보였다.

"학교 다니고 싶지 않니?"

병호는 소년의 얼굴을 들여다보듯이 하고 물었다.

학구는 머리를 흔들었다. 순간 병호는 가슴이 날카로운 것에 찔리는 것 같은 충격을 느꼈다.

"정말 싫어?"

학구는 그의 시선을 피하면서 남은 빵조각을 입 속에 털어 넣었다. 한쪽 뺨이 불룩해졌다. 소년은 입 속에 든 것을 꿀꺽 삼키고 나서 그를 힐끗 쳐다보았다. 그리고 자신 없는 듯 고개를 끄덕거렸다.

"체할라, 우유 마시면서 천천히 먹어."

병호는 따뜻한 우유 잔을 밀어 주면서 자신도 우유 잔을 집어 들었다. 따뜻한 우유가 몸속으로 흘러들어가자 굳었던 몸이 조금 녹는 듯했다.

"나중에 커서 뭐가 되고 싶니?"

소년은 고개를 쳐들더니 손가락으로 그를 가리켰다.

"그게 뭐야?"

"아저씨요. 아저씨 같이 형사가 될래요."

소년은 어깨를 으쓱하면서 히쭉 웃었다.

병호는 가슴이 덜컹 내려앉았다.

그는 혹시 다른 사람들이 엿듣지 않았나 해서 주위를 휘둘러보았다. 제과점 안에는 손님이 거의 없었다.

그가 이렇게 당황해 보기는 처음이었다. 그는 마치 자신의 치부가 드러난 것 같은 기분이었다.

그는 한동안 멀거니 소년을 바라보다가 목소리를 낮추어

"이 녀석아, 하필 될 게 없어서 형사가 되겠다는 거니?"

하고 말했다.

소년은 조롱하듯 웃으며 고개를 끄덕였다.

"왜 하필 형사가 되고 싶니? 이유가 뭐야?"

"형사가 제일 세니까요. 형사 앞에서는 왕초도 꼼짝 못하지 않아요?"

소년은 거침없이 말했다. 그의 말은 당당하기까지 했다.

병호는 쥐구멍에라도 들어가고 싶은 심정이었다. 그는 부끄러운 나머지 소년을 마주 바라볼 수가 없었다. 형사가 이 소년의 우상이란 말인가. 이유는 간단 명료하다. 형사는 제일 힘이 세고 그 앞에서는 왕초도 꼼짝 못한다는 것이다. 이 소년의 눈에 형사가 그렇게 비쳤다면 이 소년의 생각은 이상할 게 하나도 없다. 이 아이는 아주 당연한 생각을 품고 있는 것이다.

그는 한동안 말이 막혀 멍청하게 맞은편 벽을 바라보다가 정색을 하고 소년 쪽으로 시선을 돌렸다.

"형사가 제일 세다는 네 생각은 틀린 거야. 형사는 제일 세지 않아."

"에이, 안 그래요. 형사 아저씨가 뭐라고 그러니까 왕초도 잘못했다고 싹싹 빌던데요."

병호는 곤혹스러웠다. 뭐라고 알아듣게 설명하고 싶은데 적당한 말이 생각나지 않는 것이었다.

"남을 지배한다는 건 좋은 일이 아니야."

"지배한다는 게 무슨 뜻이에요?"

"힘센 자가 힘이 약한 사람을 억누른다는 건 아주 나쁜 일이야. 힘이 세다고 해서 약한 사람을 겁주고 꼼짝 못하게 한다면 약한 사람은 어떻게 살겠니? 형사는 그런 사람이 아니야. 형사는 오히려 약한 사람을 도와주는 편이야."

그는 소년의 표정을 가만히 살폈다. 소년은 그의 말을 이해하지 못하는 표정이었다. 힘센 자가 약한 자 위에 군림하는 것은 아주 당연한 일이라고 생각하고 있는 것 같았다.

"형사는 버스도 택시도 공짜로 타지요?"

소년은 생각나는 대로 멋대로 물어 왔다. 그야말로 좌충우돌이었다. 이 아이는 어째서 형사를 이런 식으로 생각하게 되었을까. 무엇이 소년으로 하여금 그렇게 생각하도록 만들었을까. 그는 아무리 생각해도 알 수가 없었다.

"그렇지 않아. 형사도 돈을 내. 형사가 공짜로 할 수 있는 건 이 세상에 아무 것도 없어. 형사도 다른 사람들과 똑같이 돈을 내지 않으면 안 돼."

"에이, 그렇지만 돈 안내도 되지 않아요. 극장도 공짜로 들어가지요?"

"아니야."

그는 단호하게 말했다. 그러나 소년은 자기 생각을 거침없이 말해나갔다.

"형사가 돈 안 낸다고 해서 누가 잡아갈 사람이 있나요? 형사가 형사를 어떻게 잡아가요?"

"돈을 안 내는 건 법을 위반하는 나쁜 짓이야. 형사도 그런 짓을 하면 다른 형사들이 잡아가. 돈 안 내는 건 자랑이 아니야. 떳떳이 돈을 내는 사람이야말로 자랑스러운 사람이지. 택시를 타고 돈을 안 낸다든가 식사를 하고 밥값을 안 내는 사람은 도둑놈이야. 넌 도둑놈이 좋으니?"

"아니오."

비로소 소년은 그의 말에 조금은 납득이 가는 듯한 눈치를 보였다. 그러나 이내 아무래도 믿기지가 않는지 까만 눈을 깜박이다가,

"그럼 아저씨도 버스 탈 때 돈을 내세요?"

하고 물었다.

"물론, 내고말고. 형사는 제일 센 사람이 아니고 제일 약한 사람이야."

"히이, 거짓말……."

"거짓말 아니야. 난 거짓말하지 않아."

그는 정색을 하고 말했다.

소년의 눈이 무엇을 탐색하려는 듯 다시 반짝거렸다.

"아저씨, 권총 있지요? 어디다 차고 다녀요?"

"그런 건 몰라도 돼."

병호는 빵을 더 시켰다. 배탈이라도 날까봐 걱정이 되었지만 소년은 계속 게걸스럽게 먹어 댔다.

"체할라. 천천히 먹어라."

"형사는 사람 죽여도 괜찮지요?"

이 아이는 사람을 죽이는 것이 무엇을 의미하는 지나 알고 있는 것일까. 그는 고개를 완강히 저었다.

"큰일 날 소리. 그랬다가는 정말 붙잡혀 간다. 그 누구도 사람을 죽여서는 안 돼. 누구도 사람을 죽일 수는 없어. 사람의 목숨이란 아주 귀한 것이야. 이 세상에서 가장 나쁜 것은 사람을 죽이는 일이야."

"그럼 군인들도 나쁘나요? 텔레비전에서 보니까 군인들이 총을 쏘니까 사람들이 픽픽 쓰러지던데요."

"그건 전쟁이지. 전쟁에서 적을 죽이는 것은 할 수 없는 일이야. 적을 죽이지 않으면 내가 죽거든, 그러니까 할 수 없이 상대를 쏴 죽이는 거지."

"형사는 사람 죽여도 괜찮다고 그러던데요."

"누가?"

"애들이요."

"그건 몰라서 하는 소리야."

"아저씨는 왜 내가 묻기만 하면 다 안 된다고 그래요."

"네 생각이 틀렸기 때문이야.

소년은 이해하지 못하겠다는 듯 고개를 갸우뚱했다.

"형사가 되려면 어떻게 해야 해요?"

소년의 두 눈이 호기심으로 반짝이고 있었다.

"그런 건 나중에 크면 차차 알게 돼. 넌 아직 어리니까 그런 것까지 알 필요는 없어."

"형사 되기가 어려워요?"

소년은 쉽게 포기하려 들지를 않았다.

"세상에 쉬운 건 없어. 그리고 이 세상에는 여러 가지 직업이 있고, 형사보다 더 좋은 직업도 얼마든지 있어. 너는 어른이 되면 아주 좋은 직업을 가질 수 있을 거야. 그리고 훌륭한 일도 할 수 있을 거야."

소년이 상체를 조금 뒤틀며 말했다.

"그래도 난 형사가 제일 좋아요. 내가 형사라면 하고 싶은 거 다할 텐데……."

"형사라고 뭐든지 다 할 수 있는 게 아니야. 형사이기 때문에 오히려 하고 싶은 걸 못하게 되는 경우가 많아. 겉으로 보기에는 무엇이나 다 할 수 있는 것 같지만 사실은 그 반대야."

"형사보다 좋은 게 뭐예요?"

"글쎄……."

그는 얼른 대답하지 못하고 머뭇거렸다. 사실 그도 그것이 무엇인지 잘 모르고 있었다. 그러나 직업 중에 형사가 제일 나쁘다는 것만은 확신하고 있었다.

도대체 형사라는 직업은 규칙적인 생활을 불가능하게 만들어 주고 있었다. 거기에는 밤과 낮의 구별이 없었다. 그리고 그것은 끊임없이 비인간적인 것만을 요구하고 있었다. 노력에 대한 대가치고는 보수도 모욕을 느낄 정도로 적었다.

그런데 그런 줄 알면서도 그는 형사 생활을 오랫동안 계속해 오고 있었다. 자신이 왜 형사가 됐는지 그는 아무래도 알 수가 없었다. 그동안 몇 번이나 형사 생활을 그만 두려고 망설였는지 모른다. 그러나 그는 용케도 견뎌 내며 지금까지 그 생활을 계속해 오고 있었다. 남들처럼 부양가족이 없기 때문에 그 점에서는 경제적인 부담이 적고 홀가분한 편이라고 할 수 있었다. 그러나 그 나름대로의 고통과 번민은 있었다.

"형사보다 좋은 직업은 얼마든지 있지. 화가, 음악가, 소설가, 학교 선생님, 의사. 정치가, 기자, 사업가…… 다 좋지."

"피이. 그런 게 뭐가 좋아요. 그런 사람도 형사가 잡아갈 수 있지 않아요. 형사가 잡아 가면 꼼짝 못하지요?"

이 아이는 왜 이렇게만 생각하는 것일까. 참으로 이해할 수 없는 일이다. 무엇이 이 소년으로 하여금 이렇게 생각하도록 만들었을까. 이 아이는 잡아가는 행위 자체를 최고의 가치로 알고 있는 것 같다. 사람을 잡아갈 수 있는 사람, 그 사람의 권력 — 이 소년은 바로 그것을 부러워하고 있는 것이다.

병호는 난감했다. 소년은 천진스런 표정으로 그의 대답을 기다리고 있었다. 대답할 수 있는 데까지 대답해보자 하고 그는 생각했다.

"아무나 다 잡아가는 게 아니야. 법을 어긴 나쁜 사람만 잡아 가는 거야."

"법이 뭐예요?"

"법이 뭐냐구?"

병호는 그만 말문이 막혔다. 난처했다. 심각하게 생각해 보았지만 그것을 쉽게 설명해 줄 수 있는 말이 생각나지 않았다. 한참 만에 그는 겨우 이렇게 말했다.

"법이란…… 에 또…… 이런 거지. 우리가 사는 이 세상에 법이 없으면 어떻게 될까. 도둑이 들끓고 강도가 들끓고 나쁜 짓 하는 사람들이 많이 생길 거란 말이야. 그런 것을 막고 이 세상을 안전하게 보호하기 위해 만든 것이 바로 법이야. 이를테면 이런 거지. 자동차는 오른쪽으로 가야 한다든가 사람은 왼쪽으로 가야 한다든가, 빨간 불이 켜지면 가지 말고 서 있다가 파란불이 들어오면 건너간다든가, 빵집에 들어와 빵을 먹었으면 반드시 빵 값을 내야 한다든가, 이렇게 정해 놓은 게 법이고, 그래서 그것을 위반하는 사람에게는 벌을 주게 되지."

"만일 법이 없으면 이 세상은 뒤죽박죽이 되겠네요?"

"그렇지. 자동차는 제 가고 싶은 데로 아무 데로나 달려가고 사람들도 자기 하고 싶은 대로 차도를 건너갈 거란 말이야. 빵을 먹고 나서도 돈을 안 낼 거고, 남의 물건을 자기 물건이라고 우길 거란 말이야. 사람을 함부로 때리고 도둑질을 마음대로 할 거야. 그러니까 법이 없는 세상에서는 힘이 센 자가 제일이지. 그렇지만 이 세상에는 법이 있기 때문에 약한 사람도 법의 보호를 받으면서 힘센 사람과 똑같이 살아갈 수 있는 거야. 알겠니?"

"네, 알 것 같아요."

소년은 고개를 끄덕였다.

이제 탁자 위 접시 위에는 빵이 하나 덩그러니 남아 있었다. 소년은 그것 하나만 남겨 둔 채 모두 먹어치웠다. 그리고 마지막 남은 한 개는 차마 눈치가 보여 먹지 못하고 그대로 남겨 두고 입만 다시고 있었다. 병호는 소년이 그것마저 먹어 주었으면 하고 바랐다. 그러나 소년은 그의 눈치만 볼 뿐 그것을 집으려고 들지를 않았다. 병호는 그것을 포크로 찍어 소년에게 내밀었다.

"자, 마저 먹어."

소년은 냉큼 그것을 받아 입으로 가져갔다.

"지금도 형사가 되고 싶니?"

소년은 분명히 고개를 끄덕였다. 형사가 되겠다는 소년의 생각은 하나의 신념으로 단단히 굳어져 있는 듯했다.

병호는 소년의 그와 같은 생각에 일말의 두려움 같은 것을 느끼지 않을 수 없었다.

그도 초등학교에 다닐 때 담임선생으로부터 장래에 뭐가 되겠느냐는 질문을 받은 적이 있었다.

아이들은 차례로 일어나서 장래 희망을 큰 소리로 대답했다. 모두가 씩씩하게 외쳐댔다. 나는 장래에 대통령이 되겠습니다. 나는 커서 이순신 장군 같은 훌륭한 장군이 되겠습니다. 나는 이 다음에 어른이 되면 처칠 같은 위대한 정치가가 되겠습니다. 아이들은 모두가 위대한 인물이 되기를 원하고 있었다. 마침내 그의 차례가 되었을 때 그는 너무 긴장한 나머지 그만 입이 굳어져 버렸다. 그가 우물쭈물하자 그를 제쳐 두고 다음 아이에게 질문이 넘어갔다. 질문이 모두 끝날 때까지 그는 소외되어 있었다. 그는 자꾸만 선생님을 쳐다보곤 했지만 선생님은 그를 거들떠보지도 않았다. 그는 더 이상 우물쭈물 할 수가 없었다. 그는 선생님과 아이들의 눈치를 보다가 가만히 손을 쳐들었다.

"뭐야?"

하고 선생님이 날카롭게 물었다.

그가 미처 대답하기 전에 옆자리의 아이가

"애는 장래 희망을 말하지 않았어요."

라고 말했다.

"말해 봐."

선생님이 그를 다그쳤다. 그는 쭈뼛거리며 작은 소리로

"저는 소방관이 되고 싶습니다."

라고 말했다.

교실 안은 순간 물을 끼얹은 듯 조용해졌다.

선생님도 아이들도 모두가 어리둥절한 표정을 하고 있었다. 그러나 그는 자신의 대답에 만족했다. 뒤이어 킬킬 하는 웃음소리가 들려왔다. 웃음소리는 점점 커지더니 이윽고 소용돌이로 변했다. 그는 흡사 찬물을 뒤집어 쓴 것 같았다.

그때 왜 자신이 소방관이 되겠다고 말했는지 그는 지금도 알 수가 없었다.

빵을 모두 처분하고 난 소년은 빨간 털장갑을 끼고 만족한 듯 그것을 들여다보았다.

소년이 기뻐하는 것을 보자 병호도 기분이 좋아졌다.

"그 장갑, 마음에 드니?"

"네, 마음에 꼭 들어요."

소년은 주먹을 쥐었다 폈다 하면서 무슨 말인가 할 듯하다가 입을 다물었다.

"이제 가 봐야지."

그가 일어서려고 하자 소년이 입을 열었다.

"아저씨는 왜 여기에 자주 오세요?"

"그럴 일이 있단다. 쓰레기터에서 사람이 죽었거든."

"그 쓰레기터에서 죽은 사람, 어떻게 됐어요?"

소년은 웃고 있었다. 그 웃는 모습이 어쩐지 어른 같아보였고, 진짜 웃음 같지가 않았다.

"넌 그런 거 알 필요 없어."

"왜요? 제가 애니까 그런가요?"

어른 같은 당돌한 물음에 병호는 멈칫했다.

그는 도로 자리에 주저앉아 소년의 얼굴을 가만히 쳐다보았다. 어린아이라고 너무 무심코 보아 넘기지 않았나 하는 생각이 들었다. 그래서 그는 생각이 달라졌다. 처음에는 소년에게 살인 사건에 관한 것을 물어 보고 싶지 않았지만 문득 생각이 달라진 것이었다.

"너 혹시 그 죽은 사람 본 적 있니? 그 사람이 살았을 때 본 적 있어?"

그는 자기도 모르는 사이 형사로 돌아가 날카롭게 묻고 있었다.

"아니오."

소년은 머리를 세게 흔들었다. 병호는 소년으로부터 눈을 떼지 않은 채 물었다.

"잘 생각해 봐. 한 번도 본 적이 없어?"

"없어요."

"그럼 왜 어떻게 됐느냐고 물었지?"

"그냥 물어 본 거예요."

학구는 장난치듯 웃어 보였다. 요놈이 나를 놀리는 구나. 하고 병호는 생각했다.

"거짓말 하면 못써. 봤으면 봤다고 그래."

"거짓말 아니에요. 정말 못 봤어요."

"쓰레기터에 가 보긴 가 봤지?"

"네, 가 봤어요."

"거긴 왜 가 봤지?"

"애들이 가 보자고 해서 가 봤어요."

"구경하러 갔단 말이지?"

"네……."

소년은 콧물을 들이마시며 히죽 웃었다.

"사람이 죽은 거 몇 번 봤지?"

"아니오. 처음 봤어요."

"시체를 보고 무얼 느꼈어?"

소년은 얼굴이 차츰 굳어지고 있었다.

"아무 것도 안 느꼈어요."

소년은 도리질을 했다.

"아무 것도 안 느꼈을 리가 있나. 솔직히 말해 봐. 무엇을 느꼈는지……."

"조금 무서웠어요. 애들이 막대기로 쿡쿡 찌르고 그랬지만 난 그러지 않았어요. 저기…… 사람이 죽으면 어떻게 되나요?"

병호는 얼른 대답할 수가 없었다. 몸에서 혼이 빠져나와 하늘로 올라간다는 말은 차마 할 수가 없었다. 이 영리한 소년은 그것이 거짓말이라는 것을 잘 알고 있을 것 같았다. 더구나 병호는 무신론자였다.

"나뭇잎이 때가 되면 떨어져 썩는 것처럼 사람도 늙으면 죽어서 썩는단다. 그래서 한줌 흙으로 돌아가는 거야. 이 세상에 생명이 있는 것이라면 모두가 그렇지. 그게 자연의 이치야. 결국 자연의 품으로 돌아가는 거야."

"그럼 귀신은 있나요?"

"귀신같은 것은 없어."

"애들이 그러는데, 귀신이 있다고 그러던데요."

"없어. 그런 건 없어."

소년은 의심스러운 눈으로 그를 쳐다보았다.

"누나들도 귀신이 있다고 그러던데요."

"모두가 귀신이 있다고들 말하지. 하지만 귀신을 보았다는 사람은 아무도 없어. 귀신같은 것은 없어. 사람은 누구나 무서움이 있으니까 귀신이 있다고 믿는 거야. 그건 그렇고…… 쓰레기터에 몇 번이나 가 봤지?"

"세 번이오."

"세 번이나 가서 시체를 구경했단 말이냐?"

"네, 그런데 우리가 세 번째 갔을 때는 시체가 보이지 않았어요. 경찰 아저씨가 어디로 싣고 갔대요. 그런데 그 사람 왜 죽었어요?"

"누가 죽인 거야. 그걸 보고 살인이라고 그러지."

소년의 눈이 휘둥그레졌다.

"어떤 사람이 죽였어요?"

"몰라. 난 지금 그 살인자를 찾아다니고 있는 거야. 사람을 죽인 사람을 살인자라고 부르지."

"그 사람은 잡히면 어떻게 돼요?"

"재판을 받고 감옥살이를 하던가 사형을 받게 되지."

"사형은 목매달아 죽이는 거예요?"

"그런 건 어떻게 알았지?"

"누나들한테 들었어요."

병호는 앞으로 상체를 숙이고 은근한 어조로,

"너한테 뭐 하나 부탁해도 될까?"

하고 물었다.

"네, 말씀하세요. 뭐예요?"

자기가 인정받았다는 사실에 소년은 다시 기운이 솟은 것 같았다. 병호는 소년에게 이런 걸 부탁해도 괜찮을까 하고 생각하다가 말했다.

"네 친구들도 좋고 될수록 많은 사람이면 더욱 좋아. 그 사람들이 죽은 사람을 전에 본 적이 있는가? 그걸 좀 알아봐 줘. 열심히 좀 알아봐 달란 말이야. 그리고 죽은 사람을 본 적이 있다고 하면 나중에 그 사람을 나한테 좀 가르쳐 줘. 이건 매우 중요한 거야. 알았지?"

"네, 알았어요. 그런 거야 누워 떡먹기예요."

"그렇게 쉬운 게 아니야. 너무 떠벌리지 말고 조심해서 알아보란 말이야."

"알았어요. 염려 마세요."

소년은 자신 있게 말했다.

"잘 부탁한다. 너한테 그런 걸 부탁하다니 나도 어지간히 궁지에 몰린 모양이지."

병호는 빵을 한 봉지 다시 사서 소년에게 안겨 주었다.

"이걸 누나한테 갖다 줘. 너 혼자 먹지 말고……. 그리고 누나한테 말해 줘. 몸조심하라고 말이야."

"네, 알았어요. 아저씨, 우리 누나 마음에 들었어요?"

소년이 목소리를 낮추어 은근히 묻는 바람에 그는 몹시 당황했다.

그는 소년을 노려보다가,

"그래, 마음에 들었다."

라고 말했다.

"누나한테 그렇게 말할게요."

소년은 병호의 마음속을 꿰뚫어 보았다는 듯이 싱글싱글 웃었다.

병호는 소년의 머리를 쥐어박고 싶은 것을 참으면서 밖으로 나왔다. 손목시계가 9시 15분을 가리키고 있었다. 그는 얼어붙은 밤하늘을 한참 쳐다보다가 소년의 어깨를 툭 쳤다.

"참 한 가지 또 물어 볼 게 있다. 너의 누나 애인 있니?"

소년은 찬바람에 어깨를 움츠리며 고개를 저었다.

"몰라요."

"그러지 말고 바른대로 말해 봐. 누나한테 애인 있지?"

"몰라요."

소년의 얼굴에 미소가 어려 있는 것을 보고 그는 소년이 무엇인가 숨기고 있다고 생각했다.

"누나하고 함께 살면서 그걸 모를 리 있니? 거짓말하면 못써. 대답해 봐."

"애인이 뭐예요?"

"아, 애인이라는 말을 모르는구나. 애인이란 말이야······."

"알아요. 알아요. 괜히 그래 봤어요. 사랑하는 사람을 애인이라고 그러지 않아요?"

이 아이를 너무 어린애로 취급해서는 안 되겠구나 하고 병호는 생각했다.

"그럼 좋아. 누나 애인을 모른다면 누나가 잘 만나는 남자가 누구인지 말해 봐. 틀림없이 누나가 잘 만나는 남자가 있을 거야. 그 사람이 누구지?"

"몰라요."

병호의 기대에 찬 물음을 소년은 간단하게 한 마디로 물리쳤다.

"넌 계속 모른다고만 말하는데 그러지 말고 나를 좀 도와줘. 난 네 도움이 필요해."

"정말 저는 몰라요. 모르는 걸 안다고 거짓말할 수는 없지 않아요?"

"그야 그렇지. 그럼 누나는 누구 애기를 밴 거니?"

"누구 애기라니요? 누나가 배고 싶어서 밴 거지요."

병호는 따귀를 한 대 얻어맞은 기분이었다. 언제나 소년을 당해 낼 수 없다. 그가 멍하니 서 있는 것을 보자 소년은 능글맞게 웃었다.

"능글맞은 놈 같으니라구."

그는 화가 나서 중얼거렸지만 그렇다고 어린아이 앞에서 화를 낼 수는 없었다.

소년은 모든 것을 알고 있는 것 같기도 하고 그렇지 않은 것 같기도 했다. 그는 자신이 어린 소년 하나 다스리지 못하고 당황하고 있는 것을 알자 다시 화가 났다.

"아기한테는 엄마와 아빠가 있는 법이야. 엄마 혼자서 아기를 만들 수는 없는 거야. 반드시 남자가 있어야 아기를 만들 수 있는 거야. 지금 누나 뱃속에 들어 있는 아기는 누나 혼자서 만든 게 아니야. 알았어?"

"그럼 어떻게 만들어요?"

소년은 호기심을 가지고 물었다.

병호는 한숨을 내쉰 다음 소년이 알아들을 수 있게 설명해 주었다.

"여자 뱃속으로 남자의 씨가 들어가면 그것이 커서 아기가 되는 거야."

"남자의 씨가 들어가면 남자만 나와야 할 텐데 왜 여자도 나와요?"

소년이 강한 의문을 나타냈다.

"남자의 씨가 들어갔다고 해서 남자만 나오는 것은 아니지. 여자 뱃속에 그 씨가 들어가면 여자의 씨와 합쳐져서 남자도 되고 여자도 되는 거야. 그러니까 여자가 될지 남자가 될지는 아무도 모르는 거지. 자, 누나한테 씨를 준 남자가 누구지?"

"모르겠는데요."

모르는 것이 당연할 것이라고 병호는 생각했다. 아기를 밴 본인 자신도 누구 씨를 받았는지 모르는 판에 이 어린 소년이 어떻게 그것을 알 수 있겠는가.

"아기는 어디로 낳아요?"

이것이야말로 이 소년이 가장 궁금하게 여기는 점일 것이라고 그는 생각했다.

"아기는 에 또……."

배를 째고 낳는다고 거짓말을 할까. 그러나 그렇게 둘러대고 싶지는 않았다.

"그런 건 나중에 크면 차차 알게 돼."

"아이, 가르쳐 줘요. 오줌 누는 데로 아기를 낳는 게 정말이에요?"

소년은 그 점에 대해 이미 들은 바가 있는 것 같았다. 병호는 굳이 숨길 필요가 없다고 생각했다.

"그래. 아기는 오줌 누는 데로 낳는다."

소년의 얼굴이 일그러졌다. 소년은 뒷걸음질 치더니 휙 돌아서서 뛰어가기 시작했다. 소년의 킬킬거리는 웃음소리가 그의 조그만 모습과 함께 멀어져갔다.

병호는 집으로 돌아가서 잠이나 자고 싶었다. 그러나 가야 할 데를 외면하고 돌아갈 수는 없었다.

생선 장사하는 전라도 아주머니는 지금쯤 집에 돌아와 있을 것이다. 그 여자를 만나 보면 박 사장에 관한 것을 좀 더 깊이 알 수 있을지도 모른다.

그는 손을 번쩍 들어 지나가는 택시를 불렀다.

예 감

○ ○ ○ ○ ○ ○ ○ ○ ○

 생선 장사를 하기 때문인지는 몰라도 그 전라도 아주머니한테서는 생선 비린내가 나는 것 같았다. 그러나 그것은 그렇게 기분 나쁜 냄새는 아니었다. 기분 나쁘기는 커녕 고향의 바닷가에서 만난 어느 아주머니로부터 풍기는 정겨운 냄새 같은 것이 느껴졌다.
 병호는 조심스럽고 예의 바르게 찾아온 이유를 대강 이야기했다.
 이야기를 듣고 난 그녀는 때에 절은 치마폭을 손으로 둘둘 말아 대면서 한숨을 길게 내쉬었다.
 "……아시는 대로 좀 말씀해 주시면 고맙겠습니다."
 "그 애가 뭐 도둑질이라도 했나요?"
 그녀의 얼굴에 두려운 빛이 나타났다.
 병호는 손을 내저었다.
 "아, 아닙니다. 전혀 그런 건 아닙니다."
 그녀는 다시 한 번 한숨을 길게 내쉬었다. 고생을 많이 한 탓인지 40대 부인치고는 꽤 나이가 들어 보였는데, 어디선가 본 듯한 인상이었다. 어디서 보았을까. 그러나 얼른 생각이 나지 않았다.

한참 만에 그녀는 마지못해 하며 입을 열었다.

"그 애하고는 같은 고향이지요. 서로 이웃에 살았는데, 우리는 오래 전에 서울로 올라왔고, 그 애는 그대로 시골에서 살았지요. 집안은 째지게 가난했지만 그런대로 논마지기 부치면서 살았는데, 그때까지는 그래도 괜찮았지요. 그 애 아버지가 덜컥 죽고 나니까 집안 꼴이 말이 아니게 됐어요."

영화의 아버지는 철이 들면서부터 남의 집 머슴살이로 잔뼈가 굵어온 사람이었다. 순하니 순한 그는 뼈를 깎는 각고 끝에 10년쯤 지나 논마지기를 마련할 수 있었고, 그것을 밑천으로 머슴 생활을 벗어나 늦장가를 갔다. 그때부터 가난하지만 행복한 신혼 생활이 시작되었다. 그의 아내는 귀엽고 부지런했다. 결혼한 지 1년 만에 그녀는 딸을 낳았고, 그 다음부터 아기가 서지 않다가 수 년 후에 마침내 아들을 하나 낳았다. 남편은 몹시 기뻐했다. 그러나 그 기쁨도 잠깐이었다.

그 대목에 이르러 생선 장사 아주머니는 또 한숨을 내쉬며 치마폭을 둘둘 말아 댔다.

"아들 딸 두었으니 부부가 백년해로 했으면 얼마나 좋았겠어요. 하늘도 변덕이 많지. 아, 글쎄 아들 돌 전 날 차에 치여 죽었지 뭐예요."

"남편 말입니까?"

"네, 애들 아버지가 말이에요."

"저런, 쯧 쯧……."

남의 이야기지만 병호는 가슴이 찡해 오는 것을 느끼지 않을 수 없었다.

"내일이 돌이라면 오늘 글쎄 부부가 돌잔치에 쓸 물건들을 사러 장에 갔나 봐요. 집에서 읍내 장터까지는 이십 리 길인데, 돌아오는 길에 애들 어멈을 먼저 보내고 동네 사람들하고 주막에서 술을 마셨나 봐요. 평소 술을 별로 못하는 사람인데 그 날만은 기분이 좋았던지 술을 많이 마시고 밤늦게야 곤드레만드레 돼 가지고 주막을 나섰는데…… 도중에 그만 나무를 잔뜩 실은 트럭에 깔려 그 자리에서 즉사하고 말았지요."

"정말 안 됐군요."

병호는 우울한 표정으로 중얼거렸다.

"그 바람에 돌잔치고 뭐고 장례 치르느라고 정신이 없었지요."

"그렇겠군요."

보지 않았지만 당시의 광경이 어떠했는지는 충분히 짐작하고도 남음이 있었다. 그것은 얼마나 비극적인 광경이었을까. 왜 그런 사람들에게 그런 일이 일어나는 것일까. 왜 비극은 가여운 사람들에게만 찾아오는 것일까.

"죽은 사람이야 죽었다 치고 뒤에 남은 가족들이 불쌍해서 차마 눈뜨고 볼 수가 없었어요. 우리는 그런 일이 있고 3년인가 있다가 서울로 이사 왔는데…… 곰돌이네는 남편이 죽고 나서도 개가하지 않고 그대로 어린 남매를 키웠지요."

"곰돌이는 누구 이름입니까?"

"트럭에 깔려 죽은 그 사람이 머슴살이할 때 붙여진 별명이에요. 곰처럼 굼뜨고 느리다고 해서 그런 별명이 붙었지요. 우리는 서울로 이사왔지만, 가끔 고향에 내려가기도 하고 인편으로 소식을 듣고 해서 곰돌이네 소식은 잘 듣고 있었지요. 곰돌이네하고 저하고는 또 남달리 친하게 지냈기 때문에 언제나 그 쪽 소식이 궁금하곤 했지요. 적은 논마지기나마 부치다가 남편이 죽었으니 집안 꼴이 오죽했겠어요. 남자가 있어도 있는 재산 까먹기 쉬운 판인데 여자 혼자서 자식들 데리고 논밭 부쳐 먹으려니 그 고생이 어떠했겠어요. 그런데 여자가 젊고 예뻐서 자꾸만 재혼하라고 중매가 들어오고 또 남자들이 틈만 있으면 집적거려 댔나 봐요. 그러다가 하루는 동네 불한당 놈들한테 기어코 일을 당했나 봐요."

"일을 당하다니…… 강간당했다는 말입니까?"

"네, 그랬나 봐요. 시골에서 그런 일을 당했으니 창피해서 배겨나겠어요? 고민고민 하다가 이놈의 세상 그만 살아야겠다고 농약을 먹고 그만 자살하고 말았지요. 처음에는 자식들까지 데리고 가려고 했던 모양인데 그게 여의치 않으니까 결국은 혼자서 목숨을 끊고 말았지요."

"기막힌 이야기군요."

병호는 가슴이 답답해져 오는 것을 느꼈다. 너무 답답해서 숨쉬기조차 불편할 지경이었다.

"기막히다마다요. 그런 기막힌 이야기가 어딨겠어요. 그 애들 엄마하고 나하고는 언니 동생 하면서 지냈기 때문에 죽었단 소식 듣고는 밤새 울었어요. 죽은 사람은 둘째 치고 그 어린 것들이 불쌍해서 자꾸만 눈물이 나왔어요. 그래도 큰애가 누나라고 기특하게도 어린 동생 뒷바라지하면서 살림을 꾸려 나갔지요. 옆에서들 도와주기도 했겠지만 그 어린것들이 얼마나 고생이 심했겠어요. 부모 생각은 또 얼마나 났겠어요."

생선 장수 아주머니는 마침내 눈시울을 붉히더니 치맛자락에다 코를 휑하니 풀었다. 그리고 다시 말을 이었다.

"그런데 하루는 그 애한테서 저한테 편지가 왔어요. 반가워서 뜯어보았더니, 서울 와서 식모살이를 하려고 하는데, 마땅한 자리 하나 있으면 소개해 달라는 거였어요. 그래서 저는 눈뜨고 코 베가는 곳이 서울인데 아예 올라올 생각하지 말라고 신신 당부했어요. 그랬는데 그 애가 동생을 데리고 우리 집으로 찾아왔지 않겠어요. 그 애 얘기를 듣고야 알았는데, 어린 것들이 살림을 꾸려 나가는 걸 보고 동네에서 말들이 많았나 봐요. 그 애 삼촌이 같은 동네에 살고 있었거든요. 삼촌이 그 애들을 당연히 거두어야 하는데 그러지를 않으니까 말들이 많았지요. 그러자 삼촌이 그 애들을 자기 집으로 불러들이고는 그 애들 앞으로 되어 있는 전답을 챙겼나 봐요. 그런 삼촌이니 그 애들을 온전히 거두기나 했겠어요. 하도 구박이 심하니까 그 애들이 그만 서울로 올라와 버린 거애요. 빌어먹어도 서울에서 빌어먹자고."

"그랬었군요."

"하지만 보다시피 저희 집이 어디 넉넉해야지요. 이녁 식구 먹고 살기도 어려운 판인데, 애들을 둘씩이나 받아들일 처지가 돼야지요. 생각다 못해…… 그 죽은 박 사장네 집에 소개해 준 거지요."

"그럼 오누이가 모두 박 사장 집에서 살았습니까?"

"그렇지요. 식모 방이 따로 있어서 거기서 함께 오누이가 잤지요."

기막힌 이야기이다. 기막힌 이야기에 병호는 한동안 말문이 막혀 입을 열 수가 없었다.

"그 집은 자식이 없는 집이니까 오누이가 들어가 사는 게 가능했지요. 안 됐지만 부모 없는 고아 처지에 어쩌겠어요. 그만도 다행이었지요. 그 집에서 별일 없이 지냈으면 좋았을 텐데 그만……"

그녀는 말끝을 흐리면서 병호의 표정을 살폈다.

"숨기지 말고 자세히 말씀해 주십시오. 비밀은 보장해 드리겠습니다."

그녀는 한숨을 내쉬고 나서 다시 말을 이었다.

"이미 아시니까 하는 말인데…… 그 애가 그 집에 있으면서 애를 뺐어요. 알고 봤더니 죽은 박 사장 애를 밴 거예요. 박 사장하고 단둘이 있을 때 강제로 당한 모양이에요. 아무리 돈 많은 회사 사장이라고 그 어린 것한테 그런 짓을 할 수가 있어요?! 짐승이 아니고는 그럴 수가 없지요. 죽은 사람 욕해서 안 됐지만 하여간 사람이 아니에요. 돈만 많아서 뭐 합니까. 사람답게 처신해야지요. 한 번 그러고 나니까 그 뒤부터는 자꾸만 요구해서 그럴 때마다 그 짓을 한 모양이에요. 그 어린 것을 글쎄 아무리 집주인이라고 그럴 수가 있나요?!"

그녀는 몹시 분개해서 말했다.

"그 애한테서 직접 이야기를 들으셨나요?"

"듣다마다요. 우리 집에 왔을 때 안색이 안 좋고 몸가짐이 이상하기에 붙잡고 물어봤지요. 그랬더니 울면서 이야기하지 않아요, 글쎄. 그 이야기를 듣고는 기가 차서 말이 안 나왔지요."

"개새끼야. 개새끼."

미닫이문이 드르륵하고 열리더니 옆방에서 웬 중년 사내가 고개를 내밀었다. 아낙의 남편으로 지금까지 옆방에서 두 사람이 주고받는 말을 듣고 있었던 모양이다. 어디서 술을 잔뜩 마셨는지 수염투성이의 얼굴이 붉다 못해 검푸르게 보였다. 그는 머리를 흔들면서 아내의 다음 말을 막고 나섰다.

"내가 대신 이야기를 하리다. 죽은 놈은 죽은 놈이고…… 욕 먹을 짓을 했으면 욕을 먹어야 합니다."

"아니, 당신은 가만있어요. 뭘 안다고 그러세요."

아낙이 톡 쏘아대자 사내는 눈을 부라렸다.

"잠자코 있어! 그 죽은 박 사장 여편네가 애를 못 낳으니까 식모한테 애만 하나 낳아 달라. 그러면 5백만 원을 주겠다. 이렇게 꼬신 모양이에요. 그렇지만 아무리 돈에 환장했다고 어느 년이 그런 짓을 하겠어요. 애를 한둘 뽑아 낸 이력이 있는 여자라면 또 몰라요. 나이 어린 숫처녀가 어떻게 그런 요구를 들어 주겠어요. 그리고 5백만 원이 뭡니까. 5천만 원도 아깝지 않을 텐데. 노랭이 같은 놈 같으니라구. 요구를 들어주지 않으니까 그 개새끼가 약을 먹여 놓고 잠든 사이에 겁탈을 한 모양이에요."

사내는 소주병을 들고 아예 병호가 앉아 있는 방으로 건너왔다. 병호는 마지못해 사내가 주는 술을 받아 마셨다.

"한번 그렇게 뚫렸으니 어떡하겠어요. 그 뒤부터는 계속 당하다가 결국은 애를 밴 모양인데 우린들 그걸 알고 어떡하겠어요. 우리가 그 애 보호자도 아니고 괜히 그런 일에 참견했다가 막말로 해라도 입으면 어떡합니까. 그렁저렁하는 사이에 배는 불러오고, 하루는 그 애가 울고불고하면서 다시는 박 사장 집에는 안 들어가겠다고 하기에 하는 수 없이 우리 집에 숨겨 줬지요. 처음에는 부부가 함께 애만 낳아 주면 5백만 원을 주겠다고 달콤한 말로 꼬시더니 막상 그 애가 애를 배니까 그게 아니더란 말입니다. 박 사장 부인이 질투가 나서 매일 부부싸움이 끊이지 않고 그 애를 잡아먹을 듯이 구박하더랍니다."

"온몸이 시퍼렇게 멍이 든 것을 보고 깜짝 놀랐어요."

아낙이 옆에서 거들었다. 사내가 다시 말했다.

"우리 집에서 오누이가 이틀인가 있었는데, 하루 이틀도 아니고 보시다시피 우리도 이런 형편이고 애들도 다 컸는데 더 이상 데리고 있을 수 있습니까. 그래서 그 애를 살살 달랬지요. 가기 싫더라도 고향에 내려가 삼촌 밑에 있는 것이 낫지 않느냐 하고 말입니다. 그리고 가기 전에 아기도 떼라고 말했지요."

"그래서 아기를 뗐나요?"

사내는 머리를 설레설레 흔들었다.

"고것이 고집은 세 가지고 말을 들어야지요. 여자란 다 그런지 몰라도 그래도 뱃속에 있는 것이 제 자식이라고 뗄 생각을 안

하더군요."
 "그런 걸 보면 참 별난 애예요. 아, 요즘 애들이 어디 그런가요. 자기 장래를 생각해서 낳은 애기도 버리는 판인데 그 애는 그렇지가 않았어요. 기어코 아기를 낳겠다는 거였어요."
 아낙이 기막히다는 표정으로 말했다.
 "그래서 어떡했나요?"
 병호는 숨소리조차 내는 것을 삼가며 물었다.
 사내가 또 나섰다.
 "지가 그렇게 나오는데 우린들 별 수 있나요. 너 알아서 하라고 내버려 뒀지요. 야박하게 들릴지 모르지만 우리도 그 애 때문에 어지간히 속도 썩고 박 사장 부인한테 욕을 바가지로 얻어먹기까지 했습니다."
 그녀한테 욕을 얻어먹은 것은 그런 애를 식모라고 소개해 줬다는 것이 그 이유였다. 그녀는 오갈 데 없는 것들을 먹여 주고 입혀 주고 했는데 한마디 말도 없이 돈까지 훔쳐 가지고 도망갈 수 있느냐고 길길이 날뛰었다. 그러나 돈까지 훔쳐갔다는 그녀의 말은 새빨간 거짓말이었다. 당사자는 1원 한 푼 가진 적이 없을 뿐 아니라 오히려 그 집으로부터 그동안에 월급을 한 푼도 받지 못했다고 울먹이며 말했다. 은행에 적금을 넣어 두었다가 나중에 집을 나갈 때 주겠다는 바람에 믿고 맡긴 것인데 결국은 한 푼도 받지 못하고 나오게 된 셈이었다.
 "박 사장 여편네는 그 애가 돈을 훔쳐갔다면 경찰에 고발해서라도 그 애를 붙잡아야 할 텐데 전혀 그렇게 하지도 않았어요.

정말로 돈을 훔쳐갔다면 그 여편네가 가만있었겠어요? 나쁜 여편네 같으니."

사내는 화를 이기지 못해 씩씩거렸다.

병호는 그 다음 이야기가 궁금했다. 사내는 술을 들이켜고 나서 다음을 이야기했다.

"그 애보고 그랬지요. 애기를 떼지 않으려거든 우리 집에서 나가라. 가뜩이나 식구가 많아서 우리도 복잡한 판인데 아기까지 낳아서 삐약삐약 울어 대면 그걸 어떻게 봐 주겠느냐. 제일 좋은 방법은 고향에 내려가는 길밖에 없다고 설득을 했지요. 그 애도 그 말에는 납득이 갔는지 내려가겠다고 해서 그러면 박 사장한테 찾아가서 위자료나 두둑이 받아 내라고 했지요. 안 주면 고소하라고 했어요. 강간당해서 애까지 뺐다고 하면 창피해서라도 기백만 원은 내놓을 거 아닙니까. 그 애한테 기백만 원이 어딥니까. 더구나 월급도 한 푼 못 받았으니 이건 신문사 같은 데 알리면 특종감 아니겠습니까."

특종감이란 말을 어디서 주워들었는지 사내는 그 말을 특히 강조했다. 병호는 웃음이 나오는 것을 참았다.

"그런데 그 바보 같은 것이 위자료도 안 받아 내고 고소도 안 하고 내려갔어요. 그런 바보 같은 것이 세상 천지에 어딨습니까. 위자료나 받아 내면 시집갈 밑천은 될 거 아닙니까."

사내는 아쉬운 듯 입을 쩍 다셨다.

"잘못했군요."

"잘못하다마다요. 잘못해도 크게 잘못했지요."

"아기는 어떡하고 시집을 갑니까?"

"뱃속에 있는 아기 말입니까?"

"네, 그 아기가 문제 아닙니까?

"워언, 형사님두…… 만일 아기를 낳게 되면 외국에 입양시켜 버리면 될 거 아닙니까."

"그것 참……."

"그러고도 처녀로 얼마든지 결혼할 수 있다구요. 요새 그런 일 보통 아닙니까."

병호는 대꾸할 말을 잃고 말았다. 그는 사내의 편리한 사고 방식에 자못 놀라지 않을 수 없었다.

"박 사장 애를 밴 그 애 이름이 뭡니까?"

병호는 사내의 입에서 다른 이름이 나오기를 바랐다. 자신의 예감이 적중하는 것을 그는 두려워하고 있었다. 만일 다른 이름이 나온다면 그는 어느 정도 안심할 수 있어도 좋을 것 같았다. 얼굴도 모르는 그녀에 대해 오래 생각하지 않아도 좋을 것 같았다. 그러나 그의 그런 기대는 어긋나고 말았다. 사내는 그의 의중을 알고 있기라도 하는 듯,

"영화라고 하지요. 서영화(徐英和)라고……"
하고 말했다.

병호는 소스라치게 놀랐다. 자신의 예감이 적중한 것에 그렇게 놀라보기는 처음이었다. 내가 잘못 들은 거겠지. 그럴 리가 없어. 동명이인일지도 몰라. 그렇지 동명이인일거야, 이 세상에는 동명이인이 얼마든지 있으니까.

병호는 허둥지둥 담배를 피워 물었다. 입 속이 바싹 타들어 가고 있었다.

"왜 그렇게 놀라십니까? 그 애를 아십니까?"

"아, 아닙니다. 서영화라고 했나요?"

"네, 서영화입니다."

병호는 다음 질문에 대한 대답을 듣기가 두려웠다. 그러나 물어보지 않을 수 없었다.

"그 애 남동생 이름은 뭐지요?"

"학구라고 하지요."

그는 담배를 비벼 껐다. 그리고 술잔에 손수 술을 따라 입속에 부었다. 그는 안주에는 손도 대지 않았다.

"이건 뭔가 잘못 되었어."

그는 뜨거운 숨을 내쉬며 중얼거렸다.

사내가 의아한 눈으로 그를 쳐다보았다.

"네? 뭐라고 하셨습니까?"

"아, 아닙니다. 영화와 학구라고 했지요? 성은 서가구요?"

"네, 그렇습니다. 그 애들 아버지 이름은 서달국이라고 합니다. 이미 죽었지만……."

사내의 입에서 술 냄새가 확 풍겨왔다. 병호는 그 냄새를 맡지 않으려고 얼굴을 돌렸다.

그는 첫 번째 터널을 빠져나온 기분이었다. 터널을 빠져나오자 눈앞은 높은 절벽이었다. 그는 절벽 아래로 뛰어내릴 용기가 나지 않았다. 그 결과가 무섭고 두려웠기 때문이다. 그것은 단지 예감이었지만 그는 그 예감을 두려워하고 있었다.

그는 더 이상 그곳에 앉아 있어야 할 필요가 없었다. 마치 가시방석에 앉아 있는 기분이었다. 기분 같아서는 당장 일어서서 그 집을 나와 버리고 싶었다. 그리고 그만 수사를 끝내고 싶었다. 그러나 마음과는 달리 그는 어느새 수사관의 본능으로 돌아가 있었다.

그는 끈덕지게 뭉그적거리고 앉아서 계속 질문을 던졌다.

"영화의 고향은 어딥니까?"

"전남 곡성(谷城)입니다. 그런데 내려가더니 통 소식이 없어요. 벌써 내려간 지 몇 달 돼 가는데 아직까지 편지 하나 없어요. 우리가 저한테 쌀쌀맞게 군것도 없는데, 잘 내려갔으면 잘 내려갔다고 편지라도 해야 할 거 아닙니까."

그러자 잠자코 있던 아낙이 불쑥,

"내려가긴 뭐가 내려가요. 엊그제 곡성 다녀온 순덕이 고모한테 들었는데 고향에 내려오지도 않았대요."

라고 말했다.

"아니, 뭐라고? 그럼 그것들이 고향에 내려가지 않고 지금까지 어디 있는 거지?"

사내의 눈이 휘둥그레졌다.

"난들 알아요."

"당신은 왜 그걸 이제 말하는 거야?"

"언제 말할 기회가 있어야지요. 하루도 빠지지 않고 술에 절어 늦게 들어오는데 언제 말하겠어요."

아낙의 빈정거리는 말에 사내는 그만 입을 다물었다.

"병호는 사내를 향해 다시 물었다.

"영화 남매가 차를 타고 내려가는 걸 직접 보셨나요?"

"저는 못 봤습니다. 마침 제 처남 되는 사람이 들렀기에 가는 길에 그 애들을 서울역까지 데려다 주라고 부탁했지요. 그 애들은 서울 지리를 통 몰랐으니까요. 이봐. 그 사람한테서 무슨 연락 없었어?"

사내가 갑자기 어깨를 툭 치는 바람에 아낙은 화들짝 놀라 비껴 앉았다.

"아따 이 이가, 왜 사람을 툭툭 치고 야단이에요? 간 떨어지게 시리……."

"당신 오빠 소식 모르느냐 말이야?"

"몰라요."

그녀는 쌀쌀맞게 내뱉고 나서 숭늉 그릇을 집어 들더니 꿀꺽꿀꺽 물을 마셨다.

"워낙 도깨비 같은 사람이라 몇 달에 한 번씩 들르지요. 그 날은 우연히 여길 들렀기에 부탁했지요. 이럴 줄 알았으면 부탁하지 않는 건데……."

"뭐라구요?"

아낙은 눈을 부릅뜨면서 남편을 쏘아보았다.

"아니, 이이가 듣자 하니까 못하는 말이 없네. 우리 오빠가 어쨌단 말이에요! 당신한테 돈을 달랍디까, 밥을 달랍디까?"

중년부부는 그래서 한참 동안 입씨름을 벌였다. 남자는 아내에게 책잡힐 일이라도 있는지 일단 싸움이 붙자 남자다움을 잃고 슬슬 꽁무니를 뺐다. 반면 여자는 갈수록 기세등등해서 남자를 몰아붙였다.

당신이 뭐가 잘났냐. 당신 하는 일이 도대체 뭐가 있느냐. 집 안에 쌀이 떨어졌는지 간장이 떨어졌는지 한 번이라도 들여다 보았느냐. 이 식구가 어떻게 해서 먹고 살아가는지 알기나 하느냐. 밤이나 낮이나 술타령이니 아이구 내 팔자야.

병호는 귀가 시끄러워 앉아 있기가 불편했다.

"처남 되시는 분 주소를 좀 가르쳐 주시겠습니까?"

"주소는 모릅니다. 어디서 뭘 하고 먹고 사는지 우리한테는 통 말을 하지 않으니까요."

병호는 아낙을 바라보았다.

"아주머니께서도 모르십니까?"

"모르겠어요. 우리 오빠는 한군데 거처가 있는 게 아니라서요. 하지만 심성은 참 고운 양반이에요."

"그분 이름을 좀 가르쳐 주시겠습니까?"

"네, 김기팔(金基八)이라고 합니다."

사내가 대답했다.

"일정한 직업이 없어서 그렇지 심성은 고운 사람이지요. 그런데 참 이렇게 오신 걸 보니까, 혹시 영화한테 무슨 좋지 않은 일이라도 생겼나요. 그 애는 정말 영리하고 착한 애입니다."

"남 칭찬하지 말고 자기나 잘해요."

아낙이 핀잔을 주며 밖으로 휑하니 나갔다.

"아유, 저걸 그냥······."

사내는 주먹을 불끈 쥐면서 따라 일어설 듯하더니 도로 주저앉았다.

"참으십시오."

그 말에 사내는 씨익 하고 웃었다. 그리고 아까의 질문을 되풀이 했다.

"영화한테 안 좋은 일이라도 생겼나요?"

"아닙니다. 그게 아니고 죽은 박 사장과 생전에 관계있던 사람들을 모두 만나보고 있는 중입니다."

"일일이 다 만나보고 있나요?"

"네, 그렇습니다."

"아이구, 그 짓도 못할 일이군요?"

"못할 짓이지요."

병호는 한숨을 내쉬며 일어섰다.

생선 장수 아주머니의 집을 나온 그는 차도 타려고 하지 않고 얼마동안 어두운 길을 정신없이 걸어갔다. 매서운 삭풍이 얼굴을 할퀴고 지나갔다. 그는 조금이라도 바람을 적게 받으려고 어깨를 잔뜩 움츠리며 걸어갔다. 그는 될수록 아무 생각도 하지 않으려고 노력했다. 생각하지 않고 살 수 있으면 얼마나 좋을까. 필요할 때만 생각하고 말이다.

나는 아무도 만나지 않았고 그 누구와도 말을 나누지 않았다. 나는 영화라는 이름도 학구라는 이름도 모른다. 그 아이들을 만난 적도 없다.

그는 어둠이 자신의 모습을 가려줘서 참 다행이라고 생각했다. 무엇인가 훔쳐들고 도망치는 모습이 꼭 이럴 것이라고 그는 생각했다. 이와 같은 어둠이 계속되었으면 좋겠다고 생각했다. 그는 생선 장수 아주머니를 찾아간 것을 후회했다. 도대체 무엇하러 그 여자를 만나러 갔단 말인가. 그 여자를 만났던 일도 그 여자와 그녀의 남편으로부터 들었던 이야기도 모두 없었던 걸로 치자. 그래. 그는 숨을 크게 들이켰다.

가슴이 터질 것 같았다. 그는 길가에 서서 차도 위를 달려가는 차량들을 바라보았다. 어둠을 가르며 달리는 차들이 마치 무슨 괴물처럼 보였다. 그 괴물들이 찬바람을 몰고 오는 것 같았다. 이윽고 그의 눈은 바람에 떨고 있는 포장마차에 머물렀다. 어른거리는 그림자로 보아 안에 사람들이 꽤 있는 것 같았다. 거기에라도 들어가 추위를 녹여야겠다고 그는 생각했다.

포장마차 안에는 그가 겨우 앉을 수 있는 자리 하나만 남아 있을 뿐 다른 자리는 모두 차 있었다. 그는 사람들 사이로 비집고 들어가 앉았다.

"소주 한 병하고 오뎅 하나 주십시오."

젊은 부부가 포장마차 일을 보고 있는데 남자는 한쪽 팔이 없었다. 부인은 등에 아기를 업고 있었는데 아기는 계속 칭얼거리고 있었다. 그들의 얼굴은 한 푼이라도 더 벌려는 의지로 하여 엄숙해 보이기까지 했다.

몸에 술이 들어가자 추위가 좀 가시는 것 같았다. 그는 어깨를 추스르다 말고 그 얼굴을 생각했다. 아까부터 그를 괴롭히던 얼굴이었다. 포장마차 안은 왁자지껄했지만 그는 한 가지 생각에 매달려 있었다.

생선 장수 아주머니의 얼굴이 눈앞에서 흔들렸다. 분명히 어디서 본 듯한 얼굴, 아니 어느 얼굴과 비슷한 얼굴이었다. 그녀의 얼굴 위로 추한 사내의 얼굴 하나가 포개졌다. 영화와 소년이 살고 있는 그 사창굴의 그 사내의 얼굴이었다. 길게 째진 조그만 두 눈과 튀어나온 광대뼈, 쏙 빠진 하관이 서로 닮은 데가 많았다. 병호는 들고 있던 술잔을 내려놓고 급히 담배에 불을 붙였다. 금방이라도 일어설 듯이, 그러나 일어서는 대신 그는 담배 연기를 길게 내뿜었다.

"맞았어. 바로 그 자야."

그는 자기도 모르게 중얼거렸다.

옆에 앉아 있던 건장한 청년이 고개를 돌려 그를 쳐다보았다. 그리고 혀 꼬부라진 소리로,

"뭐라구요?"

하고 물었다.

"아, 아닙니다."

병호는 당황해서 얼버무렸다. 그는 술을 입속에 털어 넣었다. 그는 흥분을 가라앉히려고 숨을 깊이 들이켰다. 새로운 사실을 놓고 그는 몹시 당황하고 있었다.

그 포주 사내가 바로 그 생선 장수 아주머니의 오래비인 김기팔일 것이라는 생각이 섬광처럼 머릿속을 스쳐간 것은 정말 놀라운 일이었다. 생선 장수 아주머니를 대하는 순간 어디서 본

듯한, 누구와 닮은 듯한 얼굴이라는 생각이 들었었는데, 포장마차에 앉아 술을 마시고 있는 동안 그 베일이 벗겨진 것이다. 확실히 생선 장수 아주머니와 사창굴의 그 포주 사내와는 닮은 데가 많았다. 아직 두 사람을 불러다 확인한 것은 아니지만 그는 자신의 직감력을 믿고 있었다.

　생선 장수 아주머니와 이야기하고 있는 동안 그녀의 남편이 뛰어든 것은 지금 와서 생각하면 정말 다행한 일이었다. 만일 그녀와 단둘이 이야기 했다면 그녀의 입에서는 결코 자기 오빠 이야기는 나오지 않았을 것이다. 그녀의 남편이 뛰어들어 얼결에 영화 남매를 서울역까지 데려다 준 사람이 처남이라고 발설했기 때문에 실마리가 잡혔던 것이다. 지금쯤 그 사내는 아내에게 몹시 혼나고 있을 것이다. 사실 그 사내는 자기 처남이 사창가에서 포주 노릇 하고 있다는 것을 모르고 있을지도 모른다.

　"한 잔 합시다."

　옆자리의 건장한 청년이 갑자기 술잔을 불쑥 내밀었다. 병호는 난처했지만 그것을 받지 않을 수 없었다.

　"감사합니다."

　그는 술잔을 받아 입으로 가져갔다.

　김기팔은 어린 오누이를 서울역에 데려다 주는 대신 사창굴에 데리고 가 매음 행위를 시켰을 것이다. 그러다가 영화의 배가 눈에 띄게 불러 오고 이용 가치가 없어지자 이젠 내쫓으려 하고 있는 것이다. 손님이 외면하는 창녀란 쓸모없는 것이다.

　그는 술잔을 옆자리의 청년에게 넘겼다. 그리고 자신의 술을 따라주었다.

"혼자요?"

청년이 거칠게 물었다. 많이 마셨는지 혀 꼬부라진 소리를 내고 있었다.

"네, 혼잡니다."

사건은 이제 그 윤곽을 드러내려 하고 있었다. 그는 그 윤곽을 보는 것이 두려웠다. 그러나 그는 어쩔 수 없이 거기에 접근하고 있었다.

과연 영화가 박 사장을 죽였을까. 박 사장을 사창굴로 불러들인 다음 독살한다는 것은 그다지 어려운 일이 아니다. 연약한 여자로서도 충분히 할 수 있는 일이다. 그렇다면 죽인 다음 시체는 어떻게 쓰레기터에까지 갖다 버렸을까.

"왜 혼자요?"

옆자리의 청년이 물어 왔다. 술잔이 또 넘어 왔다. 병호는 청년이 귀찮아지기 시작했다.

그는 손을 들어 술잔을 막았다.

"그만하겠습니다."

"받아요."

청년은 우격다짐으로 술잔을 그에게 넘겼다. 그리고 술이 철철 넘치게 따랐다.

"왜 혼자요?"

청년이 또 물었다. 다분히 시비조였다.

"어쩌다가 그렇게 됐습니다."

그녀 혼자 힘으로는 시체를 쓰레기터까지 운반할 수 없었을 것이다. 남자의 도움이 필요했겠지. 김기팔이 도와 줬을까? 도대체 영화는 왜 박 사장을 죽였을까? 그것도 질문이라고 하는 거냐? 그녀는 찢어죽이고 싶도록 박 사장이 저주스러웠을 것이다. 자기를 강간하고 임신시킨 남자가 뱃속에 든 아기까지 빼앗아가려고 하니 미울 수밖에 없었을 것이다. 저주는 살인을 낳는다. 어디서나 볼 수 있는 아주 평범한 논리이다.

"직업이 뭐요?"

청년의 질문에 그는 당혹했다. 그는 술잔을 청년에게 건넸다. 그리고 잔이 넘치게 술을 따랐다.

"놀고 있습니다."

그는 공손히 대답했다.

"업자요?"

경멸하는 것 같은 눈길로 그를 쩨려보면서 청년이 물었다.

"아닙니다. 놀고 있습니다."

그러나, 그렇다고는 하지만 열여덟 살짜리 어린 여자가 과연 그런 잔인한 짓을 저지를 수 있을까. 그렇게 여리고 순진해 보이는 소녀가 사람을 살해할 수 있을까. 그녀가 범인일 가능성은 많지만, 그러나 도무지 범인으로 믿어지지가 않는다. 이것은 육감이다. 하긴 그는 나이 어린 여자 살인범들을 종종 보아왔다. 대부분이 10대의 어린 소녀들이었다. 사람을 살해했다고는 도저히 믿어지지 않을 만큼 그들의 얼굴을 순진하기만 했다.

"종교 있소?"

청년이 또 물어왔지만 그는 대꾸하지 않았다. 그럴 때마다 생각이 단절되곤 해서 은근히 화가 치밀곤 했다.

"종교 있소?"

청년이 팔꿈치로 그의 옆구리를 쿡 찔렀다.

"없습니다."

"왜 안 믿소?"

"글쎄요."

"종교를 어떻게 생각해요?"

병호는 더 이상 참을 수 없었다. 그래서 대꾸하지 않기로 마음먹었다.

청년이 종교를 어떻게 생각하느냐고 두어 번 더 물었지만 그는 못들은 체하고 앉아 있었다.

"이 양반이 갑자기 벙어리가 됐나."

청년이 몸을 기대오면서 그의 얼굴을 들여다보았다.

"사람 말이 말 같지 않아?"

"아닙니다. 그럴 리가 있습니까"

"그럼 왜 묻는데 대답하지 않아?"

포장마차 안의 사람들의 시선이 일제히 그들 두 사람에게 쏠렸다.

"이거 봐. 그따위 질문에 내가 대답해야 할 이유라도 있나? 이게 얼마나 실례되는 짓인 줄 모르나?"

"허어, 뭐가 어째? 이게 제법 씹고 나오네. 너 이리 나와 봐."

청년은 병호의 멱살을 움켜쥐더니 그를 밖으로 끌어냈다.

사람들은 좋은 구경거리가 생겼다는 듯 우르르 따라 나왔다.

　병호는 번개처럼 상대방의 사타구니를 걷어찼다. 동시에 주먹으로 옆구리를 슬쩍 건드렸다.

　"아이구!"

　그렇게 기세등등하던 청년은 몸을 접으며 무릎을 꺾었다. 눈 깜빡할 사이에 일어난 일이었다. 사람들은 얼이 빠진 듯한 표정으로 병호를 바라보았다. 병호는 포장마차 안으로 들어가 술값을 치렀다.

　"저 청년 것도 계산해 주시오."

　포장마차 주인은 놀란 듯이 병호를 바라보다가 만 원짜리 지폐를 받아 두 사람 술값을 계산한 다음 거스름돈을 내주었다.

　밖으로 나오자 청년은 그때까지도 웅크리고 앉아 신음하고 있었다.

　"보기보다는 형편없구먼."

　"상대도 되지 않으면서 시비를 걸면 어떡해."

　구경꾼들이 시원하다는 듯 제각기 한 마디씩 야유를 던지고 있었다.

　"기는 놈 위에 나는 놈이 있다구."

　"정말 임자 만났어."

　병호는 다시 걷기 시작했다. 얼마쯤 걷다가 그는 택시를 잡아탔다. 아무튼 영화를 연행해서 신문하지 않을 수 없다고 그는 생각했다. 그녀는 의외로 쉽게 털어놓을지도 모른다. 그는 그것이 두려웠다. '제가 죽였어요. 어쩔 수 없었어요. 제가 살인범이에요. 제가 그 사람을 독살했어요. 그런 사람은 백 번 죽어도 좋아요. 전 후회하지 않아요. 벌은 달게 받겠어요. 저를 잡아가세요. 부탁이에요. 제발 저를 잡아가 주세요. 그렇지 않아도 오 형사님이 오실 줄 알았어요. 오 형사님, 제 동생을 부탁해요. 저는 아무렇지도 않아요. 하지만 제 동생은 너무 불쌍해요. 저 어린 것을 누가 돌보겠어요.' 만일 그녀가 이렇게 자백해 버린다면 어떡하나. 그녀의 가는 손목에 수갑을 채워야 한단 말인가!

 소년은 그것을 보고 어떤 얼굴을 할까. 그래도 소년은 형사가 되고 싶어 할까. '제 꿈은 형사가 되는 거예요. 그래서 제 누나를 잡아간 당신 손목에 수갑을 채우는 거예요.' 소년의 말이 들려오는 것만 같아 그는 두 손으로 귀를 막았다.

심 증

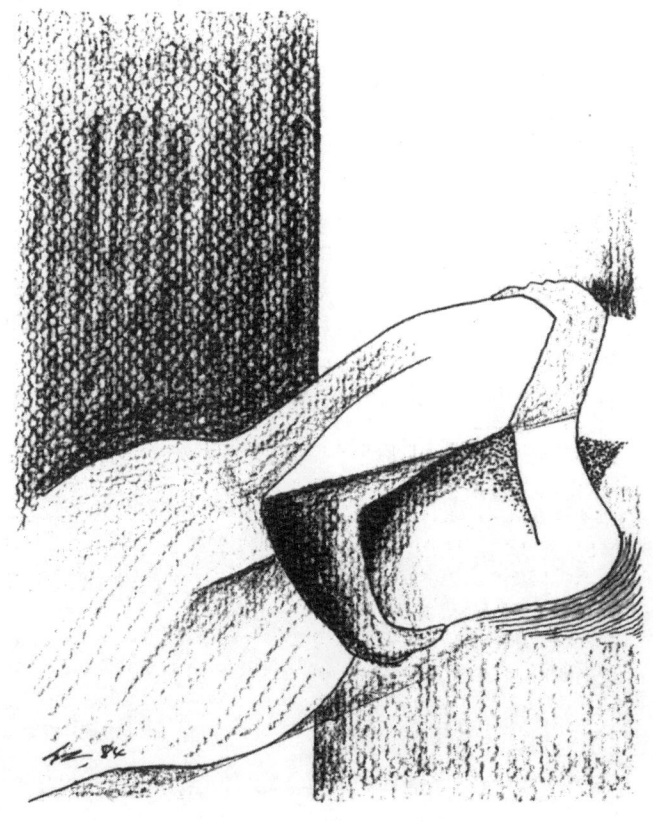

○ ○ ○ ○ ○ ○ ○ ○ ○

밤새도록 병호는 잠을 못 이루고 뒤척이며 영화 남매를 생각했다.

밤새 기온이 급강하하고 있는지 이불 속에 누워 있어도 추웠다. 칼날 같은 바람 소리가 밤새 들려오고 있었다.

생각할수록 영화가 박 사장을 죽인 범인일 것이라는 심증은 굳어만 갔다. 심증이 굳어진 이상 그가 취해야 할 행동은 뻔했다. 날이 밝아 오는 대로 영화를 데려다가 족치는 것이다.

그러나 그는 영화를 연행해서 심문하고 싶은 마음이 조금도 일지 않았다. 심문하면 십중팔구 자백할 것이고, 그렇게 되면 그녀는 즉시 구속되고 말 것이다. 임신한 18세 소녀를 구속하는 것이다. 살인범으로 말이다. 정말 천만뜻밖이었다. 어떻게 그녀를 구속할 수 있단 말인가!

도저히 살인할 것 같지 않은 사람이 살인한 경우를 그는 여러 번 보아 왔었다. 그때마다 사람의 마음은 정말 알 수 없는 것이라는 생각이 들곤 했었다.

그는 자신이 기계적일 수가 없다는 것을 너무도 잘 알고 있었다. 죄가 있다고 해서 어떻게 기계적으로 붙잡아 들인단 말인가! 영화 남매를 몰랐다면 또 모른다. 그러나 그는 그들 남매를 너무도 뜨겁게 인식하고 있었다. 특히 소년하고는 불과 며칠 사이에 너무도 친숙해져 있었다. 영화를 구속해 버리면 학구는 어디로 간단 말인가.

날이 밝아 왔다.

그때까지 그는 이불 속에서 뒤척이고 있었다. 아직 단안을 못 내린 채 환자처럼 멀거니 천장을 바라보다가는 한 숨을 푹푹 내쉬곤 했다. 머리맡에 놓여 있는 재떨이 속에는 담배꽁초가 수북이 쌓여 있었다.

묵살해 버릴까. 사건을 미궁으로 처리해 버리는 거다. 그렇다고 양심에 거리낄 것은 아무것도 없다. 죽은 박 사장에게 미안하게 생각될 것도 없다. 그는 그렇게 죽을 수밖에 없는 위인이었으니까. 문제는, 그렇게 되면 내가 법을 위반하는 것이다. 경찰 월급을 타 먹으면서 직무를 유기하는 것이 된다. 직무를 유기한다는 것은 범죄. 사건을 묵살하려면 차라리 경찰직을 그만둬라. 그러면 모든 것이 자연히 해결될 것이다.

그러지도 못하면서 인정을 베푼다는 것은 지나친 모순이 아닌가. 수사는 끝까지 냉정하게 진행해야 한다. 동정 따위는 금물이다. 모든 것을 기계적으로 처리해야 한다. 기계적인 인간. 그렇다. 기계적인 인간이 되어야 한다. 범인이 동정할 만한 상대라면 재판 과정에서 참작할 일이다. 내가 멋대로 직무를 유기해서는 안 된다. 나는 언제쯤 나의 이 감상적 편견을 버릴 수 있을까. 감상이란 으레 편견을 낳기 마련이다. 그런 것은 빨리 버릴수록 좋다.

서영화 양, 만일 내가 너를 체포하게 되면 나를 용서해 주기 바란다. 어쩔 수 없는 일 아닌가. 내가 너를 체포하는 것이 아니라 법이 너를 체포하는 것이니까 그렇게 이해해 주기 바란다.

그는 마침내 자리에서 일어났다.

집을 나온 그는 단골로 이용하는 해장국집으로 향했다.

날씨는 움직이기 불편할 정도로 추워져 있었다. 너무 추워서 몸이 금방 얼어붙을 것 같았다.

해장국을 먹으면서 그는 다시 그 문제를 곰곰 생각해 보았다. 그러나 아무리 생각해도 결론은 나지 않았다. 영화에게 가고 싶지 않다는 생각과 가야 한다는 생각이 뒤엉켜 그를 괴롭히고 있었다. 그러나 해장국집을 나섰을 때 그의 마음은 이미 방향을 정하고 있었다.

사창가 골목길을 올라갈 때 그는 절로 고개가 숙여졌다. 괜히 왔다는 생각이 들었다. 오누이를 대할 생각을 하니 발길이 잘 떨어지지가 않았다. 지금이라도 늦지 않았다. 자, 돌아서는 거야. 그러는 사이 그는 어느새 그 집 앞에 닿았다.

그는 머뭇거리다가 그대로 지나쳐 갔다. 가슴이 마구 뛰고 있었다. 엄청난 일을 앞에 둔 사람처럼 가슴이 두근거려왔다. 여느 때 같으면 보일 소년이 보이지 않았다. 너무 추워 방안에 틀어박혀 있는 모양이라고 그는 생각했다.

쓰레기터에는 언제나처럼 쓰레기가 잔뜩 쌓여 있었다. 인간의 추한 면을 보여 주기라도 하는 듯 그것은 질펀하게 널려 있었다. 그는 침을 뱉고 돌아섰다. 그리고 오던 길을 되돌아 내려갔다. 그는 마음을 결정하고 있었다.

사실을 밝혀 보는 거다. 그녀를 체포하고 안하고는 나중에 결정할 수도 있는 일 아닌가.

마침내 영화가 몸담고 있는 집 앞에 이르렀다. 그는 더 이상 머뭇거릴 수 없었다. 판자문을 밀고 안으로 불쑥 들어갔다.

"실례합니다."

포주 사내는 세수를 하고 있다가 그를 맞았다. 낯손님인줄 알고 반가이 맞았다가 상대가 형사인 줄을 알고는 몹시 실망하는 눈치였다. 얼굴에 칠해진 비눗물을 씻어낸 다음 불안한 눈으로 그를 쳐다본다.

"어서 오십시오. 아침부터 어쩐 일이십니까?"

"영화 양을 좀 만나러 왔습니다."

병호는 감정을 드러내지 않으려고 신경 쓰면서 말했다. 그가 안으로 들어가려고 하자 사내가 급히 말했다.

"그 애는 없습니다."

병호는 주춤하고 돌아섰다. 마치 뒤통수를 한 대 심하게 얻어맞은 기분이었다.

"그게 무슨 말입니까?"

그는 사내를 무섭게 쏘아보면서 물었다. 사내는 그의 시선을 피하면서 비굴하게 웃었다.

"지금 집에 없습니다."

병호는 목이 뻣뻣이 굳어지는 것을 느꼈다.

"어디 갔나요?"

그는 숨을 죽이고 물었다.

"글쎄 어제 오 형사님이 돌아가신 뒤에 갑자기 짐을 싸 들고 나가겠다고 하기에……."

사내는 병호의 눈길을 슬슬 피하며 말끝을 흐렸다.

"뭐라고요?"

그는 자기도 모르게 목소리을 높아졌다. 알 수 없는 노여움으로 몸이 떨려왔다.

"그 어린 것들을 이 추위에 내보냈단 말이오?"

"내보낸 게 아닙니다. 제 발로 걸어 나간 겁니다."

"그 말이 그 말이지."

그는 사내를 노려보다가 영화의 방으로 달려갔다.

노크도 하지 않고 문을 벌컥 열자 두 남녀가 벌거벗은 채 뒤엉켜 있는 것이 보였다.

"어머나!"

그들은 놀라서 몸을 일으켰다. 처음 보는 늙은 창녀의 얼굴이 거기에 있었다.

"실례했습니다."

그는 얼른 도로 문을 닫아 주었다.

"이럴 수가……."

그의 입에서는 절로 탄식이 흘러나왔다.

뒤에서 문이 벌컥 열리는 소리가 들려 왔다. 이어서 창녀의 앙칼진 목소리가 뒷덜미를 덮쳤다.

"노크도 없이 문을 여는 법이 어딨어? 그지 같은 새끼!"
"미안합니다."
그는 돌아서서 창녀에게 머리를 숙여 보였다. 늙은 창녀가 또 뭐라고 퍼부으려는 것을 포주가 가로막고 나섰다.
"들어가. 문 닫어."
창녀가 문을 닫자 병호는 포주 사내에게 가까이 다가섰다. 그리고 그의 멱살을 움켜쥐었다.
"영화는 어딨어? 어디로 보냈어?"
병호의 얼굴은 창백하게 굳어 있었다. 포주사내는 숨이 막히는지 금방 얼굴이 시뻘게지면서 허덕거렸다.
"아니. 이, 이거 왜 이러십니까? 이거 좀 놓으세요! 놓고 이야기하세요. 아무리 형사라고 사람을 이렇게 함부로 학대할 수가 있습니까?"
"학대한다고? 좋아. 당신 같은 사람은 얼마든지 학대해도 좋아! 알았어?"
병호는 사내를 벽에다 밀어붙였다. 그 바람에 판자벽이 부서질 듯 삐걱거렸다.
"영화를 어디로 빼돌렸어? 말하지 않으면 모가지를 비틀어 버릴 테다! 빨리 말해!"
"난 모릅니다! 정말 모른다구요!"
갑작스런 소란 통에 이 방 저 방에서 창녀들이 몰려 나왔다.
한 여자가 병호의 팔에 매달려 울부짖기 시작했다. 사내의 부인인 듯싶은 여인이었다.

"이거 놔요! 이거 놔! 우리 남편이 뭘 잘못했다고 이러는 거예요?"

그녀는 병호의 팔뚝을 물어뜯으려고 했다. 그는 하는 수 없이 멱살을 잡고 있던 손을 놓았다.

포주 사내는 한동안 목을 잡고 캑캑거렸다.

"나갑시다."

병호는 사내의 소매를 잡아끌었다. 사내가 겁먹은 표정으로 물었다.

"어, 어디로 갑니까?"

"여기서는 이야기가 안 되겠고…… 다방으로 갑시다."

그 말에 사내는 다소 안심한 듯 따라 나왔다. 그 뒤를 그의 부인이 또 따라왔다.

"아주머니는 오지 마세요!"

병호가 날카롭게 쏘아붙이자 그녀는 멈칫하고 서 버렸다.

일단 다방으로 들어가 이야기가 시작되자 포주는 생각보다는 거칠게 나왔다.

"영화가 간 곳을 말해 봐요. 그 애를 찾지 않으면 안 돼요."

"정말 모릅니다."

"당신은 악질이야. 내가 그렇게 신신당부했는데 그 애들을 내쫓았어."

"내쫓은 게 아닙니다. 기어코 가겠다고 하는데 난들 어떡합니까. 그렇다고 강제로 잡아 둘 수도 없는 거 아닙니까."

"이용할 대로 이용해 먹은 다음 이제 쓸모가 없으니까 내쫓은 거 아니야? 갈 데도 없는 애가 자진해서 나갔다는 건 말도 안 돼. 당신은 나한테 거짓말하고 있어!"

그는 상대방을 걷어차고 싶은 것을 간신히 참고 있었다.

포주사내는 펄쩍 뛰었다. 그리고 침을 튀기면서 반발하고 나왔다.

"생사람 잡지 마십시오. 내가 이용해 먹다니, 무얼 이용해 먹었다는 겁니까? 아무리 경찰이라고 말을 그렇게 함부로 하지 마십시오!"

"이거 봐요. 당신 나한테 좋은 대접을 받고 싶어요? 그렇다면 거짓말하지 말아요. 거짓말하는 놈은 찢어 죽이고 싶도록 미우니까."

두 사람은 서로 무섭게 상대방을 노려보았다.

"허, 기가 막혀서. 같은 고향 사람이라 올 데 갈 데 없는 애들을 먹여 주고 입혀 줬는데 그게 잘못이라는 말입니까? 처음부터 그애들을 받아들이지 말았어야 했는데…… 인정이 많은 것도 죄가 되는군."

병호는 손가락으로 상대방의 가슴을 쿡 찔렀다.

"꼭 그렇게 거짓말을 하겠소? 당신은 거짓말 가지고 밥 먹고 사는 사람이긴 하지만 내 앞에서는 그게 안 통해."

"맘대로 해석하십시오. 난 거짓말 가지고 밥 벌어 먹은 적도 없고, 거짓말 하지도 않았어요!"

그는 턱을 치켜들고 담배 연기를 후우 하고 내뿜었다.

병호는 견딜 수 없도록 사내가 징그럽게 느껴졌다.

"그 애는 임신한 몸으로 손님을 받았어. 왜 그랬지? 임신한 몸으로 자진해서 손님을 받을 리 있을까? 당신이 그 애한테 손님을 받으라고 시킨 거야! 시키니까 그런 짓을 한 거야. 누가 모를 줄 알아!"

그는 주먹으로 탁자를 쳤다. 그 바람에 탁자 위에 놓여 있던 찻잔이 밑으로 굴러 떨어져 박살이 났다. 레지가 달려와 이맛살을 찌푸렸다.

"나갈 때 변상하겠소."

"변상하는 게 문제가 아니에요. 좀 조용히 해주었으면 좋겠어요. 다른 손님들을 생각해서……."

"알겠소. 무식한 짓을 해서 미안해요."

병호는 그녀에게 정중히 사과했다. 레지가 깨진 그릇 조각들을 치우고 나자 포주사내가 입을 열었다.

"나는 절대 그 애한테 손님을 받으라고 강요하지 않았습니다. 하늘에 두고 맹세하는데 절대로 그러지 않았습니다. 그 애는 아무 일도 안하고 놀고먹기가 미안해서 지가 자신해서 손님을 받은 겁니다. 우리 형편이 웬만했으면 그 애를 말렸을 겁니다. 하지만 보시다시피 그날 벌어서 그날 살아가는 형편이라 둘이나 되는 애들을 밑도 끝도 없이 먹여줄 수도 없고 해서 지가 하는 대로 내버려 둔 겁니다. 저한테 잘못이 있다면 그 애를 말리지 않은 것뿐입니다. 이럴 줄 알았으면 그 애를 그 짓하지 못하게 말리는 건데……."

"그럴듯하군."

병호는 코웃음을 쳤다. 그리고 사내의 얼굴을 가만히 들여다보았다. 사내는 뒤로 물러앉았다.

"그래도 제 말을 믿지 못하시겠다는 겁니까?"

병호는 수첩을 꺼냈다. 볼펜도 꺼내놓았다.

"그렇다면 한 가지 묻겠어. 정직하게 대답하지 않으면 아가리를 찢어 놓을 거야."

"네, 물어 보십시오. 무엇이나 물어 보십시오."

포주는 바짝 긴장한 눈으로 그를 쳐다보았다.

"서울역에 데려다 주라고 부탁받은 애들을 왜 여기로 끌고 왔지?"

"네? 그거 무슨 말씀입니까?"

포주의 눈이 자지러질 듯 확대되었다.

병호는 담배를 피워 물면서 쓰디쓰게 웃었다.

"당신 매제가 서울역에 데리고 가서 고향 가는 열차에 태워 주라고 부탁한 애들을 왜 사창굴로 끌고 왔느냐 이 말이야?"

"도대체 무슨 말씀인지 난 도무지……?"

사내는 어떻게 해서든지 이 위기를 벗어나 보려고 기를 쓰고 있었다. 그럴수록 병호의 질문은 더욱 집요해지고 있었다.

"몰라서 묻는 거야? 내 입으로 말해야 알겠어?"

"마, 말씀해 보십시오."

"김기팔 씨! 당신 이름 김기팔이 맞지?"

날카로운 질문에 사내는 움찔하고 놀랐다.

"네네, 그렇습니다."

"당신 주민등록증을 보자고 하지는 않겠어. 당신 여동생은 시장에서 생선 장사를 하고 있지?"

"네, 그렇습니다."

마침내 사내의 얼굴에서 핏기가 가시기 시작했다.

병호는 상대방의 표정의 변화를 놓치지 않고 살피고 있었다. 이만하면 정곡을 찔렀다고 행각하자 그는 갑자기 기분이 유쾌해졌다.

"김기팔 씨, 어젯밤에 나는 당신 여동생 집을 다녀왔지. 여동생 내외를 모두 만나서 좋은 이야기 많이 들었지. 당신 여동생은 거짓말을 했지만 나는 이미 간파하고 있었어. 이제 내 말 알아듣겠어?"

마침내 기팔의 얼굴에 공포가 서렸다. 그는 어느새 식은땀을 흘리고 있었다.

"나는 당신이 얼마나 정직한가 보려고 먼저 이 이야기를 하지 않은 거야. 내가 생각했던 대로 당신은 역시 위대한 거짓말쟁이였어. 어린 소녀를 유인해다가 창녀로 전락시키는 놀라운 화술의 천재이시지. 하지만 난 안 속아."

"그, 그건……."

사내는 더듬거렸다.

"더듬지 말고 말해 봐. 더듬긴 왜 더듬어? 거짓말하려니까 더듬는 거지?"

사내의 시선이 밑으로 떨어졌다. 그는 손등으로 식은땀을 닦았다.

"사, 사실은 영화가 고향에 가기 싫다고 해서 이리로 데리고 온 겁니다. 이건 사실입니다. 서울역에서 그 애는 울고불고하면서 밥만 먹을 수 있으면 어디라도 가서 무슨 일이든지 하겠다고 했습니다. 고향에 만은 보내지 말아달라고 애원했습니다. 하도 그러길래 우선 우리 집으로 데리고 온 겁니다. 적당한 일자리가 생기면 소개해 주려구요. 하지만 임신까지 한 애를 어디 취직시킬 수가 있어야지요. 하는 수 없이 결굴 몸을 팔게 된 것이지요. 처음에 저는 그러지 말라고 했지만 그 애가 듣지를 않았습니다. 저도 마냥 공짜 밥을 먹여줄 수도 없고 해서 결국은 모른 체하게 된 겁니다. 그때 냉정하게 고향에 내려 보냈던가 아니면 쫓아냈으면 제가 이런 곤욕을 치르지는 않을 겁니다. 결국 인정이 많다 보니까 본의 아니게……."

"인정이 많으신 선생, 인정이 무슨 뜻인지 알기나 하나요?"

병호는 상대방을 한없이 빈정거려 주고 싶었다.

기팔은 기가 죽어서 병호의 눈치를 살피기 시작했다. 그는 불안이 극에 달해 어쩔 줄 몰라 하고 있었다.

"이젠 배가 불러 오니까 쓸모가 없어졌겠지. 그래서 내쫓은 거지?"

"내쫓은 게 아닙니다. 가겠다고 하기에 내보낸 겁니다."

"왜 갑자기 내쫓았지?"

"내쫓은 게 아니래두요. 제발 믿어 주십시오. 저는 그 애를 결코 내쫓지 않았습니다. 하늘에 맹세코……."

병호는 손을 들어 그의 입을 막았다.

"당신 같은 사람이 하늘에 맹세코 운운하면 하늘에 계신 하느님이 정말로 노하신다구. 앞으로 그런 말은 사용하지 말아요. 벼락 맞아 죽을 테니까."

심한 모욕을 받은 기팔은 얼굴이 시뻘개져서 씩씩거렸다.

병호는 모욕을 줄 수 있는 한 최대로 모욕을 주고 싶었다. 상대방을 화나게 함으로써 그가 실수를 저질러 줄 것을 은근히 바랐다. 그러나 노련한 기팔은 자신을 잘 억제하고 있었다.

"벼락 맞아도 좋습니다. 하늘에 맹세코 그 애를 내쫓지 않았습니다."

"좋아요, 좋아. 영화가 제 발로 걸어 나갔다 치고…… 그 애는 왜 갑자기 당신 집을 떠났지? 이 엄동설한에 말이요. 뱃속에 있는 아기까지 합치면 그 애는 부양가족이 둘이나 된단 말이오. 그런 처지에 갈 데도 없는 그 애가 왜 갑자기 당신 집에서 나갔지? 이유가 뭐지? 당신은 알 수 있을 텐데……."

포주 김기팔은 머리를 저었다.

"모, 모르겠습니다. 전들 그걸 어떻게 압니까?"

"갈 데도 없을 텐데 왜 갑자기 떠났을까? 고향에 내려갔을까? 고향에 가 봐야 반겨 줄 사람도 없을 텐데……."

"어느 집에 식모로 들어갔는지도 모르지요."

그렇게 말하는 기팔의 눈이 희끗 빛났다.

"임신한 애를 누가 식모로 쓰겠어. 더구나 어린 동생까지 딸린 애를……."

병호의 시선이 허공에 맴돌다가 기팔의 얼굴에 가서 멎었다. 그는 손가락으로 상대방을 가리키며 거침없이 말했다.

"당신 바른 대로 말해! 박 사장 알고 있지?"

기팔의 안면 근육이 씰룩거렸다.

"박 사장이라니요."

"정말 모르겠어? 다 알고 왔으니까 시침 떼지 말고 바른대로 대답해. 쓸데없이 시간 낭비할 필요 없지 않아?"

"모릅니다. 그런 사람은 듣도 보도 못했습니다."

포주는 완강히 고개를 저었다.

이런 자는 할 수 있는 한 끝까지 부인하고 나올 것이다. 증거를 들이대기 전에는 결코 인정하려 들지 않을 것이다. 병호는 그들의 생리를 잘 알고 있었다. 그들과 입씨름을 벌인다는 것이 얼마나 괴로운 것인가도 잘 알고 있었다. 그러나 의심나는 점을 계속 물어 보지 않을 수 없는 것이 그의 입장이었다.

"며칠 전 저 위 쓰레기터에서 발견된 그 시체는 박윤기라는 사람으로 무역회사 사장이오. 영화는 당신 집에 오기 전에 그 집에서 식모살이를 했었소. 당신이 그 사람을 모른다니 말이 안 되지. 동생을 통해서 틀림없이 박 사장 이야기는 들었을 텐데?"

"그래요?"

사내는 놀라는 표정을 지었다.

"또 모르겠다고 잡아떼지는 않겠지?"

"저는 금시초문입니다. 그런 줄은 정말 몰랐습니다. 영화가 어느 사장 집에서 식모살이를 했다는 건 들은 적이 있지요. 하지만 어느 집인지 제가 어떻게 알겠습니까? 알 필요도 없는 거 아닙니까?"

침묵이 흘렀다. 병호는 입을 꾹 다물고 상대방을 뚫어지게 쏘아보다가 다시 물었다.

"영화가 누구 아기를 배고 있는지 알지요?"

"그걸 제가 어떻게 압니까. 그렇지 않아도 영화에게 애비가 누구냐고 물어봤지만 대답을 해야지요. 고집이 어떻게나 센지 한번 말 안하겠다고 하면 죽어도 하지 않습니다."

"영화는 박 사장의 아기를 뱄습니다."

"네? 뭐라구요? 아니, 그게 정말입니까?"

기팔은 소스라치게 놀라는 표정을 지었다. 이 자는 정말 그 사실을 모르고 있었을까. 표정으로 봐서는 그것을 모르고 있었던 것 같다. 그러나 병호는 상대방의 표정을 믿지 않는 버릇이 있었다.

"강제로 당해서 애를 밴 겁니다."

"저런 죽일 놈 같으니!"

기팔은 분개해서 소리쳤다.

"그는 이미 죽었습니다."

"그런 놈은 죽어도 쌉니다. 어린 것을 강제로 임신시키다니 천벌을 받아 마땅한 놈입니다."

"당신은 어떻고? 당신은 어린 소녀에게 매음을 하라고 시키지 않았소? 박 사장과 비교해서 당신이 더 낫다고 볼 수는 없지. 안 그래요?"

기팔은 할 말을 잃고 시선을 떨어뜨렸다. 그는 어떻게 해서

든지 빨리 그 가시방석 같은 자리를 뜨고 싶었지만 오 형사는 좀처럼 그를 놓아 주려고 하지를 않았다. 오 형사로부터 모욕을 하도 당하다 보니 그는 이제 면역이 되어 있었다.

그래서 그가 무슨 말을 해도 얼굴 표정만 변할 뿐 감정을 터트리지는 않았다.

"박 사장이 사창가에서 죽은 걸 보면 영화를 만나러 온 게 틀림없어요. 영화를 만나러 왔다가 죽은 게 틀림없어요. 그렇지 않고서야 이런 지저분한 데를 왜 왔겠소. 그런 사람은 오입이 하고 싶으면 돈 많은 사람이니까 깨끗한 호텔에서 콜걸을 부르면 될 것이지 굳이 이런 지저분한 곳에는 올 필요가 없단 말이오. 이런저런 것을 생각해 볼 때 박 사장은 영화를 만나기 위해 사창가에 왔었고, 그랬다가 어떤 일로 독살당해 쓰레기터에 버려진 게 틀림없어요."

"말씀을 듣고 보니까 그런 것 같군요."

기팔의 표정이 어두워졌다.

"박 사장이 사창가에 나타나 영화를 만났다면, 당신도 틀림없이 그 사람을 한 번쯤 보았을 텐데……."

"저는 한 번도 그 사람을 보지 못했습니다."

기팔은 딱 잘라 말했다.

"당신은 내 물음에 그렇다고 시인한 적이 한 번도 없어. 한 번이라도 좋으니까 박 사장을 본 적이 있다고 시인해 보시지."

"한 번도 본 적이 없습니다. 정말 보지 못했습니다."

병호는 고개를 끄덕이며 씁쓰레하게 웃었다.

"당신이 아무리 부인해도 사실이 밝혀지는 건 이젠 시간문제야. 스스로 함정을 파지 말아요."

"정말 모든 것이 사실대로 밝혀지면 좋겠습니다. 오 형사님의 저에 대한 오해가 풀어지게 말입니다."

"나도 그랬으면 좋겠소."

"영화가 박 사장을 죽였나요?"

"모르겠소. 아직 알 수가 없어요."

병호는 한숨을 내쉬었다. 먼 길을 쉬지 않고 달려온 기분이었다.

"아무리…… 그 애가 그런 짓을 할 리가 있겠습니까."

기팔은 그녀를 두둔하는 척했다.

"그거야 모르지요. 그 애라고 사람을 못 죽이라는 법은 없으니까요. 마지막으로 다시 한 번 물어 보겠소. 영화는 어디로 갔나요?"

"정말 모릅니다. 어디로 간다고 말을 안했으니까요. 혹시 체포될게 두려워 미리 도망친 게 아닐까요?"

"그랬을지도 모르지요. 꼬마도 물론 데려갔겠지요."

"그럼요. 그 애들은 항상 붙어 다니니까요. 그놈은 보통 애가 아닙니다. 어린 것이 어른들보다 머리 쓰는 것이 낫습니다."

병호는 사내를 가만히 지켜보다가 영화의 고향 주소를 물어 본 다음 천천히 몸을 일으켰다.

의문의 전보

○ ○ ○ ○ ○ ○ ○ ○ ○

밤 11시 30분,

그는 통일호 열차에 올랐다. 가까스로 시간에 대어 열차에 올라탄 것이다.

서울역에 와서까지도 그는 영화를 뒤쫓아야 하느냐, 아니면 그대로 주저앉아 있어야 하느냐 하는 문제로 적이 고심하지 않을 수 없었다. 그렇게 머뭇거리다가 결국 가는 데까지 가보기로 하고 열차를 집어탄 것이다.

가서 만일 영화를 만나면 어떻게 해야겠다는 생각 같은 것은 아직 서 있지 않았다. 그저 막연한 기분으로 열차에 올랐던 것이다.

보통 사람의 두 배는 실히 됨직해 보이는, 드럼통같이 생긴 중년 사내가 혼자서 자리를 독차지하고 앉아 있다가 병호가 나타나자 창가로 비켜 앉으며 못마땅한 듯 눈을 흘겼다.

전라선 열차는 예나 지금이나 언제나 만원이고, 잘못 느리게 행동하다가는 자리도 못 잡고 꼬박 서서 갈 수밖에 없다. 그러나 옛날에 비해서는 많이 좋아졌다.

여행은 지루하고 피곤했다. 눈꺼풀은 무겁게 내려덮이는데도 막상 자려고 하면 잠이 오지 않았다.

그는 잠을 청하려고 맥주를 마셨다. 맥주를 두어 병 마시고 나자 그제서야 눈을 좀 붙일 수가 있었다.

잠이 들자마자 꿈에 학구가 나타났다.

그들은 눈 쌓인 들판에 서 있었다. 달밤이었는데 그들은 들판에 서서 눈싸움을 했다. 소년은 재미있어 죽겠다는 듯 깔깔거리며 눈밭에 뒹굴었다. 병호도 눈 위에 벌렁 드러누워 달을 향해 하하하하 하고 웃었다. 실로 오랜만에 웃어보는 웃음이었다. 이윽고 그들은 눈사람을 만들기 시작했다. 소년은 머리를 만들고 그는 몸뚱이를 만들었다. 주먹만 하던 눈덩이가 순식간에 커지더니 더 이상 굴려지지가 않았다. 그런데 소년의 눈덩이는 커지지가 않았다. 소년은 손을 호호 불며 금방이라도 울음을 터뜨릴 듯 울먹거리고 있었다. 손이 시려서 못 만들겠다고 소년이 말했다. 내가 사준 털장갑은 왜 끼지 않았느냐고 병호가 물었더니 소년은 쭈뼛거리다가 그것을 잃어버렸다고 대답했다. 그리고 갑자기 뛰어가기 시작했다. 병호는 소년을 불렀다. 아무리 불러도 소년은 도망가기만 했다. 그는 소년을 부르며 뒤따라갔다. 그러나 소년과의 거리는 멀어지기만 했다. 아무리 빨리 달리려 해도 발이 말을 듣지를 않았다. 마침내 소년의 모습이 지평선 저쪽으로 가물가물 사라졌다. 그는 목이 터져라 하고 소년을 불러댔다. 나중에는 목이 쉬어 소리가 잘 나오지가 않았다. 문득 정신을 차리고 보니 들판 위에 늑대 한 마리가 외롭게 서 있었다. 늑대는 쉰 목소리로 지평선을 향해 구슬프게 짖어대고 있었다. 그는 늑대로 변신한 자신의 모습을 보고 서글픈 비애를 느꼈다.

날이 뿌옇게 밝아 오면서 눈이 내리는 것이 보였다.

눈은 산을 타고 들판 위로 쏟아져 내리다가 다시 하늘로 솟구치는 것 같았다.

그는 끝없이 이어지는 산과 들을, 그리고 그 위로 소용돌이치고 있는 눈발을 멍하니 바라보고 있었다.

눈 내리는 겨울 날, 나는 임신한 처녀를 체포하러 가는 것이다. 도대체 무슨 자격으로 그녀를 체포하겠다는 것인가! 단지 경찰관이라는 이유만으로 그녀를 체포할 수 있단 말인가! 정말 뻔뻔스러운 짓이다! 내가 그녀를 체포한다면 정말 불행한 일이다. 나는 과연 그녀를 서울로 데리고 올 수 있을까? 나에게 과연 그런 잔인함이 있을까?

아직 어둠이 완전히 걷히지 않았을 때 열차는 곡성역에 닿았다. 눈송이는 더욱 굵어져 있었다. 이렇게 내리다가는 교통이 두절될지도 모른다고 그는 생각했다.

그는 역 앞에 있는 식당으로 들어갔다. 식당 안에는 열차에서 내린 손님들이 몇 명 앉아 있었다. 그들이 난롯가의 자리를 모두 차지하고 앉아 있었기 때문에 병호는 출입문 가까운 추운 곳에 자리를 잡을 수밖에 없었다.

나이 든 여자가 저만큼 떨어진 곳에서 그를 향해,

"뭘 드실랑가요?"

하고 물었다.

"해장국 하나 주십시오."

"막걸리도 한 잔 드릴까요?"

"네, 그럭하지요."

조금 있자 그녀가 뜨끈뜨끈한 해장국 한 그릇과 막걸리 한 사발을 들고 와 지저분한 식탁 위에 내려놓았다.

그는 김이 무럭무럭 나는 해장국을 먹으면서 그런 것을 먹을 수 있다는 사실에 감사했다.

막걸리를 단숨에 들이켰다.

공복을 채우자 추위가 좀 가시면서 졸음이 밀려 왔다. 그는 따뜻한 아랫목에 누워 한잠 늘어지게 자고 싶었다.

그러나 빨리 서두를 필요가 있었다. 만일 영화가 고향에 내려오지 않았다면 다시 상경해야 한다. 이곳에서 영화를 만나지 못하면 그는 수사를 포기해 버릴 생각이었다. 전국에 수배해 가면서까지 그녀를 찾고 싶은 마음은 털끝만큼도 없었다.

사실 그는 영화보다도 학구에게 더 관심이 있었다. 이 추운 겨울에 그 어린 것이 거처도 없이 떠돌아다니고 있을 생각을 하면 측은해서 견딜 수가 없었다. 잘 데 없고 먹을 것 없으면 거지가 될 수밖에 없겠지. 놈은 지금 어디서 무얼 하고 있을까. 내가 이렇게 찾고 있다는 것을 조금이라도 알고 있을까.

식사를 하고 난 그는 읍으로 들어가는 버스를 탔다. 버스는 느릿느릿 굴러갔다. 역에서 읍내까지는 20분 거리였다.

읍에서 버스를 내린 그는 마침 문을 열고 있는 다방이 있어 그리로 들어가 난롯가에 자리를 잡았다. 손님이라고는 그 혼자뿐이었다.

그는 커피 두 잔을 시켜 한 잔은 레지에게 주었다.

레지는 핏기 하나 없이 핼쑥한 얼굴을 하고 있었다. 얼굴에는 표정이 없었다.

"서울서 오시는 거예요?"

별로 이쪽을 살펴본 것 같지도 않은데 대뜸 그렇게 물어온다. 병호는 고개를 끄덕였다.

그녀는 창밖으로 시선을 던지며,

"나도 서울서 왔는데……."

라고 중얼거렸다.

병호는 향기도 없는 커피를 조금씩 음미해 가면서 마시다가 반쯤 남겨 두고 잔을 탁자 위에 내려놓았다.

"서울 가고 싶어요."

그녀가 앙상한 두 손을 난로 위에서 비벼대며 말했다.

"서울이 뭐가 좋다고 가고 싶지? 지긋지긋한 서울……."

"그래도 가고 싶어요. 여긴 너무 심심해요. 손님들도 형편없는 저질들이고……."

"그래도 시골 사람들이 서울 사람들보다야 낫지. 낫고 말고. 서울은 싸움터야. 천만 명이 들끓는 무시무시한 싸움터…… 모두가 경쟁 속에서 긴장하며 살아가고 있지. 그걸 이겨내지 못하면 거지가 되든가 도둑이 될 수밖에 없지."

"그래도 난 서울이 좋아요."

"그럼 서울로 가지 그래."

"그게 어디 마음대로 되나요."

레지는 한숨을 쉬면서 그렇게 말했다. 병호는 그녀의 한숨이 더 이상 듣기 싫었다.

"죽산리에 가려면 어디로 가야 하지?"

"죽산리요? 잘 모르겠는데요. 여기 온 지 6개월밖에 되지 않았기 때문에 여기 지리는 잘 몰라요. 잠깐 기다려 보세요. 이봐, 미스터 킴!"

잠시 후 안쪽에서 앳돼 보이는 청년이 나왔다. 위는 내복 바람이었는데 머리를 감았는지 젖은 머리를 수건으로 털면서 다가왔다.

"여기서 죽산은 북쪽으로 30리 거린데요. 큰길을 따라 쭉 가면 오른쪽으로 갈라지는 길이 나올 건데, 그 길로 계속 가면 될 거구만요."

라고 청년이 말했다.

"버스가 다니나?"

"버스는 안 다니는데요. 천상 택시를 대절해야 하는데 만 원은 주셔야 할 건데요."

머리칼이 난로 위에 떨어져 타는 바람에 고약한 냄새가 났다. 레지가 청년의 어깨를 탁 때렸다.

"야, 거기다 머리를 털면 어떡하니?"

"아야, 왜 때리고 야단이야."

병호는 난롯가에서 몸을 일으켰다.

"지름길로 질러서 가면 20리쯤 되지만 그 대신 차가 다니지 못하기 때문에 걸어가셔야 할 거구만요."

"알겠네."

병호는 다방을 나섰다. 그는 한참 동안 길 위에 서 있었지만 택시가 보이질 않았다.

눈은 계속 내리고 있었다.

이러다가는 걸어가야 할지도 모른다고 생각했을 때 폐차나 다름없는 낡은 택시 한 대가 덜컹거리며 다가왔다.

그가 손을 들어 보이자 택시는 지나쳤다가 멈춰 섰다.

병호는 그쪽으로 급히 걸어갔다. 지저분하게 생긴 젊은 운전기사가 아무 말 없이 그를 올려다보았다.

"죽산리에 좀 가려는데……."

"아이구, 거긴 길이 나빠서 안 되는데요. 지금 역에 나가는 길이라 안 되는데요."

운전기사는 머리를 흔들며 곤란하다는 표정을 지어보였다.

"웬만하면 갑시다. 더 좀 생각해 줄 테니까."

운전기사는 깊이 생각해 보는 듯하다가,

"만5천 원은 주셔야겠는데요."

라고 말했다.

"그러지 말고 만 원에 갑시다."

"2천 원만 더 내십시오."

"좋아요."

병호는 고개를 끄덕거리고 뒷자리에 올라탔다.

택시가 읍내 거리를 벗어나 들판 가운데를 굴러갈 때 갈가마귀떼가 눈밭을 헤치고 멀리 날아가고 있는 것이 보였다. 바람에 흔들리는 앙상한 가로수와 눈에 덮인 들판을 그는 멍하니 바라보았다.
 운전기사의 말대로 길이 몹시 나빠, 차의 뒷부분이 쉴 새 없이 덜컹거렸다.
 무너질 것 같은 다리 위를 건너 빈한한 마을 앞을 지나쳤다. 다시 마을이 나타났고, 마을을 지나자 저만큼 또 마을이 하나 보였다.
 "저게 죽산인가요?"
 "네, 조금만 가면 되는구만요."

 죽산은 이름 그대로 대나무가 많았다. 마을 입구부터 대나무 숲이 우거져 있었는데 대나무 잎이 바람에 쓸리는 소리가 마치 파도처럼 여기저기서 쏴아쏴아 하고 들려오고 있었다. 그때마다 눈가루가 마치 안개처럼 피어올랐다.
 마을은 꽤 커 보였다. 병호는 마을 중간쯤에서 중년의 아낙을 붙들고 물어 보았다.
 "실례합니다."
 아낙은 머리에 보퉁이를 이고 있었다. 그녀는 경계의 눈초리로 그를 쳐다보았다.
 "저기…… 영화라는 아가씨를 아시는지요? 이 마을에 산다고 들었습니다만……."
 아낙의 눈이 낯선 남자의 아래위를 훑었다.
 "서울서 내려왔다고 들었는디 보지는 못했구만요."
 "그럼 지금 삼촌 댁에 있겠군요?"

"아마 그럴 거구만요."

"삼촌 댁이 어디쯤 있습니까?"

"요리 쪽 가다가 보면 큰 정자나무가 나오는디…… 거기서 서씨 댁을 찾으면 가르쳐 줄 거구만요."

"감사합니다."

시골에서 아무개 누구 집을 찾기란 참 쉬운 일이다.

조금 걸어가자 과연 수령 수백 년은 됐을 것 같은 큰 정자나무가 한 그루 서 있었다.

이번에는 어느 노인을 붙들고 서씨 댁이 어디냐고 물어 보았다.

"서풍년이 말이군요. 요 골목으로 들어가다가 왼쪽으로 꺾어지슈. 맨 끝집이 그 집이유."

노인의 말대로 가보니, 골목 끝에 낡은 초가집 한 채가 대나무 숲에 싸이듯이 들어앉아 있는 것이 보였다. 초가였기 때문에 대부분 기와나 슬레이트 지붕을 얹은 다른 집들과는 구별되어 보였다.

그 집은 지붕이 군데군데 내려앉아 있고 벽이 헐어 있는 것이 얼핏 보기에 사람이 살지 않는 폐가 같았다. 사립문은 활짝 열려 있었고 마당에는 쓰레기가 지저분하게 흩어져 있었다.

집 안에서는 인기척이 없었다.

토방 위에 남자 신발이 한 켤레 놓여 있는 것을 보고 그는 마당 안으로 들어섰다. 그리고 조심스럽게,

"게십니까?"

하고 물었다.

그러나 방 안에서는 아무런 기척도 들리지 않았다.

"실례합니다. 계십니까?"

그는 조금 큰 소리로 주인을 불렀다. 그래도 대답이 없자 그는 방문 앞으로 다가서서 문을 두드렸다.

"실례합니다. 계십니까?"

문을 거칠게 두드리자 그제야 안에서 기침 소리가 들렸다.

"누구여?"

남자의 퉁명스러운 목소리와 함께 문이 덜컹 하고 열렸다. 벌겋게 달아오른 중년 사내의 살찐 얼굴이 밖으로 불쑥 나왔다.

병호는 적이 놀랐다. 그는 적어도 가난에 찌들거나 병색이 완연한 얼굴이 나타날 줄 알았다. 그런데 이 집에는 영 어울리지 않게 불그스레한 살찐 얼굴이 나타났던 것이다.

사내는 술에 취해 잠들어 있었는지 하품을 길게 하면서 충혈된 눈으로 병호를 멍하니 바라보았다. 아침부터 술에 취해 있는 것으로 보아 제대로 살림을 꾸리는 사람 같지가 않았다.

멍하니 떠 있던 눈이 차츰 의심의 빛을 띠기 시작했다.

"실례합니다."

병호는 부드럽게 웃어 보였다.

사내는 고개를 끄덕했다.

"뭡니까?"

"실례지만…… 혹시 서 선생님입니까?"

병호는 어디까지나 공손하게 물었다. 그에 비해 사내는 여간 퉁명스럽지가 않았다.

"그렇소. 내가 서풍년이오."

"그러면 저, 혹시⋯⋯ 영화 양 삼촌 되시는 분인가요?"

"그렇소. 내가 바로 삼촌되는 사람올시다. 헌데 왜 그러슈?"

사내는 비스듬히 기대고 있던 상체를 바로하고 병호를 아래위로 훑어보았다. 방문객의 정체가 궁금한 모양이었다. 병호에게 앉으라는 말도 하지 않았다.

"다름이 아니라 영화 양을 좀 만나러 왔습니다."

사내의 눈이 세모꼴로 변했다. 얼굴이 더욱 붉어지는 것 같았다. 아무 말 없이 병호를 쏘아보더니 방바닥을 더듬어 담배꽁초를 집어 들었다. 다음에는 성냥을 찾느라고 또 한참을 더듬었다. 그리고 토방에다 대고 칵 하고 가래침을 뱉더니,

"뭐라구요?"

하고 물었다.

"영화 양을 좀 만나러 왔습니다."

병호는 분명한 어조로 말했다.

사내는 성냥불을 드윽 그었다. 꽁초에 불을 붙이고 나서는 한쪽 눈을 찡그리며 담배를 빨았다.

"영화를요?"

"네, 그렇습니다. 여기 내려와 있다는 걸 알고 왔습니다. 좀 만나게 해주시면 고맙겠습니다."

사내는 다시 아래위로 방문객을 훑었다. 아무래도 방문객의 정체를 알 수가 없는지 궁금한 눈치를 보이고 있었다.

"왜 그 애를 만나려고 하슈? 이유가 뭐요? 보아하니 낫살이 나 잡수신 것 같은데…… 그 애는 왜 찾소?"

꽤나 퉁명스럽게 나오는 것이 먼저 상대방의 기를 꺾어 놓으려고 그러는 것 같았다.

"좀 만날 일이 있어서 그럽니다. 좀 만나게 해주십시오. 영화 양은 지금 어디 있습니까?"

그 말에 사내는 건방지다는 듯이 그를 꼬나보았다. 조금밖에 남지 않은 담배꽁초를 토방에다 던진 다음 다시 가래침을 뱉는다.

병호는 사내를 대하고 있는 것이 역겨웠다.

당장 돌아서고 싶은 마음에 몸이 근질거렸지만 꾹 참고 기다렸다. 기다리지 않으면 아무 것도 얻을 수 없다는 것을 그는 잘 알고 있었다. 기다리지 않으면 영화는 물론 그 소년도 만날 수 없을 것이다. 그는 소년이 보고 싶었다.

사내가 입을 열었다.

"아닌 밤에 홍두깨 식으로 남의 집에 나타나서는 느닷없이 남의 다 큰 처녀를 내놓으라니…… 당신 도대체 뭐요…… 당신은 예의라는 것도 몰라요? 이런 집에 산다고 사람을 무시하는 모양인데……."

사내는 얼굴이 붉으락푸르락했다.

이야기가 엉뚱한 방향으로 흐르려고 하는 바람에 병호는 당혹했다.

"아, 아닙니다. 무시하다니요. 그럴 리가 있습니까. 무례했다면 용서해 주십시오. 죄송합니다."

병호는 머리를 조아렸다.

그 바람에 사내는 더욱 기세가 올랐다.

"사람이 남의 집에 찾아왔으면, 어디서 온 누구인데 무슨 일로 찾아왔습니다, 라고 말해야지. 도대체 성도 이름도 말하지 않고 느닷없이 남의 처녀를 내놓으라는 법이 어디 있소? 아무리 세상이 이렇기로서니, 낫살이나 먹은 양반이 애들도 아니고 그게 뭐요?"

"죄, 죄송합니다."

병호는 그 자리에 선 채로 톡톡히 망신을 당해야 했다. 하긴 사내의 이야기 가운데 틀린 것은 없었다.

사내는 예절에 대해 장황하게 늘어놓았다. 자신은 전혀 예절을 지키지 않으면서 찾아온 방문객에게 시시콜콜 잔소리를 늘어놓았다.

병호는 얼굴 하나 찌푸리지 않은 채 사내의 말을 들어 주었다. 들어 주는 체 했다는 것이 옳은 표현일 것이다.

"담배 가진 거 있소?"

"예, 있습니다."

병호는 담배 한 개비를 꺼내 사내에게 내밀었다. 사내가 그것을 받아 들자 냉큼 라이터로 불을 붙여 주었다.

사내는 담배를 맛있게 한 모금 빨고 나서 '

"당신 혹시…… 서울에서 오지 않았소?"

하고 물었다.

"네, 그렇습니다. 방금 서울에서 내려오는 길입니다. 밤 열차로 내려왔지요. 읍에서는 만2천 원이나 주고 택시를 타고 왔습니다."

그러자 사내의 눈이 휘둥그레졌다.

"아니, 만2천 원이나 줬다구요?"

"네, 만5천 원 달라는 거 2천 원만 더 줬습니다."

"도둑놈이군. 요새는 촌놈들이 더 무섭다니까."

담배를 두어 모금 더 빨고 나서 비벼 끄더니 꽁초를 소중하게 문지방 위에 올려놓았다. 그리고 갑자기 병호를 날카롭게 쏘아보았다.

"당신이 바로 애 아버지지?"

손가락으로 그를 가리킨다.

"네? 무슨 말씀인지……"

병호는 어리둥절했다.

"시침 떼지 마! 다 알고 있어! 당신이 나타났을 때 척 보고 알았어. 애 아버지 맞지?"

병호는 곤혹스러웠다. 그가 당혹한 표정으로 어쩔 줄 모르고 서 있자, 사내가 거침없이 말했다.

"영화란 년이 시집도 안 간 것이 애를 배가지고 내려왔던데…… 당신이 바로 애를 배게 한 그 임자 아니야? 내 눈은 못 속여! 바른대로 말하면 나도 봐 줄 수 있어."

그는 숫제 반말로 지껄였다. 병호는 어이가 없어 절로 웃음이 나왔다.

"왜 웃어? 난 그 애 삼촌이야! 그 애는 내 조카야! 그 애는 부모가 없기 때문에 내가 보호자란 말이야!"

사내는 주먹으로 문설주를 쳐댔다. 그의 손이 몹시 아프겠다고 병호는 생각했다.

"당신이 보호자란 건 잘 알고 있습니다. 하지만 내가 알기로는 당신은 보호자 역할을 잘못하고 있는 것 같더군요. 그렇게 생각지 않습니까? 매우 건방진 말 같습니다만……."

"뭐, 뭐라구!"

사내는 일어설 듯이 몸을 들썩거렸다.

"무슨 그 따위 건방진 말을 하는 거야! 당신 도대체 뭐야? 뭔데 그 따위 말을 하는 거야!"

"경찰입니다."

병호는 신분증을 사내의 코앞에 들이밀었다.

사내는 눈을 끔벅거렸다. 얼빠진 표정으로 병호를 바라보더니, 이윽고 떫은 감을 씹은 듯한 표정이 되었다. 그 표정이 다시 굴욕적인 표정으로 변했다.

"아이구. 이거 몰라뵈었구만요. 정말 몰라뵈었구만요. 진작 그러실 것이지."

사내는 비굴한 얼굴로 굽실거리며 몸을 일으켰다.

"서울서 이런 누추한 데를 다 오시구…… 추운데 이리 올라오시지요."

병호는 구역질이 났다. 경찰이라고 하니까 이렇게 쩔쩔매는 이유를 아무래도 알 수가 없었다.

"괜찮습니다. 밖이 더 좋습니다."

"추운데 들어오시지요."

"괜찮다니까요."

사내는 엉거주춤 일어서더니 밖으로 나왔다. 그리고 또 머리를 조아리며 그를 몰라본 데 대해 사과하는 것이었다.

"정말 죄송하게 됐구먼요."

"괜찮습니다. 영화 양을 빨리 좀 만났으면 합니다."

"우리 영화가 무슨 사고라도 저질렀는가요?"

"아닙니다. 영화 양에게 무얼 좀 물어 볼 게 있어서 만나려고 하는 겁니다."

"서울에서 여기까지 내려오신 걸 보니까 아주 중요한 일인가 보지요?"

"그렇다고 볼 수 있습니다. 영화 양은 어디 갔습니까."

"그것 참. 한발 늦으셨습니다."

사내가 입맛을 쩍 다셨다. 그리고 그의 반응을 살폈다.

병호는 울화가 치밀었다. 하마터면 사내를 밀어 버리고 싶은 것을 겨우 참으면서 사내를 뚫어질 듯 노려보았다.

사내는 바지에 두 손을 찌르면서 어깨를 움츠렸다.

"아까 아침에 떠났는데요. 한발만 빨리 오셨어도 만나시는 건데…… 한발 늦으셨는데요."

이렇게 눈이 오는데 임신한 몸을 이끌고 그녀는 또 어디로 갔을까.

보나마나 여기서 쫓기다시피 나갔을 것이다. 이런 사내가 조카들을 돌봐줄 리가 없다. 차라리 쓰레기통에서 장미꽃이 피는 것을 기대하는 게 낫지 이런 사내에게서 그런 것을 기대한다는 것은 어리석은 짓이다.

그녀가 미운 생각은 조금도 들지 않았다. 다만 그녀가 걱정이 되었다. 도망칠 바에야 차라리 손이 닿지 않을 먼 곳으로 도망쳐라.

"아이도 함께 왔었나요?"

"학구 말입니까?"

"네, 학구 말입니다."

"네, 그 애하고 함께 내려왔었지요. 그 동안 서울서 쭉 있었다고 들었구만요. 고생이 심했나 보데요."

"아이는 괜찮던가요?"

"네, 별일 없드만요. 고놈은 아주 똑똑한 놈이니까요."

병호는 한숨을 내쉬면서 문지방에 걸터앉아 담배에 불을 붙였다.

그가 말없이 먼 산을 바라보며 담배를 피우고 있는 동안 사내는 그의 눈치를 보며 지껄여댔다.

"무슨 계집애가 그렇게 고집이 센지 정말 황소고집입니다요. 도무지 말을 들어먹어야지요. 조카라면 그래도 삼촌 말을 들어야 할 텐데, 어떻게 된 애가 반대로만 나가요. 지가 삼촌 말을 안 들으면 어떡할 겁니까. 친척이라곤 나 하나뿐 아무도 없는데. 아무리 삼촌이 못산다 해도…… 그래도 삼촌 밑에 있다가 시집가는 게 낫지 제까짓 것이 어린 동생 데리고 객지에 나가서 어떻게 살겠다는 겁니까. 눈뜨고 코 베가는 세상인데."

사내는 병호의 눈치를 보고 나서 다시 말을 이었다.

"형님이 일찍 돌아가시는 바람에 형수님이 애들을 키우시느라 고생이 많았지요. 그런데 형수님마저 돌아가시는 바람에 천애고아가 되고 말았잖습니까. 그러니 어떡합니까. 제가 그 애들을 거두지 않으면 누가 그 애들을 거두겠습니까. 사실 보시다시피 저희 집도 입에 풀칠이나 하는 정도인데, 그렇다고 어린 것들을 모른 체할 수 있습니까. 동네서는 또 뭐라고 하겠습니까. 그런 것 떠나서라도 불쌍해서 시집갈 때까지는 데리고 있으려고 했는데, 무슨 바람이 불었는지 온다간단 말도 없이 집을 나갔지 않습니까. 나중에 편지가 왔는데 서울서 잘 있으니 염려 말라고 했더군요. 주소를 안 써놨으니 찾아갈 수도 없고 해서 그저 그런가 보다 했지요. 헌데 이번에는 애비 없는 자식을 턱 배가지고 내려오지 않았겠습니까. 그 꼴이라니 나 원. 동네가 창피해서 얼굴을 들고 다닐 수 없게 되었구만요."

병호는 들은 체도 하지 않고 먼 산만 바라보고 있었다.

"지하에 계신 형님 내외분이 어떻게 생각하시겠는가요. 애 아버지가 누구냐고 물으니까 대답을 해야지요. 애 아버지를 알면 빨리 혼사라도 치르겠는데······."

"어디로 간다고 갔습니까?"

"아마 서울로 갔을 거구만요."

"어린 조카들이 고향에 내려왔으면 붙잡아서 보호하지 않고 왜 또 내보냈습니까? 이 추운 겨울에 얼어 죽으라고 내보냈습니까?"

　병호는 격앙된 목소리로 물었다.

　그 말에 사내는 펄쩍 뛰었다.

　"내쫓다니요. 아, 아닙니다요! 그런 말씀 마십시오. 그 애들을 붙들어 두려고 제가 얼마나 야단치고 타이른 줄 아십니까?"

　사내는 고개를 설레설레 흔들었다.

　"아무리 붙잡아도 안 들어먹는 걸 어떡합니까. 삼촌은 상관말라는데 어떡합니까?"

　사내는 억울하다는 듯이 말했다.

　"고향을 찾아 내려왔던 애가 그럼 왜 금방 다시 떠났나요? 이유가 뭡니까?"

　"이유야 있지요. 어제 저녁 때 서울에서 전보가 왔는데…… 그걸 보더니 갑자기 떠났지요. 아마 제 생각엔 그 놈팡이한테서 온 전보인 것 같아요. 갔으면 서울로 갔겠지요. 그 전보를 보더니 훌쩍거리면서 주섬주섬 보따리를 싸더란 말입니다. 애가 정신을 못 차리더란 말입니다."

　병호의 눈이 빛났다.

　"놈팡이라니, 누구 말입니까?"

　"그…… 애기 아버지 되는 놈 말입니다. 그놈이 아니면 누가 전보를 보내겠습니까?"

　"그 전보 내용을 봤습니까?"

　"제가요?"

　"네……."

"네. 봤습니다. 빨리 만나자는 내용이었구만요."

"뭐라고 되어 있었는지 자세히 말해 보십시오."

병호는 사내의 얼굴에서 눈을 떼지 않은 채 말했다.

"에또…… 이런 내용이었습니다. 정확히 기억할 수 없는데…… 에또…… 빨리 상경하여 연락 바란다…… 이런 내용이었던 것 같아요."

누가 보낸 전보일까. 만나자는 사람은 누구일까. 병호는 문지방에서 일어섰다.

"전보를 보낸 사람의 이름을 아십니까?"

"모르겠는데요."

"전보에 이름이 분명히 나와 있었을 텐데? 그리고 당신은 애를 배게 한 자에 대해 관심이 많을 테고…… 그래서 이름을 기억해 두었으리라 생각하는데?"

병호의 표정이 굳어지는 것을 보고 사내는 머뭇거렸다.

"전보에 적힌 이름을 보긴 봤는데 잊어 먹었어요. 어디다 적어 둔 것 같은데……."

사내는 고개를 갸우뚱하다가,

"잠깐 기다려 보실랑가요?"

하면서 방안으로 뛰어 들어갔다.

병호는 사내가 벽을 더듬으며 무엇인가 찾는 것을 가만히 지켜보았다. 방안은 몹시 지저분하고 어두웠다.

"아, 여기 써놨군!"

사내가 벽을 손바닥으로 탁 쳤다. 병호는 긴장해서 사내를 주시했다.

"박윤기입니다!"

사내가 소리쳤다.

병호는 방안으로 상체를 깊이 디밀었다. 그리고 떨리는 목소리로,

"다시 한 번 말해 보시오."

하고 말했다.

"박윤기…… 박윤기입니다."

사내가 큰 소리로 두 번 이름을 불렀다. 병호는 문설주를 움켜잡았다.

"그 사람은 죽었어!"

하마터면 그는 그렇게 소리칠 뻔했다. 그는 현기증을 느끼며 뒤로 주춤주춤 물러났다.

죽은 박윤기 사장이 어제 서영화에게 전보를 보냈다는 말인가? 그 전보를 받고 영화는 허둥지둥 이곳을 떠났다. 누가 박 사장의 이름으로 전보를 보냈을까.

그는 흥분을 가라앉히기 위해 한참 동안 먼 산만 쳐다보고 있다가 몸을 돌려 사내를 쳐다보았다.

"박윤기라는 사람…… 아는 사람입니까?"

"제가요?"

"네……."

"전혀 모릅니다요. 듣도 보도 못한 이름이구만요."

사내는 밖으로 내려서며 고개를 완강히 저었다.

"실례 많았소."

병호는 사립짝문을 나서다 말고 돌아섰다.

"영화는 혼자 갔나요?"

"아니지요. 제 동생도 데려갔구먼요."

"어린애만은 여기 붙잡아 두실 것이지 그 애까지 내보냈습니까?"

"아이구, 말도 마십시오. 그 애들은 한시도 떨어져 있지 못하는 애들입니다. 그렇지 않아도 제가 붙잡아 봤지만 학구 놈이 울고불고 발버둥치는 바람에……."

병호는 사내의 말을 채 듣지 않고 몸을 돌려 걸어갔다.

눈(雪)

○ ○ ○ ○ ○ ○ ○ ○ ○

눈발이 얼굴을 때리는 바람에 병호는 걸음을 옮기기가 여간 불편하지가 않았다. 어느새 그의 몸뚱이는 허옇게 눈을 뒤집어쓰고 있었다. 아무래도 이대로는 읍에까지 걸어갈 수 없을 것 같았다.

하는 수 없이 그는 어느 집 처마 밑에 서서 눈이 그치기를 기다렸다. 그러나 눈은 쉬이 그칠 것 같지가 않았다.

이렇게 눈이 내리는데 그 아이들은 어디로 갔을까.

눈 속을 헤매는 어린 오누이의 모습이 눈에 보이는 것만 같아 그는 가슴이 저려 왔다. 그들을 생각지 않으려고 숨을 깊이 들이켜고 하늘을 쳐다보았다.

그 아이들은 나와는 아무 상관도 없다. 그 애들이 어떻게 되든 나와 무슨 상관이란 말인가. 나는 단지 살인범만 체포하면 된다. 그렇다. 살인범만 체포하면 되는 것이다. 괜히 감상에 젖어 쓸데없는 짓을 하고 다닐 필요가 어디 있는가. 이 세상에 불행한 아이들이 어디 한둘인가. 세상에 널려 있는 것이 불쌍한 사람들이지 않은가. 돌멩이처럼 널려 있는 불쌍한 사람들, 그들은 오직 돌멩이일 뿐이다. 그들은 돌멩이처럼 무관심 속에 버려져 왔고, 앞으로도 그럴 것이다.

그가 처마 밑에 우두커니 서 있는데 마침 택시가 한 대 굴러왔다.

택시는 마을 안으로 들어갔다가 10분쯤 지나 나타났다. 병호는 달려가 택시를 잡아탔다.

읍에 도착했을 때는 이미 눈은 발목까지 차오르고 있었다.

그는 아침에 들렀던 다방으로 들어갔다. 아침에 보았던 그 핏기 하나 없는 얼굴을 한 레지가 미소로 그를 맞았다.

"벌써 다녀오세요?"

병호는 끄덕하고 나서 자리에 앉았다.

다방에는 제법 사람들이 많았다. 거의가 눈을 피해 들어온 사람들 같았다.

레지가 자기 몫의 차까지 들고 와서 맞은편 자리에 앉았다.

"눈이 꽤 많이 오는데……."

병호는 찻잔을 집어 들면서 중얼거렸다.

"오랜만에 많이 올 것 같은데요. 그런데 오늘 서울 올라가실 거예요?"

레지가 호기심어린 눈으로 그를 쳐다보며 물었다.

"서울로 올라가긴…… 가야겠는데 눈이 이렇게 많이 와서 어디……."

그는 맥 빠진 듯 중얼거렸다.

"아마 못 가실걸요."

레지가 눈웃음치며 말했다. 고소하다는 표정이었다.

"벌써 두 시간이 지났는데도 열차가 아직 안 들어왔대요."

"그래요? 상행선 열차가 말인가?"

그는 놀란 눈으로 레지를 바라보았다.

"네, 그런가 봐요. 여수에서 오는 열차가 아직 안 오고 있대요. 언제 들어올지 모른대요. 역에 나갔던 사람들이 모두 돌아왔어요."

그녀는 난롯가에 둘러앉아 있는 사람들을 턱으로 가리켜 보였다.

"그것 참 큰일인데……."

"남쪽으로 갈수록 눈이 더 많이 내렸대요. 한 달 동안 계속 눈이 내렸으면 좋겠어요. 그래서 직장에도 못 가고 학교에도 못 가고 차도 못 다니고 그랬으면 좋겠어요. 사는 데 좀 변화 같은 게 있었으면 좋겠어요."

이 아가씨는 어쩌면 나와 똑같은 생각을 하고 있을까 하고 그는 생각했다. 그는 정말 한 달 내내 눈이 내려 모든 움직임이 정지해 버리면 얼마나 좋을까 하고 생각했다. 어린애 같은 생각이지만 그는 그런 생각만으로도 즐거운 기분이 들었다.

"눈은 곧 그칠 거요."

"저기…… 저, 서울 따라가면 안 돼요?"

그녀는 누가 들을까봐 속삭이는 소리로 물었다. 병호는 어리둥절했다. 그녀는 정색을 하고 그를 쳐다보고 있었다. 그녀가 농담하고 있는 것이 아니란 것을 알자 그는 당황했다.

"그, 그렇게 서울 가고 싶나?"

"네, 가고 싶어 죽겠어요. 데려가 줘요."

이 아가씨는 서울 가는 남자라면 아무나 붙잡고 이런 말을 하나 보다 하고 그는 생각했다. 그렇게 말하는 것이 버릇처럼 되어 버렸나보다. 이 아가씨는 아무도 자기를 서울로 데려가 주지 않을 것이라는 것을 잘 알고 있다. 알고 있기 때문에 그런 말을 하는 것이다. 이 아가씨가 진정코 가고 싶은 곳은 서울이 아닐 것이다. 그럼 어디일까. 그것은 자기 자신도 모를 것이다.

"뭐 그렇게 심각하게 생각하실 것 없어요. 부담 갖지 마세요. 괜히 한번 해본 말이에요."

그녀는 힘없이 웃으며 말했다.

이번에는 병호가 정색을 했다.

"정 가고 싶다면 데려다 주지."

"제가 뭐 어린앤가요. 데려다 주게."

그녀가 입을 삐죽 내밀었다.

"데려다 달라고 하지 않았어?"

"데려다 주기만 하면 어떡해요. 책임을 지셔야죠."

"그건 자신 없는데."

그는 고개를 갸우뚱했다.

"그거 봐요. 모두 그렇다니까요."

그녀는 떫은 감을 씹은 듯한 표정으로 일어섰다. 병호도 따라 일어섰다.

"안녕히 가세요."

레지가 그의 뒤에다 대고 작별 인사를 던졌다. 그는 고개를 끄덕이면서 문을 밀고 밖으로 나왔다.

"막차요! 막차!"

버스 정류장 쪽에서 남자 차장의 외치는 소리가 들려왔다. 병호는 버스 정류장 쪽으로 걸어갔다. 차장은 입에서 허연 김을 내뿜으며 소리소리 지르고 있었다.

병호는 사람들이 가득 들어차 있는 낡은 버스를 가리키며 물었다.

"이 차 어디로 가나?"

"역이오. 눈 때문에 오늘은 일찍 차가 끊깁니다. 막차요! 막차! 빨리 타십시오! 빨리 타지 않으면 못 탑니다!"

버스 속은 발 디딜 틈도 없이 사람들로 꽉 들어차 있었다. 그런데도 몇 사람이 버스 안으로 들어가려고 문에 매달려 있었다. 차장은 소리치다 말고 문에 매달려 있는 사람들을 안으로 떠다밀었다.

"자, 안으로 들어가세요. 안은 비었습니다."

병호도 차 문에 매달렸다. 그러지 않고는 다른 방법이 없을 것 같았다.

한참 만에 겨우 차 안으로 들어설 수가 있었다.

사람들은 짐짝처럼 뒤엉켜 있으면서도 군소리 하나 하지 않았다. 어떤 불편에도 묵묵히 순종하는 데 익숙해져 버린 사람들의 침묵이 차 속을 가득 채우고 있었다.

마침내 버스가 출발했다. 사람들이 짐짝처럼 이리저리 흔들렸다.

병호는 목을 길게 빼고 앞을 바라보았다. 눈보라는 앞을 분

간할 수 없을 정도로 몰아치고 있었다. 버스는 눈보라 속을 달리는 게 아니라 기어가고 있었다.

그로서는 꼭 어떻게 하자는 생각은 없었다. 오늘 중으로 반드시 서울행 열차를 타야 하는 것도 아니었다. 열차가 불통이라면 아무데서고 주저앉을 수밖에 없다. 그런데도 자신이 서두르고 있는 이유를 알 수 없었다. 그렇다고 영화를 뒤쫓으려고 그러는 것도 아니었다.

얼마 후 버스는 역 앞 광장에 사람들을 풀어놓았다. 병호는 사람들에게 등을 떠밀리면서 버스에서 내렸다.

역 대합실 쪽에서 몇 사람이 걸어오고 있었다. 그는 한 청년을 붙들고 물었다.

"차가 안 다닙니까?"

"눈이 많이 와서 불통이랍니다."

"그럼 언제부터 다닌답니까?"

"모르겠어요."

청년은 퉁명스럽게 내뱉고는 그대로 지나쳐 가버렸다.

병호는 대합실 쪽으로 다가가 보았다. 대합실에는 몇 사람이 오지도 않을 열차를 기다리며 서성거리고 있었다.

대합실 가운데 바닥에는 불기 하나 없는 연탄난로가 덩그러니 놓여 있었다.

무심코 실내를 둘러보던 그의 시선이 구석 쪽에서 그만 딱 멎어 버렸다.

그는 자기 눈을 의심하면서 안에 들여놓던 발을 얼른 거두고 뒤로 물러섰다. 벽에다 몸을 가린 채 다시 한 번 그쪽을 바라보았다. 구석 쪽에 앉아 있는 사람들은 분명히 낯익은 얼굴들이었다. 그들은 영화 남매였다.

"저것들이 어쩌자고 저기에 앉아 있는 거지?"

그는 중얼거리면서 돌아섰다. 왠지 대합실 안에 들어갈 용기가 나지 않았다. 아니 대합실 안에 불쑥 들어감으로써 그들 오누이를 놀라게 하고 싶지가 않았다.

"아하, 발이 묶여서 저러고 있는 거구나. 그러면 그렇지. 너희들이 가면 어디까지 가겠니."

그는 구두 끝으로 눈을 비비면서 한참 동안 망설였다. 한참 후 그는 안으로 들어가는 대신 대합실 모퉁이를 돌아갔다.

이윽고 그는 창문에 붙어 섰다. 거기서는 가까이서 영화 남매를 살펴볼 수가 있었다.

그들은 목도리로 얼굴을 감싼 채 오돌오돌 떨고 있었다. 추위 때문에 떠는지 공포 때문에 떠는지 알 수가 없었다. 소년은 누이의 어깨에 머리를 기댄 채 눈을 감고 있었다. 그러나 자고 있는 것 같지는 않았다. 오누이는 손을 꼭 잡고 있었다. 마치 절대 떨어져서는 안 된다는 듯이.

소년은 무릎 위에 스케이트를 올려놓고 있었다. 그것을 행여 놓칠세라 한 손으로 꼭 움켜잡고 있었다. 누이는 몸을 팔아 생긴 돈으로 동생과의 약속을 지킨 모양이었다. 그러나 소년은 스케이트를 들고만 다닐 뿐 그것을 지칠 기회가 없는 것이다. 어쩌면 소년은 스케이트를 지칠 수 있는 단 한 번의 기회마저 갖지 못할지 모른다.

　영화는 허공에다 멍하니 시선을 던지고 있었다. 한 손은 불룩한 배위에다 올려놓고 있었다. 그녀의 시선이 갑자기 병호가 서 있는 창문 쪽으로 향했다. 이윽고 두 사람의 시선이 뜨겁게 부딪쳤다.

　마침내 영화는 병호를 알아본 것 같았다. 놀란 얼굴이 되더니 엉거주춤 일어서면서 소년을 흔들었다. 소년에게 그녀가 뭐라고 말하자 소년은 고개를 들어 병호 쪽을 바라보았다. 소년도 놀란 얼굴이 되었다. 그는 재빨리 얼굴에 미소를 띠었지만 그들은 여전히 놀란 표정들이었다.

　그는 출입구 쪽으로 돌아갔다.

　대합실 안으로 들어서자 소년이 누이의 손을 잡으며 몸을 일으켰다.

　소년은 스케이트를 어깨에 걸치면서 그를 쏘아보았다. 그 눈이 잔뜩 공포를 띠고 있었다.

　"너…… 여기 있었구나."

　병호는 반가운 나머지 얼굴 가득히 웃음을 띠며 손을 뻗어 소년의 머리를 만지려고 했다. 그러자 소년은 그의 손을 물리치며 뒤로 물러서서 그를 노려보았다. 그 눈이 적대감으로 빛나고 있었다.

　"걱정이 돼서 여기까지 찾으러 왔다가 너희들이 떠났다고 해서 돌아가는 길이다."

　그의 말이 채 끝나기도 전에 소년은 누이의 손을 놓더니 잽

싸게 개찰구 쪽으로 달려갔다. 개찰구를 빠져 나간 소년을 플랫
폼 쪽으로 마구 내달렸다. 그 바람에 그의 누나도 덩달아 뛰어가
려고 했다. 그러나 그 보다 먼저 병호의 손이 그녀의 팔을 움켜
잡았다.

"그런 몸으로 뛰면 안 돼!"

"놔요! 이거 놔요!"

그녀는 거세게 저항하다가 차츰 수그러들면서 두 눈 가득히
눈물을 담았다. 그녀는 격렬하게 숨을 몰아쉬면서 원망스런 눈
길로 그를 쏘아보았다. 그 눈이 이윽고 절망적인 빛으로 차츰 물
들어 갔다.

"괜찮아. 아무 일도 일어나지 않을 거야."

병호는 그녀를 안심시키려고 부드럽게 말했다. 그러나 그
녀는 그의 말을 믿는 것 같지 않았다. 무슨 괴물이나 되는 듯 그
를 쳐다보다가 개찰구 쪽으로 다가서서 저만큼 달려가 있는 동
생을 불렀다.

"학구야, 가지 마! 학구야, 가지마!"

그녀의 목소리는 힘이 하나도 없이 몹시 가냘팠다. 그녀의
목소리에는 울음이 섞여 있었다.

다시 도망치려던 소년이 주춤하고 섰다. 그는 철도 위에 버
티고 서서 이쪽을 바라보고 있었다.

역무원이 나와서 호각을 불어대기 시작했다. 철도에서 나
오라고 계속 손짓했지만 소년은 그대로 버티고 서 있었다. 저놈
이 열차에 깔려 죽겠다는 것인가! 어린 소년의 자살. 거기에 생

각이 미치자 병호는 모골이 송연했다.

"학구야, 이리 와!"

그는 소년을 손짓해 부르며 개찰구를 빠져나갔다. 그러자 소년은 뒷걸음질 치기 시작했다.

"학구야, 가면 안 돼! 이리 와!"

그는 소년이 왜 도망치는지 알 수가 없었다. 왜 자신이 소년에게 경원의 대상이 되었는지 알 수가 없었다.

영화는 눈물을 훔치고 있었다. 소년의 모습이 눈발에 가려 희미하게 보였다.

"이리 와! 괜찮아!"

그가 앞으로 가면서 손짓해 부를수록 소년은 자꾸만 도망질 쳤다. 영화는 그의 뒤를 울면서 따라왔다.

갑자기 소년은 무슨 생각을 했는지 끼고 있던 장갑을 벗어 병호를 향해 집어 던졌다. 그리고 소리를 질렀다.

"더러워서 이런 거 안 가져요! 이런 거 필요 없어요!"

"도대체 왜 그러는 거니?"

병호는 심하게 한 대 얻어맞은 기분이었다. 그는 할 말을 잃고 멍하니 소년을 쳐다보기만 했다.

"형사면 최곤 줄 알아요?"

놈은 병호를 비웃고 있었다. 귀찮게 쫓아다닌다고 미워하고 있었다.

"그런 말하는 게 아니야. 그러지 말고 이리 와. 전에는 이러지 않았지 않아. 자, 이리 와."

"싫어요! 이젠 안 만날 거예요!"

소년은 맹렬한 기세로 소리쳤다. 병호는 그 기세에 눌려 더 이상 소년을 부를 수가 없었다. 그래서 그는 뒤따라오는 영화를 돌아보았다.

"가서 데려오라구. 저기 서 있으면 위험해. 빨리 가봐."

그녀는 눈물을 훔치고 나서 머뭇거렸다. 그의 부드러우면서도 조용한 말씨가 오히려 그녀에게는 위압적으로 들린 것 같았다. 그녀는 호소하는 눈길로 그를 바라보다가 말없이 철도 쪽으로 걸어갔다.

"오지 마!"

소년이 누이를 향해 소리쳤다. 그래도 그녀가 다가가자 그는 눈을 뭉쳐 누이에게 던졌다.

"오지 말라니까!"

그래도 그녀는 동생을 향해 걸어갔다. 소년은 다시 눈뭉치를 몇 개 던지기 시작했다. 그러다가 눈뭉치 하나가 날아와 정통으로 그녀의 얼굴을 때렸다. 그녀는 순간 무릎을 구부리고 비틀거렸다.

그녀가 두 손으로 얼굴을 감싸 쥔 채 주저앉을 듯하자 놀란 소년이 누이 쪽으로 달려왔다.

"누나 괜찮아?"

소년은 울상이 되어 누이를 붙잡았다.

"네가 도망치면 난 어떡하니?"

영화는 울먹이는 소리로 말하면서 동생을 끌어안았다. 소년은 누이의 품에 안기면서 울음을 터뜨렸다. 영화도 흐느껴 울었다.

병호는 죄인이 된 심정으로 멍하니 서서 오누이가 부둥켜안고 우는 모습을 한동안 바라보고 있었다.

역무원이 철로에서 빨리 벗어나라고 다시 호각을 삑삑하고 불어댔다. 그제서야 오누이는 울음을 그치고 플랫폼 쪽으로 걸어왔다.

병호도 그쪽으로 천천히 다가갔다. 도중에 그는 소년이 벗어 던졌던 장갑을 집어 들고 눈을 털었다. 그것은 그가 소년에게 사주었던 빨간 털장갑이었다. 그것을 보자 그는 심히 부끄러운 생각이 들었다.

오누이가 플랫폼으로 올라서자 역무원이 뛰어와 금방이라도 때릴 듯한 험악한 표정을 지으며 소년을 나무랐다.

"이놈의 자식, 기차에 치여서 죽고 싶나? 나오라고 하면 빨리 나와야 할 거 아니야!"

"미안합니다. 이 아이들은 내가 데리고 나가겠습니다."

병호가 대신 사과하자 역무원은 사나운 눈으로 그를 쏘아보았다.

"이 애들하고 어떻게 됩니까? 보호자 되나요?"

"네, 그렇습니다."

"빨리 데리고 나가세요!"

"네, 알겠습니다."

역무원은 다시 한 번 오누이를 흘겨보고 나서 사무실 쪽으로 가버렸다. 오누이는 나란히 서서 병호를 쳐다보았다. 아까처럼 적대감 같은 것은 보이지 않았지만 눈에는 여전히 두려운 빛이 남아 있었다. 그들은 결코 떨어질 수 없다는 듯 손을 꼭 잡고 있었다.

그들의 모습을 보고 있자니 애틋한 감정이 물밀듯이 밀려왔다. 눈을 허옇게 뒤집어쓴 채 오돌오돌 떨고 있는 오누이의 모습은 마치 바람에 쓸리는 낙엽 같았다. 이 아이들을 보호해 주어야 한다. 이 아이들을 버리는 것은 죄악이다.

그는 오누이 앞으로 바싹 다가섰다.

그들은 더 이상 그를 피하지 않았다. 피해도 소용이 없다는 것을 알고 있는 것 같았다. 오누이의 얼어붙은 표정이 그의 행동을 부자연스럽게 만들었다. 그는 억지로 얼굴에 미소를 띠며 소년의 어깨 위에 손을 얹어 놓았다. 소년의 어깨가 가냘프게 떠는 것 같았다. 그는 장갑을 내밀었다.

"손 시려운데 이걸 끼어."

그러나 소년은 그것을 쉽게 받으려 하지 않았다.

"받으라니까. 이건 네 꺼야. 자, 받아."

그래도 그것을 받으려 하지 않자 영화가 어서 받으라는 표시로 소년의 어깨를 툭 쳤다. 소년을 그를 쳐다보지 않은 채 손을 뻗어 장갑을 받아들었다. 그러나 그것을 끼지는 않고 들고 있기만 했다.

"손 시려운데 어서 끼어."

"괜찮아요."

소년은 고개를 숙인 채 말했다.

소년의 어깨가 가늘게 떨고 있는 것을 보고 그는 비로소 소년이 소리를 죽여 가며 울고 있는 것을 알았다. 그는 당황했다. 소년이 울고 있는 이유를 알 것도 같았다. 만일 그 자신도 소년이었다면 이런 경우에 울지 않을 수 없을 것이라고 생각했다.

"남자가 울면 되나. 자 울지 마."

소년의 어깨를 다독거려 주면서 보니 영화도 눈물을 훔치고 있었다.

"나는 너희들을 해치려고 온 게 아니야. 너희들을 도와주려고 온 거야. 그러니까 나를 무서워하지 마."

오누이는 아무 반응도 보이지 않았다.

그는 다시 말했다.

"난 학구가 보고 싶어서 찾아온 거야. 내가 너를 좋아한다는 거 알고 있지 않아? 자, 나가자."

그는 아이들을 앞세우고 대합실 쪽으로 걸어갔다.

"왜 도망쳤지? 내가 무서웠니?"

소년은 고개를 조금 돌려 그를 힐끗 쳐다볼 뿐 대답하지 않았다.

"너희들을 찾아 죽산리에까지 다녀오는 길이야. 거기 가서 너희들 삼촌을 만났지. 삼촌 말이 아침에 떠났다고 하더라. 난 몹시 걱정했다. 이렇게 눈이 오는데 너희들이 어디 갔을까 하고 말이야. 이 세상에 너희들을 반겨 줄 데가 없다는 거 나는 다 알고 있어. 이 추운 겨울에 잘 데 없고 먹지 못하면 얼어 죽을 수밖에 없어. 그러지 않으려면 거지 생활을 해야 되는데 너희들이 어떻게 거지 생활을 하겠니."

그들은 대합실로 돌아왔다.

그는 오누이를 기다리게 한 다음 매표구에 가서 상행 열차 시간을 알아보았다. 역무원은 눈 때문에 언제 열차가 들어오게 될지 지금으로서는 아무도 모른다고 대답했다.

병호는 영화 남매에게 사정을 이야기했다.

"눈 때문에 언제 열차가 들어오게 될지 모른단다. 추운데 여기 있지 말고 저기 식당에 가서 점심이나 먹자."

그의 말이 끝나기 무섭게 소년의 얼굴에 생기가 도는 것 같았다. 사실 영화 남매는 아침부터 내내 밖에만 있었기 때문에 추위에 온몸이 얼어붙어 따뜻한 물 한 모금이 절실하게 그리운 판이었다.

그들은 두말 없이 병호를 따라나섰다. 그렇지만 영화만은 아직도 두려운 빛을 감추지 못하고 있었다.

병호는 식당을 향해 걸어가면서 어서 빨리 어떤 결정을 내려야 한다고 생각했다. 그러나 결정은 쉽게 내려지지가 않았다. 그것은 쉽게 내려질 성질의 것이 아니었다.

그는 영화 남매를 데리고 역 앞에 있는 한 식당으로 들어갔다. 음식 냄새에 소년의 눈빛이 달라지고 있었다.

소년은 갈비탕을 그와 영화는 떡만두를 주문했다. 영화는 먹고 싶지 않다고 사양하다가 병호의 강권에 하는 수 없이 떡만두를 먹겠다고 말했던 것이다.

"식사를 거르면 안 돼. 특히 임신했을 때는 잘 먹어야 돼. 그래야만 아기가 뱃속에서 튼튼하게 자라거든."

그의 말에 영화는 얼굴을 붉게 물들이면서 고개를 숙였다. 그녀의 얼굴은 노리끼리하고 부석부석했다. 얼른 보기에도 영양실조에 걸린 사람 같았다.

"아기를 낳고 싶으면 잘 먹어 둬야 해."

그녀는 숟갈을 들다 말고 가만있었다.

"아기를 낳을 텐가?"

그녀는 고개를 숙인 채 미동도 하지 않았다. 고집스럽게 아래만 내려다보고 있었다.

"자, 식기 전에 얼른 먹어. 그런 말은 나중에 하기로 하고."

병호는 먼저 숟갈을 들고 떡만두 국물을 떠먹었다.

소년은 이미 반쯤 먹어가고 있었다. 그는 먹는데 정신이 팔려 옆 사람은 거들떠보지도 않고 있었다.

병호는 먹고 싶지 않은 것을 억지로 떠먹으면서 영화가 얼른 식사를 끝내기를 기다렸다.

영화는 처음에는 그의 눈치를 살피면서 조심스럽게 수저를 놀리다가 나중에는 먹고 싶은 욕구를 더 이상 억누를 수 없는지 갑자기 빠른 속도로 먹기 시작했다.

그녀가 식사를 거의 끝냈을 때쯤 해서 병호는 다시 말을 걸었다.

"영화야, 잘 생각해서 대답해. 정말 아기를 낳을래?"

"……"

"이건 부끄러운 게 아니야. 네 앞날에 매우 중요한 일이야. 그러니까 잘 생각해서 결정하지 않으면 안 돼. 잘못 결정하면 넌 평생 불행해질지도 몰라. 이건 너를 위해서 말하는 거야. 내가 할일이 없어서 너를 붙들고 이런 말하는 게 아니란 걸 알아 줘. 난 바쁜 몸이야."

그녀가 눈을 들어 그를 바라보았다. 불안과 의혹이 얽힌 눈이었다.

"왜 저한테 그렇게 관심을 보이시는 거예요? 그냥 내버려 두시지 않고요."

영화로서는 그런 질문을 던질 만도 했다.

"어쩌다가 이렇게 됐는지 나도 모르겠어. 하여간 그런 건 따질 게 못돼. 사람이 사람에게 관심을 보인다는 거…… 그건 나쁜 게 아니야. 자, 말해 봐. 아기는 어떡하지?"

너무 심한 질문을 계속 던지고 있다는 것을 알면서도 그는 가만히 있을 수가 없었다. 그녀의 임신은 시간을 다투는 문제였기 때문이다.

"낳을래요."

그녀는 조그맣게, 그러나 결연히 말했다.

얼른 생각하기에는 그녀의 고집스러움이 대단하다는 느낌도 들었다.

그러나 가만 생각해 보면 그것은 고집스러움이 아니었다. 그녀는 고집을 부리고 있는 게 아니었다. 그녀는 확신을 가지고 말하고 있었다. 아기를 낳아서 훌륭히 기를 수 있다는 확신이 그녀의 가슴속에는 굳게 자리하고 있었다.

"그래, 좋아. 아기를 낳는다고 하자. 너는 좋은 남자를 만나 결혼하기도 어려울 것이고, 어린 나이에 아기를 먹여 살려야 해. 지금 너는 학구를 뒷바라지하는 것만도 힘에 겨워하고 있어. 아니, 자기 자신 하나 제대로 못 가누고 있어. 그런 터에 아기까지 낳아 봐. 결과가 어떻게 될지는 뻔 하지 않아? 어쩌면 너는 아기를 낳음으로써 평생을 고생하면서 살아갈지 몰라. 불행한 여자로서 말이야. 너 고생하는 것은 그래도 괜찮아. 그런데 자식까지 고생시킬 수는 없지 않아? 제대로 먹이지도 입히지도 못하고 공부도 못 시키고 해봐. 그건 아이한테 큰 죄를 짓는 거야. 그렇게 생각지 않아?"

"고생 같은 것은 괜찮아요. 그런 건 얼마든지 할 수 있어요. 저는 얼마든지 불행해져도 괜찮아요. 그런 건 상관하지 않아요. 식모살이를 해서라도 아이를 대학까지 보내겠어요. 제 힘으로 충분히 할 수 있어요."

그녀는 손톱으로 손가락 끝을 쥐어뜯으며 나지막한 소리로 말했다.

그렇게 말하는 그녀의 표정에는 흔들리는 기색 하나 보이지 않았다. 도대체 무엇이 이 어린 소녀에게 그와 같은 결심을 심어주었을까. 아무리 생각해도 불가사의한 일이었다. 여자의 본능이, 즉 모성애라는 것이 이 소녀에게 그와 같은 결심을 심어 준 것일까. 정말 알다가도 모를 일이었다.

그녀의 생각을 돌릴 수 없음을 깨달은 병호는 할 말을 잃은 채 심히 난감해 했다.

영화는 그에게 미안한 생각이 들었는지 고개를 숙이고 있었고, 소년은 눈을 동그랗게 뜨고 그를 쳐다보고 있었다.

병호는 밖을 한번 내다보고 나서 담배에 불을 붙였다. 그러고 나서 말머리를 돌렸다.

"어딜 가려고 그랬지?"

영화는 머뭇거리며 두 손을 만지작거렸다.

"갈 데가 있나?"

그녀는 손놀림을 멈추고 가만있었다.

"눈 때문에 오늘은 아무 데도 갈 수 없어. 내일도 못 갈지 몰라. 그런 몸으로 눈을 맞고 돌아다니면 위험해."

그는 한숨을 길게 내쉬고 나서,

"서울로 다시 올라갈 생각이었나?"

라고 물었다.

소녀는 고개를 끄덕거렸다. 그녀의 창백한 뺨 위로 한 줄기 눈물이 흘러내리고 있었다.

병호는 마른침을 삼키면서 상체를 앞으로 기울였다.

"서울에서 누굴 만나기로 했나?"

"……"

"김씨 집에…… 그 포주 집에 다시 찾아갈 생각이었나?"

"……"

그녀는 손가락을 비틀어 대고 있었다.

병호는 너무 답답한 나머지 한숨만 자꾸 나왔다. 그러나 포기하지 않고 자꾸만 물었다.

"그런 생활이 어떤 생활인지 영화는 잘 알고 있을 거야. 그런 곳은 두 번 다시 갈 곳이 못 돼. 그곳은 인간을 파멸시키는 생지옥 같은 곳이야. 절대 거기 가서는 안 돼. 거기 다시 들어갈 생각이었지?"

"자꾸 묻지 말아요! 우리 누나는 아무 죄도 없어요!"

소년이 갑자기 날카롭게 쏘아붙이는 바람에 병호는 깜짝 놀랐다. 소년은 자기 누나에게 위험이 닥치면 목숨을 내놓고라도 그녀를 보호할 것 같았다.

식당 안에 앉아 있던 사람들의 시선이 일제히 그들에게 쏠렸다.

병호는 손가락을 입으로 가져갔다.

"쉿! 말소리가 너무 커. 다른 사람들에게 방해가 될 정도로 말소리가 크면 안 되는 거야. 내가 묻는 것은 누나를 괴롭히려고 그런 게 아니야. 이해해 줘. 너는 내가 누나를 괴롭힌다고 생각하니?"

소년은 금방이라도 울음을 터뜨릴 듯 입을 삐쭉거렸다.

"그럼 왜 왔어요? 왜 여기까지 왔어요?"

병호는 오히려 심문당하는 기분이었다.

"그러면 못써."

하고 누이가 말렸지만 소년은 당치도 않게 병호를 물고 늘어졌다. 왜 왔는지 이유를 대라는 것이었다.

"너희들이 걱정이 돼서 찾아다니다가 여기까지 온 거야."

"거짓말 말아요. 누가 믿을 줄 알아요?"

병호의 얼굴이 굳어졌다. 그가 뭐라고 대꾸하기도 전에 소년이 다시 쏘아붙였다.

"형사들은 모두 거짓말쟁이에요!"

병호는 한 대 호되게 얻어맞은 기분이었다. 소년이 함부로 쏘아대는 말에 그는 미처 대꾸할 말이 생각나지 않았다.

"내가 너한테 무슨 거짓말을 했니? 넌 지금까지 내가 거짓말만 해왔다고 생각하니?"

그의 진지한 물음에 소년은 입을 다물었다. 입술을 깨물면서 고개를 숙였다.

"사실대로 말하자면…… 뭐 좀 알아볼 게 있어서 온 거야. 너희들을 만나서 뭐 좀 알아보기 위해서 온 거야. 너희들이 사실대로만 대답해 주면 좋겠는데……."

병호는 영화를 바라보았다. 시선이 마주치자 그녀는 얼른 시선을 돌렸다.

"우리는 아무 것도 몰라요."

소년이 잡아뗄 듯이 말했다.

"내가 묻지도 않았는데 무조건 모른다는 거니?"

"하여간 우리는 아무 것도 몰라요."

총명한 소년이 오늘따라 엉뚱하게 빗나가고 있다고 병호는 생각했다.

"말도 못 붙이게 하는구나. 무조건 모른다고 하니까 할 수 없구나."

그는 잠시 무엇인가 생각하다가 다시 입을 열었다.

"앞으로 어떡할 생각이지?"

영화에게 물은 말이었지만 그녀는 아무 대꾸도 하지 않았다. 그 대신 소년이 맡고 나섰다.

"어떡하긴 뭘 어떡해요. 상관하지 마세요."

그렇다, 이 아이들에 관해서는 내가 상관해야 할 이유가 없다. 지금도 늦지 않다. 손을 떼는 거다. 그러나 그는 생각과는 달리 이렇게 말했다.

"막연히 이렇게 떠나오면 어떡하려고 그러니? 잠은 어디서 자고 먹을 것은 누가 주지? 얼어 죽으면 어떡하려고 그래? 상관하지 말라고 그러지만 너희들을 보면 하도 한심하기 때문에 그러는 거야."

"상관하지 말아요."

소년은 자존심이 상한다는 듯 잔뜩 볼멘소리로 말했다.

"그래. 정 그렇다면 상관하지 않겠다. 넌 내가 싫은 모양이구나."

그 말에 소년은 입을 다물었다.

"사람은 서로 도와가면서 살아야 하는 거야. 혼자서는 살아갈 수 없어."

"돈만 많으면 얼마든지 혼자서 살아갈 수 있어요. 돈이 최고예요."

소년은 확신에 찬 어조로 말했다.

"그렇지 않아. 돈이 최고가 아니야."

다른 아이들도 돈을 최고로 알고 있을까 하고 그는 생각했다. 이 아이는 돈의 위력을 알고 있다.

"돈이 많으면 가지고 싶은 것을 많이 살 수야 있지. 하지만 그렇다고 해서 돈이 최고라고 생각하는 것은 잘못된 생각이야. 돈이 많은 사람이 그것을 잘못 사용하면 오히려 자신뿐만 아니라 여러 사람들에게 나쁜 해독을 끼치게 되는 거야. 돈이 많으니까 좋은 물건을 자꾸만 사게 되고 그러다 보니까. 돈의 노예가 돼서 사치와 허영에 젖게 되는 거지. 이 세상에는 돈이 많아 사치와 허영에 빠진 사람들이 상당히 많아. 그런 사람들은 돈을 최고로 알고 있고 돈이면 뭐든지 할 수 있다고 생각하고 있지. 그런 사람들은 돈 때문에 자기 자신에게 해를 끼친 사람들이지. 그런 사람들일 수록 인색해서 가난한 사람들을 돕는다거나 하지 않아. 이미 정신이 타락했기 때문이지. 배고파 우는 아이들이 있어도 그런 사람들은 거들떠보지도 않고 지나가지. 그러니까 돈이란 많을수록 조심해야 되고 좋은 일에 써야 되고 그것을 많이 가지고 있다고 해서 결코 교만해서는 안 돼."

그가 길게 설교조로 말하는 바람에 소년은 다소곳해졌다. 알아들은 것 같기도 하고 그렇지 않은 것 같기도 했다.

"열차가 오기는 글렀다. 오늘은 아무래도 이 근방에서 자야 할 것 같다."

그는 오누이의 반응을 살피며 말했다. 그들도 병호의 반응을 살피는 것 같았다.

"자, 여기 이러고 있을 게 아니라 우리 나가자."

식당 밖으로 나온 그들은 처마 밑에 서서 한동안 눈 오는 광경을 바라보았다. 눈은 좀처럼 그칠 것 같지가 않았다. 차량도 행인들도 보이지 않았고, 보이는 것은 오로지 하얀 눈보라뿐이었다.

"너희들, 어디 가지 말고 여기서 기다리고 있어. 난 여관에 가서 방이 있나 알아보고 올게."

병호는 코트 깃을 세우고 눈보라 속으로 들어갔다.

진 술

○ ○ ○ ○ ○ ○ ○ ○ ○

천장에 매달린 전등이 희미한 빛을 뿌리고 있었다. 방안은 따뜻했다. 너무 따뜻했기 때문에 졸음이 밀려왔다.

바람에 문풍지 떠는 소리가 들려왔다. 마당 건너 어느 방에선가 술 취한 남자가 아주 오래된 유행가를 부르고 있었다.

오 형사는 벽에 기대앉아 줄곧 담배를 피우고 있었다.

그는 너무 답답해서 고함이라도 지르고 싶은 심정이었다. 방안의 담배 연기를 빼기 위해 그는 가끔씩 문을 열곤 했는데, 그럴 때면 어두운 강물 위로 눈이 내리는 것이 흐릿하게 보이는 것이었다.

그들이 든 여관은 강가에 자리 잡고 있었다.

두 어린 오누이는 붙어 앉은 채 움직이지 않았다. 마치 그 전부터 거기에 그렇게 못 박혀 있었던 것처럼 꼼짝하지 않고 앉아 있었다. 그들이 그러고 있는 바람에 방안에는 무거운 침묵이 흐르고 있었다.

병호는 그들이 좀 움직이기도 하고 입을 열어 말하기도 하면 얼마나 좋을까 하고 생각했지만, 그들은 좀처럼 그럴 것 같지가 않았다. 그들은 꾸어다 놓은 보릿자루처럼 거기에 그렇게 앉아 있었다.

그들이 약속이나 한 듯 입을 다물고 있는 바람에 병호 자신도 말을 꺼내기가 거북살스러웠다. 어차피 똑같은 말을 되풀이해야 한다는 것이 그는 싫었다. 문득 그들 오누이가 어른처럼 생각되었다.

영화가 방바닥만 내려다보고 있는 반면 학구의 시선은 한곳에 고정되어 있지 않았다. 그는 연방 눈을 굴리면서 가끔씩 병호 쪽을 쳐다보곤 했는데 그 눈에는 여전히 경계심과 적의가 남아 있었다.

저녁 식사도 마친 참이라 이제 자는 일만 남았다. 그러나 기분은 많은 일을 앞에 쌓아 둔 것 같았다.

담배를 너무 많이 피워 머리가 아프고 목이 칼칼했다. 그는 다시 문을 열고 침을 뱉은 다음 도로 문을 닫았다.

취객의 유행가 소리도 그치고 모든 것이 너무 조용했으므로 밖에서 눈이 내리는 소리까지 들려오고 있었다.

밤새 눈이 그친다 해도 눈이 녹을 때까지는 움직이지 못할 것이다. 그는 차라리 잘됐다 싶었다. 모든 것을 날씨 탓으로 돌리고 며칠 푹 쉴 수 있으면 얼마나 좋을까.

그는 희미한 빛을 뿌리고 있는 전등을 바라보았다. 불빛이 너무 약해서 신문 한 장 읽기가 어려울 것 같았다. 전등에는 먼지가 뿌옇게 내려앉아 있었고, 천장 구석 여기저기에는 거미줄이 드리워져 있었다. 그는 하품을 하다 말고 갑자기 생각난 듯 오누이를 쏘아보았다.

시선이 부딪히자 소년은 반사적으로 얼른 눈을 돌렸다. 영화는 그의 따가운 시선을 느꼈는지 더욱 몸을 옹송그리며 방바닥만 내려다보았다. 그는 그녀의 시선을 붙잡아 보려고 해보았지만 그녀는 한사코 그의 시선을 피했기 때문에 좀처럼 시선을 마주칠 수가 없었다.

이렇게 처리하기 곤란한 상대는 처음이었다. 너무도 난처했기 때문에 그는 자신의 나약함에 대해 화가 났다. 눈 딱 감고 법대로 처리해 버릴까 하는 생각도 들었지만 그것은 단지 생각에 불과했다.

범인을 체포하면 조서와 함께 검찰에 송치해 버리면 되는 것이다. 거기에는 냉혹한 사무 처리만이 있을 뿐 인정 따위는 존재하지 않는다. 그런 것이 있어도 안 된다.

그런데 이 오누이에 대해서만은 그렇게 할 수가 없다. 왜 그럴까? 그렇다고 이들이 나에게 달라붙어 살려달라고 애걸하는 것도 아니다. 오히려 나에게 적대감을 품은 채 나를 멀리하려고 기를 쓰고 있지 않은가.

그러나 그는 이렇게 생각하는 것이었다.

만일 내가 이 아이들을 내버리면 이들은 필시 거지가 되어 떠돌아다니다가 얼어 죽고 말 것이다 라고.

"그렇게 앉아 있지 말고 이리 와서 자. 염려할 거 없어."

병호는 마침내 참다못해 큰 소리로 말했다. 그의 목소리가 컸던지 오누이는 깜짝 놀라는 것 같았다. 영화는 구석 쪽으로 더 몸을 밀어붙이고 있었고, 소년은 그를 흘끔 쳐다보고는 몸을 더 옹송그렸다.

"이리 와서 자라니까! 따뜻하니까 이리 와서 자."

그는 손바닥으로 방바닥을 두드리며 큰 소리로 말했다.

오누이는 윗목의 썰렁한 바닥에 앉아 있었다. 그가 아무리 따뜻한 아랫목으로 내려와 자라고 해도 그들은 움직이려 들지를 않았다.

"이리 와서 자란 말이다!"

그는 역정을 내면서 손바닥으로 방바닥을 철석 내려쳤다. 그러자 소년이,

"싫어요!"

라고 완강한 기세로 말했다.

소년의 거센 반발에 병호는 찔끔했다.

소년이 아직도 그에게 적대감을 품고 있는 이유를 그는 아무래도 알 수 없다는 생각이 들었고, 그래서 약간 어리둥절한 기분이었다.

"그럼 잠도 안 자고 밤새 거기에 앉아 있을 셈이냐? 도대체 왜 그러는 거지? 난 어떻게든 너희들을 도와주려고 하는 데…… 너희들은 나를 피하려고만 하고……."

"……."

소년은 입술을 깨물었다. 얼굴이 빨개지는 것이 금방이라도 울음을 터뜨릴 것만 같았다. 그러나 울음을 목구멍으로 삼키는 것이 뚜렷이 보였다.

"너희들이 그렇게 나오니까 나도 기분이 별로 안 좋아. 너희들이 말만 잘 들어 주면 좋겠는데 말이야."

"보내 줘요."

소년이 울먹이는 소리로 말했다. 오누이는 자기들이 갇혀 있다고 생각하는 것 같았다.

"너희들은 지금 갇혀 있다고 생각하니? 좋아. 가고 싶으면 얼마든지 가 봐. 가 보란 말이야!"

그가 거세게 나오자 오누이는 흠칫하고 놀라는 것 같았다. 먼저 소년이 누이의 손을 잡아끌면서 일어나자 그녀도 동생을 따라 일어섰다. 병호는 그들이 문을 열고 나가는 것을 가만히 지켜보았다.

방 밖으로 나간 그들은 그 앞에서 잠시 멈칫거리고 있었다. 소년은 병호를 한번 쳐다보고 나서,

"안녕히 계세요."

하고 인사했다.

"춥다. 빨리 문 닫고 꺼져!"

병호는 쌀쌀맞게 소리쳤다. 소년은 가만히 문을 닫았다. 병호는 아랫목에 벌렁 드러누웠다.

"이제 모든 것은 끝났다. 이제 자는 거다."

그는 팔베개를 하고 눈을 감았다. 어둡고 긴 터널을 빠져나온 기분이었다. 눈앞에 어른거리는 오누이의 모습을 지우려고 그는 엎드렸다.

그는 소스라치게 놀라 일어났다. 방안을 둘러보았지만 오누이의 모습은 보이지 않았다. 비로소 자신이 그들을 내보낸 것

이 생각났다. 시계를 보니 그들이 나간 지 한 시간 남짓 지나 있었다. 그동안 깜빡 잠이 들었던 것 같았다.

"이럴 수가!"

그는 자신이 그들을 내보낼 수 있었다는 사실에 대해 자못 경악을 금할 수 없었다. 그는 밖으로 뛰쳐나갔다. 칠흑 같은 어둠 속에 눈보라가 치고 있었다.

"학구야!"

그는 입에 손을 대고 힘껏 소년의 이름을 불러 보았다. 그러나 아무 대답도 들려오지 않았다.

"영화야!"

이번에는 누이 이름을 불러 보았다. 그러나 역시 응답이 없었다. 그는 몇 번 오누이의 이름을 불러보다가 역 대합실을 향해 뛰어갔다. 불이 켜져 있는 데라고는 거기뿐이었다.

이윽고 대합실로 들어선 그는 우뚝 멈춰 섰다.

영화와 학구가 한 몸이 되어 엉겨 붙어 있는 것이 보였다. 그들은 구석진 곳에 웅크리고 있었다. 대합실 안은 그들 오누이뿐이었다. 학구는 누이의 품속에 안겨 잠들어 있었고 영화는 막 안으로 들어선 그를 놀란 눈으로 바라보고 있었다.

병호는 잠자코 다가가 영화의 손을 잡았다. 그녀의 손은 얼음장처럼 차가웠다. 그녀의 몸이 추위에 떨고 있는 것이 손바닥에 느껴졌다.

"가자. 이대로 여기 있다가는 모두 얼어 죽는다."

소녀는 그가 이끄는 대로 일어섰다. 소년도 자다 깨어 일어났다. 그는 공포어린 눈으로 병호를 바라보았다.

병호가 아무 말 없이 여관 쪽으로 걸어가자 그들은 잠자코 그의 뒤를 따라왔다.

"누나는 죄가 없어요."

여관방으로 들어서자마자 소년이 선 채로 뚱딴지같은 말을 했다.

"알았어. 아랫목에 앉아."

병호는 오누이를 따뜻한 아랫목에 앉게 했다.

"누나는 아무 죄도 없어요."

소년이 똑같은 말을 되풀이했다.

병호는 갑자기 소년이 얄미운 생각이 들었다. 어떻게 처리할 줄 몰라 당혹에 빠져 있던 그의 마음은 한 곳으로 기울어지기 시작했다.

"죄가 있고 없고는 조사해 보면 알 수 있어. 조사해 보면 사실대로 다 드러나. 죄가 없으면 걱정할 것 하나도 없어."

"우리 누나를 데리고 가려고 그러지요?"

소년은 형사의 속셈을 다 알고 있다는 듯 말했다. 병호는 갑자기 소년이 미워졌다. 그를 괴롭히고 싶은 마음이 꿈틀거렸다. 그래서,

"죄가 있으면 데려가야지!"

라고 말했다.

"우리 누나는 죄가 없어요!"

소년은 거세게 반발하고 나왔다.

"나는 누나한테 죄가 있다고 말하지 않았어. 그런데 넌 왜 그러는 거지?"

그와 소년은 한참 동안 서로 마주 쳐다보았다. 그는 소년의 어깨를 잡아 흔들었다.

"너는 가만있어. 거기 누워서 잠이나 자거라. 난 누나하고 할 말이 있으니까. 자, 거기 누워."

소년을 눕히려고 그가 어깨를 밀자 소년은 눕지 않으려고 버텼다.

"이거 놔요."

소년이 어깨를 흔들었다.

병호는 소년을 포기하는 대신 고개를 돌려 영화를 바라보았다. 영화도 그를 쳐다보았는데, 그 큰 눈에는 공포와 비애가 뒤섞여 있었다.

병호는 심히 망설여졌다. 여기까지 오는 데는 많은 망설임과 고뇌가 있었다. 그는 너무 먼 길을 걸어온 기분이었다. 이제 올 데까지 다 왔다고 생각했다. 여기서 더 이상 뒤로 물러설 수도 없었다. 마침내 그는 자신의 잔인함에 놀라면서 영화에게 질문을 던졌다.

"박윤기 사장을 알고 있지?"

그녀는 흠칫 놀라면서 몸을 한번 떨었다.

"그 사람 알고 있지?"

그녀는 대답 대신 머리를 세차게 흔들었다.

"정말 그 사람을 몰라? 쓰레기터에서 발견된 그 시체는 박윤기 사장이라는 사람이야. 그래도 몰라?"

영화는 계속해서 머리를 내젓고 있었다.

병호는 점점 더 집요해지기 시작하는 자신을 발견하고 소름이 끼쳤다. 내가 왜 이럴까. 이래서는 안 된다. 이래서는 안 된다. 그러나 그는 또 묻고 있었다.

"입만 다물고 있으면 다 해결되는 게 아니야. 솔직히 말해 주면 나도 너를 도와주겠지만 그렇지 않으면 용서하지 않을 거야. 자 말해 봐. 박윤기 사장을 알고 있지?"

그러자 소년이 완강하게 자기 누이를 변호하고 나섰다.

"우리 누나는 몰라요! 아무 것도 몰라요!"

"넌 가만있어. 임마!"

그는 무서운 눈으로 소년을 노려보았다. 그가 그런 눈으로 소년을 바라보기는 처음이었다. 소년은 찔끔해서 물러앉았다. 그러나 억울한 듯 입술을 깨물고 있었다.

병호는 영화가 동생의 손을 가만히 잡아 주는 것을 지켜보았다. 그녀는 동생에게 손으로 말하고 있었다. 손끝으로 동생을 달래 주고 있었다. 입만은 여전히 고집스럽게 다물고 있었다.

"좋아. 말하지 않으면 내가 말하지. 박 사장 집에서 식모살이하지 않았나? 다 알고 있으니까 바른대로 말해. 나한테 모든 것을 솔직히 털어 놔. 부탁이야."

영화는 아까보다 더욱 놀라는 것 같았다. 그와 함께 절망적인 그림자가 그녀의 얼굴 위로 스쳐갔다. 병호는 소년에게 눈을 돌렸다.

"학구, 너도 그 집에서 누나하고 함께 있었지?"

오누이는 똑같이 질린 눈으로 병호를 바라보았다. 병호는 회심의 미소를 지었다. 왜 그런 미소가 떠올랐는지 그는 알 수 없었다.

그들은 형사가 그 사실을 알고 있다는 것이 아무래도 믿기지 않는다는 눈치였다.

잠시 무거운 침묵이 흐르는 동안 오누이의 모습은 장난감처럼 조그맣게 오그라들었다. 정말 그들은 조그만 장난감처럼 보였고, 그래서 손아귀에 넣고 조금만 힘을 가해도 금방 부서질 것 같았다.

"그러고 있지 말고 말해 봐. 생선 장사하는 전라도 아주머니한테 모두 들었어. 그래도 대답 안하겠니?"

"누나는 죄가 없어요."

소년의 목소리가 왠지 주눅이 들린 듯했다. 병호에게 그 목소리가 절망적으로 들려왔다.

왜 이 아이는 자꾸만 누나가 죄가 없다는 것만 주장하고 있을까. 누나의 결백을 이토록 애써 주장하고 있는 이유는 무엇일까. 자꾸만 그런 주장을 되풀이하다 보면 반대 효과를 나타내게 되어 결국은 유죄를 인정하는 꼴이 되고 만다.

소년은 그것을 모르고 있나 보다. 병호는 안타까운 생각이 들었다. 영화 쪽을 보니, 그녀는 고개를 떨군채 아무 반응도 보이지 않고 있었다.

"누나가 죄가 있고 없고 그걸 묻는 게 아니야."

"그럼 왜 자꾸만 우리를 따라다니는 거예요?"

"내가 따라다녔다고?"

병호는 어이가 없어서 한참 동안 멍하니 소년을 바라보았다.

"너희들을 따라다닌 게 아니야."

그는 변명처럼 말했다.

"그럼 뭐예요?"

"너희들이 걱정이 돼서 찾아온 거야. 내 말을 믿어도 좋고 안 믿어도 좋아."

그는 손가락으로 영화를 가리켰다. 그리고,

"박 사장 집에서 식모살이 했지?"

라고 물었다.

송곳으로 가슴을 찔린 것처럼 그녀는 다시 움찔하고 놀라는 것 같았다.

"했어, 안했어?"

"했어요."

그녀가 마침내 들릴 듯 말 듯 조그만 목소리로 대답했다. 그렇게 말하고 나서 그녀는 한 손으로 얼굴을 가리고 흐느끼기 시작했다.

누나가 울자 소년은 어쩔 줄 몰라 하며 병호를 바라보았는데, 금방 빨갛게 달아오른 얼굴에는 분노가 서려 있었다.

"우리 누나 괴롭히지 말아요!"

소년이 씩씩거리며 쏘아붙였다.

"누나를 괴롭히는 게 아니야. 넌 제발 상관하지 말고 가만히 앉아 있어."

병호는 엄한 목소리로 말한 다음 다시 영화를 쳐다보았다.

"지금 임신한 아기는 박 사장 아기지?"

영화의 흐느낌은 더욱 격렬해지고 있었다. 소리를 내지 않으려고 애를 썼기 때문에 가냘픈 어깨의 떨림이 더욱 심해지고 있었다.

누나가 울자 소년도 덩달아 울기 시작했다. 소년은 손등으로 연방 눈물을 훔치며 원망스러운 눈으로 병호를 쳐다보았다.

"왜 우리 누나 자꾸 괴롭히는 거예요? 아저씨 나빠요. 우리 누나는 아무 죄도 없어요."

병호는 자신의 마음이 돌처럼 굳어지는 것을 느꼈다. 잔인해지고 싶은 마음이 속에서 꿈틀거리고 있는 것을 그는 의식했다. 그것은 본능이었다. 그 본능을 억제하기 전에 말이 먼저 튀어나왔다. 그는 사정없이 질문을 던졌다.

"너희들이 운다고 누가 봐 줄지 알아? 운다고 해서 문제가 해결되는 게 아니야. 말해 봐. 지금 임신하고 있는 아기는 박 사장 아기지?"

"……."

영화는 거의 알아보기 어려울 정도로 고개를 끄덕였다. 병호가 확실한 대답을 요구하며 재차 다그치자 그제서야

"네……."

하는 대답과 함께 분명히 알아볼 수 있게 고개를 끄덕였다.

소년은 울음을 그치고 공포어린 눈으로 형사와 누나를 번갈아 바라보았다.

"어떻게 해서 박 사장 아기를 갖게 됐지? 괴롭겠지만 이야기해 줘. 좀 자세히 말이야. 박 사장한테서 이야기를 들으면 좋겠지만, 그 사람은 죽었기 때문에 아무 말도 할 수 없거든. 그러니까 영화가 이야기를 해줘야겠어."

"누나, 이야기 하지 마! 이야기하면 안 돼!"

"넌 가만있어. 내가 알아서 할 테니까. 그러지 말고 빨리 잠이나 자."

영화는 애정 어린 목소리로 동생을 타일렀다. 소년은 머리를 흔들었다.

"싫어! 누나는 바보야!"

"가만있지 못해!"

병호는 소년에게 눈을 부라렸다. 그것이 무서웠던지 소년은 얼른 입을 다물었다.

병호는 조금 전의 질문을 되풀이했다.

"어떻게 해서 박 사장 아기를 갖게 되었지?"

그러나 영화는 그 물음에 대해서 좀처럼 입을 열려고 하지 않았다. 아무리 물어도 대답하지 않았기 때문에 병호는 하는 수 없이 유도 신문으로 대화를 이끌어 나갔다.

"박 사장이 아기를 낳아 달라고 했나?"

그녀의 얼굴에 경련이 스쳐갔다.

병호는 더욱 자신이 붙었다.

"박 사장은 말하기 거북하니까 사장 부인이 그런 말을 했겠지? 아니, 박 사장이 그런 말을 했는지도 모르지. 누가 그런 말을 했건, 그건 아무래도 좋아. 나는 그게 사실인지 알고 싶어. 정말 그랬나? 정말 그들은 그런 요구를 했었나?"

"네, 그랬어요."

모기 소리만 하게 그녀가 대답했다.

병호는 소년이 마음에 걸렸다.

소년은 연방 눈물을 닦으며 누이와 형사를 번갈아 쳐다보고 있었다. 소년이 그들의 대화를 알아듣고 있는 것이 분명했다. 병호는 그것이 마음에 걸렸다. 소년이 잠들어 준다든가 자리를 비켜 주면 좋겠는데, 지금으로서는 그것이 여의치가 않았다. 이 밤중에 아무리 잠시 동안이라 하더라도 소년을 나가 있게 할 수 없는 노릇이었다. 소년이 무슨 일을 저지를지 모르기 때문에 그는 소년을 눈에 보이는 데 있게 하고 싶었다. 영화를 데리고 밖에 나간다 해도 이야기할 만한 장소도 없을 것이고 소년이 틀림없이 따라 나올 것이다.

병호는 소년을 의식하지 않으려고 애쓰면서 다시 질문을 던졌다. 지금 영화의 입을 열게 하지 않으면 영영 기회를 놓칠 것 같았다.

"아무리 그들이 아기를 낳아 달라고 하더라도 본인이 싫다고 하면 불가능한 일이야. 영화는 어떻게 해서 그런 요구를 들어주게 되었지? 자진해서 그랬구나?"

"아, 아니에요! 들어주지 않았어요!"

처음으로 그녀가 또렷한 목소리로 대답했다. 그녀는 자신의 목소리에 당황한 것 같았다. 병호는 틈을 주지 않고 물었다.

"그럼 어떻게 해서 그렇게 된 거지? 내가 알기로는 그런 일은 강제로 되는 게 아니거든."

그녀가 갑자기 소름이 끼치는 것 같은 표정을 지었다.

"말을 안 들으면…… 감옥에 집어넣겠다고……."

다음 말은 흐느끼는 소리에 묻혀 들리지 않았다.

병호는 그녀가 울음을 그치기를 기다렸다가 다시 물었다.

"그게 무슨 말이지? 감옥에 집어넣겠다니 그게 무슨 말이지?"

"간통죄로 집어넣겠다고 했어요."

"간통죄라니 그게 무슨 말이지?"

그녀는 대답을 못하고 고개를 푹 숙였다. 그제서야 병호는 사정을 좀 알 것 같았다.

"그러니까 아기를 낳아 달라는 말이 있기 전에 박 사장과 관계가 있었나?"

"……."

"박 사장한테 강제로 당했다는 게 정말이야?"

"네……."

"어떻게 해서 당하게 됐지?"

잔인한 물음이지만 그는 모든 것을 구체적으로 알고 싶었다. 구체적으로 알지 않으면 안 된다고 생각했다.

심경의 변화를 일으켰는지, 영화는 처음과는 달리 순순히 입을 열기 시작했다. 병호가 보기에는 아마도 자포자기한 상태에 빠져든 것 같았다.

"사모님이 일본에 가셨을 때였어요."

"박 사장 부인이 일본에도 다녀왔나?"

"네, 꽃꽂이 일로 일본에 다녀오셨어요. 열흘쯤 있다가 오셨는데…… 그때 사장님한테……."

열흘 동안 부인이 집에 없었으니, 박 사장이 그 동안 영화에게 어떻게 무슨 짓을 했을까 하는 것은 묻지 않아도 알 수 있는 일이었다.

"그 뒤에도 관계했었나?"

"네, 사모님이 안 계실 때마다……."

"그럼 박 사장 부인이 두 사람 관계를 알게 된 것은 언제부터였지?"

"몇 달 지나서였어요. 제가 아기까지 밴 것을 알고는 기절하셨어요."

그 뒤부터의 구박은 생각하기조차 끔찍하다는 듯 그녀는 몸서리를 치는 것이었다. 매일 구타를 당하고 머리채를 잡히고 꼬집히는 것이 일과였다고, 그녀는 흐느끼며 말했다.

"처음에는 아기를 떼라고 했어요. 그러다가…… 그럴 필요 없이 아기를 낳아서 자기에게 달라고 했어요. 아기를 낳자마자 5백만 원을 줄 테니까, 그걸 가지고 집에서 나가라고 했어요. 아기는 사장님 호적에 올려서 친자식처럼 잘 기르겠다고 했어요. 제가 싫다고 하자 간통죄로 고소해서…… 저를 감옥에 집어넣겠다고 했어요. 그 집에는 자식이 없어요. 그래서 자식이 갖고 싶었나 봐요."

그녀는 울음을 참느라고 도중에 자꾸만 말을 끊었다.

"그래서 어떻게 했지?"

"전…… 들어줄 수 없었어요. 어떻게 자기 자식을 돈을 받고 팔아요. 아무리 돈을 많이 줘도 그런 짓은 할 수 없어요. 그래서 생각 끝에 도망치기로 했어요."

"영화 혼자만의 아기가 아니잖아? 박 사장도 아기를 가질 권리가 있지 않을까?"

그 말에 영화는 거칠게 도리질했다.

"그렇지만…… 아기하고 헤어지는 건 싫어요. 저 혼자서도 아기를 기를 수 있어요!"

"그럴 필요가 뭐 있어. 병원에 가서 아기를 떼면 될 거 아니야?"

"싫어요. 그럴 수는 없어요!"

"요새 세상에 임신했다고 해서 그대로 아기를 낳는 여자가 어디 있어! 바보 천치가 아니고는 그런 짓하지 않아."

"바보라 해도 좋아요."

도대체 무엇이 이 연약하기 이를 데 없는 소녀를 이처럼 강하게 만들어 주고 있는 것일까. 이 소녀는 백치인가? 아니면 모성애가 유난히 강한 여자인가?

"정말 아기를 혼자 기르겠다는 거야? 아버지도 죽고 없는데 말이야."

"혼자 기를 수 있어요!"

그녀는 울음을 그치고 단호하게 말했다. 그것은 단순한 감정으로 하는 말이 아니었다. 거기에는 결코 흔들릴 수 없는 결의가 서려 있었다. 병호는 강한 충격을 느끼고는 한동안 할 말을 잊었다.

"박 사장 집에서 도망친 다음 어디로 갔지?"

"생선 장수 아줌마네 집에 갔어요."

"그 다음에는?"

"고향에 내려가려고 했는데…… 그 아줌마 오빠가 취직시켜 준다고 해서……."

"그래서 겨우 취직한 곳이 사창가였나? 그놈이 사창가로 데려갔나?"

병호는 치미는 분노를 누르고 물었다. 그녀는 고개를 들지 못했다.

"나쁜 놈 같으니. 그놈은 질이 나쁜 악질 포주야. 같은 고향 처녀를 그런 데로 끌어들이다니, 아주 나쁜 놈이야. 천벌을 받을 놈 같으니!"

병호는 정말 화가 나서 견딜 수가 없었다. 김기팔이란 자가 그렇게 저주스러울 수가 없었다. 머리는 벗겨진데다 유난히 흰자위가 많고 누리끼리한 눈—그 눈은 오 형사와 마주칠 때 계속 희번덕거린다— 그리고 그 비쩍 마른 얼굴은 생각만 해도 구역질이 났다.

"아무리 그놈이 악질이라고 하지만 너도 참 바보스럽기 짝"

이 없다. 그래 취직이랍시고 주저앉은 데가 고작 사창가였더란 말이냐! 정말 한심하구나. 아무리 어리고 어리석다고는 하지만 어린 동생까지 데리고 거기다 임신한 몸으로 사창가에 들어가다니, 도대체 어떻게 그럴 수가 있니. 바보 천치가 아니고는 그럴 수가 없을 거다."

"갈 데가 없었어요."

그녀는 기어들어가는 목소리로 말했다.

하긴 임신한 그녀를, 더구나 어린 동생까지 거느린 그녀를 받아줄 데라고는 이 세상에 단 한 군데도 없을 것이다. 사창가 같은, 인간이 마지막으로 갈 수 있는 곳을 제외하면 말이다. 결국 그녀는 그녀가 마지막으로 할 수 있는 최선의 방법을 택했던 것이 아닐까.

"빚 때문에 떠날 수도 없었어요."

"빚이라니?"

"김씨 아저씨한테 진 빚이에요."

이를테면 방값, 밥값, 연탄값, 옷값, 화장품값, 수도세 등등 갖은 명목으로 돈을 뜯어가기 때문에 아무리 손님을 받아도 빚은 줄어들지 않고 자꾸만 쌓인다는 것이었다. 더구나 그녀는 동생까지 데리고 있는 몸이었으니 그런 식으로 계산하면 빚이 눈덩이처럼 불어날 수밖에 없었을 것이다.

"그래도 김씨 아저씨는 저희들한테 고마운 분이었어요. 저희 남매를 받아주셨으니까요. 그렇지 않았으면 저희는 이 겨울에 얼어 죽었을 거예요."

누구를 미워할 줄 모르는 선한 마음씨에 병호는 그만 가슴이 미어지는 듯했다. 그토록 깊은 상처를 받았으면 누구를 미워할 만도 하련만 그녀의 얼굴에서는 조금도 그런 빛을 찾을 수가 없었다.

"그건 그렇고…… 그런데 어떻게 해서 박 사장이 그곳을 알았지? 영화가 연락을 취했나?"

"아, 아니에요."

그녀는 머리를 흔들었다.

"그럼 어떻게 해서 박 사장이 그곳에 나타나게 됐지? 그곳에 나타났으니까 쓰레기터에서 시체로 발견된 게 아닐까?"

영화는 아무 대꾸도 하지 않았다. 갑자기 벙어리라도 된 듯 입을 다물고 있었다.

"포주 집에서 박 사장을 만났지?"

병호는 따지듯 하면서 물었다.

그녀의 표정이 돌처럼 굳어졌다.

"답답하게 그러지 말고 속 시원히 털어놔 봐 이왕 이렇게 된 거 감춘다고 해서 해결되는 것도 아니지 않아? 솔직히 털어놔 봐. 그리고 나서 우리, 대책을 강구하자고, 네가 박 사장을 그곳으로 오게 했지?"

그녀의 머리가 정점 더 밑으로 떨어졌다.

"쓸데없이 고집 피우지 마. 원 고집도 웬만해야지. 너를 보자 박 사장은 돈을 줄 테니까 아기를 낳아 달라고 또 요구했겠지. 말을 안 들으니까 박 사장이 때렸나? 말해 봐. 말해 보란 말이야!"

병호는 참지 못해 그녀의 어깨를 잡아 흔들었다.

그녀는 힘없이 흔들리면서 또 흐느꼈다. 그녀가 우는 것을 보자 병호는 더욱 화가 났다.

"말하기 싫으면 내가 말해 주지. 박 사장이 미워서 쥐약을 먹인 거지? 그렇지?"

병호는 이렇게 말해놓고 나서 아차 싶었다. 너무 무자비하게 말을 했다는 생각이 들었다. 그러나 이미 입 밖으로 내뱉은 말이었다. 영화는 그의 무자비한 말에 흠칫하고 놀랐다. 소년도 놀라는 기색이 역력했다.

이왕 이 지경까지 되었으니 가보는 데까지 가보는 거다, 라는 생각이 병호를 막다른 데까지 몰고 갔다. 그래서 그는 그 무자비한 말을 다시 던졌다.

"박 사장의 위에서는 쥐약이 검출됐어. 누군가가 쥐약을 먹여서 독살한 거여. 영화 말고 누가 그에게 쥐약을 먹이겠어. 박 사장을 제일 미워하는 사람이 쥐약을 먹였을 거란 말이야. 박 사장을 제일 미워하는 사람이 누구겠어? 영화가 제일 그 사람을 미워하지 않을까?"

그녀는 눈물에 젖은 눈을 크게 뜬 채 그를 바라보다가 천천히 머리를 흔들었다. 헝클어진 머리칼이 얼굴을 반쯤 가리고 있었다.

그때였다. 소년이 느닷없이 엉엉 울면서 말했다.

"제가 죽였어요. 누나는 아무 죄도 없어요! 제, 제가…… 죽였어요! 제가 그 사람한테 쥐약을 먹였어요!"

병호는 가슴이 철렁 내려앉았다. 설마 그럴 수가 있을까. 그럴 리가 없다.

열 두서너 살밖에 먹지 않은 소년에게 도대체 누구를 죽여야 한다는 살인 의사가 존재할 수 있을까. 누구를 미워할 수는 있다. 그러나 쥐약을 먹여 어른을 살해할 수 있는 치밀하고 조직적인 행동, 잔인성 대담성 같은 것은 있을 수가 없다.

그런데 이번에는 영화가 큰 소리로 외치며 나섰다.

"아니야! 넌 아니야! 제가 죽였어요! 학구는 거짓말을 하고 있는 거예요! 제가 그 사람을 죽였어요! 어린애가 어떻게 사람을 죽이겠어요! 그 사람을 죽인 건 저예요!"

그것은 숫제 울부짖음이었다.

병호는 처음에는 어리둥절했고, 조금 후에는 몸이 떨릴 정도로 감동을 느꼈다.

"아니에요! 누나는 아니에요! 제가 죽였어요! 아저씨한테 물어보세요!"

소년의 눈에서는 뜨거운 눈물이 넘쳐흐르고 있었다.

오누이는 서로 자기가 범인이라고 주장하고 있었다. 절망적인 몸부림이었지만 거기에는 자기를 희생시키려는 강한 의지가 깃들어 있었다.

그런데 소년의 말 가운데 아저씨한테 물어 보라는 말이 문득 마음에 걸렸다. 그 말이 낚시처럼 목에 걸리는 것을 병호는 느꼈다. 아저씨한테 물어 보라는 것은 그 사람이 모든 사실을 알고 있다는 뜻이 아닌가.

"아저씨라니, 그 포주 말이냐?"

"네, 김씨 아저씨한테 물어 보면 알아요. 제가 죽였어요! 저를 잡아 가세요!"

소년은 마치 막무가내로 떼를 쓰는 것 같았다.

"넌 가만 있어! 아무 것도 모르면서 왜 그래!"

영화는 울음을 터뜨리면서 동생의 입을 손으로 틀어막았다. 그러나 소년은 멈추지 않고 자기가 박 사장한테 쥐약을 먹여 그를 살해했다고 강력히 주장하는 것이었다.

병호는 누구 말이 정말인지 판단하기 어려웠다. 처음에는 소년이 누나 대신 죄를 뒤집어쓰기 위해 그러는 줄 알았는데, 하도 강력하게 주장하고 나오는 것을 보니 전혀 터무니없이 그러는 것 같지도 않았다. 그렇다면 범인은 이들 두 명 중에 있다는 말인가. 병호는 아찔한 현기증에 한동안 침묵한 채 오누이를 멍하니 쳐다보기만 했다.

영화는 동생의 어깨를 두 손으로 붙잡고 흔들면서 흐느끼고 있었다. 소년도 울고 있었다.

한참 후 병호는 손을 내저었다.

"그만 좀 조용히 해. 여긴 여관이니까 시끄럽게 울거나 떠들면 안 돼."

오누이는 울음을 삼키면서 그를 바라보았다. 이제 그가 과연 어떻게 나올지 몹시 궁금해 하는 눈치였다.

"난 너희들의 말은 하나도 믿을 수 없어. 그렇다고 안 믿을 수도 없어. 너희들이 아무리 자기가 그 사람을 죽였다고 주장해도 그것으로 죄가 성립되는 것은 아니야. 그것을 믿을 수 있으려면 증거가 필요한 거야. 아무 증거도 없이 떠들어 봐야 아무 소용없어."

오누이는 갑자기 조용해졌다. 그리고 다소곳이 그의 말에 귀를 기울였다.

"사람의 말처럼 믿기 어려운 것도 없어. 그래서 나는 누가 무슨 말을 해도 잘 믿지 않아. 그 말을 믿게 할 수 있는 증거가 있기 전에는 절대 믿지 않아. 모두 거짓말이라고 생각하지. 자, 그러면 너희들의 거짓말을 한번 들어볼까. 누가 먼저 거짓말을 할래? 누나가 먼저 할래? 아니면 학구가 먼저 할래?"

병호가 그렇게 나오는 바람에 그들은 얼른 입을 열지 않고 쭈뼛거렸다.

"자, 너희들 말을 얼마든지 들어 줄 테니까 거짓말을 해보란 말이야. 어떻게 해서 박 사장을 죽이게 됐는지 차근차근 이야기를 해봐요."

오 형사는 그들이 제각기 자기가 범인이라고 주장하는 이유를 차례대로 들어보았다. 그리고 그 두 개의 이야기를 종합해서 대충 다음과 같은 사건 스토리를 맞춰 볼 수가 있었다.

위자료

○ ○ ○ ○ ○ ○ ○ ○

　서영화로부터 이야기를 듣고 난 포주 김기팔은 펄펄 뛰었다. 마치 자기 딸이 당하기나 한 것처럼 얼굴이 뻘개가지고 삿대질까지 해대면서 그녀를 질책하는 것이었다.
　"넌 그야말로 바보 멍텅구리로구나. 너 같은 바보는 이 세상에 없어. 바보 같은 것 같으니. 그래, 그런 놈을 가만뒀어? 멱살이라도 잡아서 끌고 올 것이지 가만뒀어? 그놈은 사장이야. 사장이란 놈이 낯살이나 처먹어가지고 어린애한테 강제로 임신을 시켜 놓고 겨우 돈 500만 원을 내놓겠다는 거야? 그것도 아기를 낳아 주면 주겠다는 거야? 그런 날도둑놈이 세상 천지에 어디 있어!"
　영화는 죽으라면 죽는 시늉이라도 하겠다는 듯 고개를 푹 숙인 채 가만 있었다. 김기팔이 그렇게 박 사장을 저주하는 욕설을 퍼붓는데도 불구하고 그녀의 얼굴에는 누구를 미워하는 기색 같은 것이 조금도 드러나 있지 않았다.
　그것이 김기팔을 부채질했는지 그는 더욱 기세등등해서 소리소리 질러댔다.
　"그 새낄 당장 감옥에 처넣어! 강간죄로 당장 처넣을 수 있어! 일단 처넣어 놓으면 천하 없이 배짱이 센 놈도 별수 없어. 처넣고 나서 위자료를 받아내야 해."

영화는 비로소 고개를 쳐들고 김기팔을 바라보았다. 말은 안했지만 눈물이 어린 그 눈은 제발 그러지 말아 달라고 호소하고 있었다.

"네가 천사라도 되냐? 쯧쯧…… 못난 것 같으니! 제 몸 망친 것은 모르고 남 생각해 주고 있네. 네가 그따위 생각을 하고 있으니까 문제 해결이 점점 어려워지는 거야. 아무 말 말고 모든 걸 나한테 맡겨. 나한테 맡기면 5백만 원 아니라 5천만 원도 받아낼 자신이 있으니까. 너한테 지금 제일 중요한 것은 돈이야. 혼자 몸도 아니고 애까지 밴데다 동생까지 데리고 있는 판에 돈이 없으면 넌 그야말로 거지밖에 될 수 없어. 누가 너희들을 먹여 주고 입혀 주고 재워 주겠니? 서울이 어떤 곳이라고 말이야. 그러니까 제일 필요한 것은 돈이야. 무슨 수단을 써서라도 돈을 챙겨야 해. 돈이란 기회를 놓치면 벌 수가 없는 법이야. 기회를 잘 잡아야 해."

그는 갑자기 목소리를 낮추었다. 그리고 영화를 잡아먹을 듯이 쏘아보면서,

"넌 지금 목돈을 만질 수 있는 절호의 기회를 가지고 있어. 앞으로는 내가 모든 걸 알아서 할 테니까 내가 시키는 대로만 해. 그놈한테는 내가 네 삼촌이라고 말할 테니까. 너도 그렇게 말해. 그렇게만 하면 그 새끼 코를 납작하게 만들어 놓을 수 있어. 네가 혼자서 그 자식을 상대하다가는 돈 한 푼 못 받아낼 테니까 모든 건 나한테 맡기란 말이야. 넌 내가 시키는 대로만 해.

알았지?"

영화는 걱정스러워 하는 눈으로 기팔을 바라보았다.

그녀는 지금까지 한 번도 박윤기 사장을 저주하거나 한 적이 없었다. 그녀에게 있어서 박 사장은 지금도 주인어른이었고 사장님이었고 절대자였다. 그를 미워한다거나 하는 감정 따위는 있을 수가 없었다.

" 왜 대답을 안 하지? 내 말 알아들었어, 못 알아들었어?"

그녀가 가만 있자 기팔이 눈을 사납게 해가지고 거칠게 물었다.

"알았어요."

영화는 마지못해 모기 소리만 하게 대답했다. 기팔이 표정을 단번에 누그러뜨렸다.

"내가 이러는 게 누구 때문인데 그래. 다 너를 위해서 그러는 거니까 그렇게 알고 내가 시키는 대로만 해. 내가 시키는 대로만 하면 넌 신세를 고칠 수도 있어. 모든 건 네가 하기 나름이야. 네가 내 자식 같고 해서 그러는 거니까 아무 소리 말고 내가 하라는 대로만 해."

영화는 기팔의 말을 거역한다는 것은 생각조차 할 수 없었다. 그만큼 기팔의 한 마디는 그녀에게 자못 위력적이었던 것이다. 사실 오갈 데 없는 그들 오누이를 받아 준 김기팔 씨가 그녀는 그저 고맙기만 했던 것이다. 그래서 그의 뜻이라면 조금도 거역하고 싶지가 않은 것이 그녀의 솔직한 심정이었던 것이다. 지금은 그녀에게 있어서 포주 김기팔은 절대자나 다름없었다. 만일 그의 기분을 상하게 해서 쫓겨나기라도 한다면 정말 큰일이었다. 그렇게 되면 어린 동생을 데리고 어디로 간단 말인가! 그녀는 이 세상이 박정하다는 것을 그 동안의 경험으로 어느 정도 알고 있었다.

"박 사장 집 전화번호 알고 있지? 회사 전화번호도 좋으니까 말해 봐."

그녀는 다시 고개를 푹 숙였다. 그것만은 안 된다는 생각으로 그녀는 자라처럼 몸을 움츠렸다. 그녀가 쉽게 응할 기미를 보이지 않자 기팔은 버럭 역정을 냈다.

"전화번호 말하라는데 왜 그러고 있는 거야? 이런 바보 같은 계집애 같으니! 넌 쌀 가지고 죽도 못 끓여 먹을 팔자야. 그따위 꼬락서니를 해가지고는 빌어먹지도 못할 거다. 도대체 도와주겠다는 데 몸을 사리긴 왜 사리는 거야? 너를 위해서 전화를 걸겠다는데 사리긴 왜 사리는 거야? 빨리 말 못해?"

거의 우격다짐이었다. 그녀가 그의 힘을 막아 낸다는 것은 거의 불가능한 노릇이었다. 하는 수 없이 영화는 기팔에게 그의 전화번호를 가르쳐 주고 말았다.

기팔은 그녀가 보는 앞에서 박 사장에게 전화를 걸었다. 근무 시간이었기 때문에 회사로 전화를 걸었던 것인데 박 사장이 마침 자리에 있어서 통화가 쉽게 이루어질 수 있었던 것이다. 그는 일방적으로 박 사장을 몰아붙였다.

"당신이 박윤기 사장이오? ……난 영화 삼촌 되는 사람이오. 영화를 모른다고는 말 못하겠지…… 당신 집에서 식모살이

한 애 말이야! ……이제 알겠지…… 당신은 짐승이야! 아니, 짐승만도 못한 사람이야! ……당신을 강간죄로 처넣기 전에 그래도 전화를 한 번 걸어 이야기를 들어 보는 것이 좋을 것 같아 전화를 건 거야…… 당신 같은 사람은 이 사회에서 매장시켜야 해…… 당신 같은 사람은 암적인 존재니까 사회에 있어서는 안돼…… 더러운 인간 같으니! 그 애는 부모가 모두 돌아가셨어…… 그래서 내가 아버지처럼 그 애를 돌봐 줘야 할 처지야…… 뭐 만나자고? 그럴 필요 없어. 만나고 싶으면 법정에서 만나! 나를 만나지 않은 거 다행으로 알아…… 만일 만났으면 당신은 이미 내 손에 죽었어. 아마 당신은 찢겨 죽었을 거야…… 이제 어떡할 셈이야? 어린 것이 배가 불러가지고 울고 있는데 어떡할 셈이냔 말이야! ……5백만 원을 줄 테니 애를 낳아 달라고? ……예끼, 치사한 놈 같으니! 그래 돈 5백으로 애를 사겠다는 거냐? 이놈아, 5백만 원이 돈이냐? 그런 돈은 싫으니까 너 가져라. 천하에 노랭이 같은 놈…… 사장이라는 작자가 겨우 돈 5백으로 입을 막겠다는 거냐? ……너 같은 놈 만날 필요 없어…… 싫다! 안 만나겠어. 만나고 싶으면 법정에서 만나."

상대방을 위협할 대로 위협하고 나서 기팔은 일방적으로 전화를 끊어 버렸다. 그리고 영화의 표정을 살피면서,

"안 되겠어. 그 자식을 고발해서 감옥에 처넣어야지. 안 되겠어."
라고 말했다.

영화는 사색이 되어 기팔을 쳐다보았다.

"아저씨…… 제발…… 그것만은…… 안 돼요."

"뭐가 안 된다는 거야? 고소하지 말라는 거냐?"

"네, 그건 안 돼요. 그런 건 싫어요."

기팔은 혀를 끌끌 찼다.

"바보 같은 것! 너를 이 꼴로 만든 놈을 그래 가만 놔두자는 거냐? 내가 그렇게 말해도 못 알아들으니 정말 한심하다."

"감옥에 넣는 것만은 안 돼요. 그건 하지 말아요."

기팔은 그녀를 노려보다가 그녀의 의견을 존중하겠다는 듯 고개를 끄덕였다.

"알았다. 네가 정 그렇다면 고소하는 것만은 그만두지. 그 자식 하는 걸 봐가면서 나중에 고소해도 늦지는 않으니까 지금 당장은 그만 두자."

그로부터 이틀이 지나, 어떻게 연락했는지 박 사장이 사창굴로 영화를 찾아왔다.

박 사장도 그녀를 보고 놀랐지만 그보다는 영화가 더 놀랐다. 그녀는 박 사장 앞에서 아무 말도 못한 채 그저 눈물만 꾸역꾸역 흘렸다. 박 사장도 당혹감으로 아무 말 못하고 그저 그녀를 쳐다보기만 했다.

김기팔은 박 사장의 그러한 모습을 보고나서 의기양양하게 말했다.

"자, 두 눈으로 똑똑히 봤지요? 이렇게 어린 것을 임신시키다니, 이런 천인공노할 짓이 어디 있어! 사람의 탈을 쓰고 어찌 이런 짓을 할 수 있느냐 말이야! 이 애는 부모가 없어. 모두 돌아가셨기 때문에 내가 법적으로 보호자가 될 수밖에 없어. 보호자의 입장에서 나는 이 문제를 그대로 덮어둘 수는 없단 말이야. 알겠어?"

"네, 말겠습니다."

박 사장은 쥐구멍에라도 들어갈 듯이 고개를 들지 못했다. 그것을 보고 기팔은 더욱 기세등등해서 소리쳤다.

"그래서 하는 말인데, 나는 당신 같은 사람은 콩밥을 먹어야 한다고 생각해. 감옥에서 몇 년 썩고 나면 정신을 차리겠지. 더러운 인간은 그렇게 하는 게 제일 상책이야. 두 눈으로 똑똑히 봤으면 자, 갑시다! 여기 이러고 있을게 아니라 경찰서에 가자구! 강간죄로 당장 처넣어야겠어. 영화, 너도 같이 가자. 네가 가서 증언을 해야 하니까."

김기팔은 당장이라도 갈 듯이 소매를 걷어붙이며 몸을 일으켰다. 박 사장은 파랗게 질리면서 기팔의 옷자락을 잡았다. 기팔은 기세 좋게 박 사장의 손을 뿌리쳤다.

"이거 놔! 놓으란 말이야! 잔말 말고 빨리 가자구!"

"제 잘못은 인정합니다. 죽을 죄를 지었으니 용서하십시오. 용서만 해 주신다면 충분히 위자료는 드리겠습니다."

기팔은 홱 돌아서더니 박 사장의 멱살을 움켜잡았다.

"뭐라고? 돈푼이나 있다고 돈이면 단 줄 알아? 더러운 새끼! 어림없는 수작 마! 나가자구! 나가지 않으면 경찰을 부를 테야! 영화야, 112에 전화해서 경찰 오라구 해! 빨리!"

그러나 영화는 두 손을 맞잡고 울상이 되어 그들을 쳐다보고만 있었다.

완전히 주눅이 든 박 사장은 손이 발이 되도록 기팔에게 싹싹 빌었다. 영화는 차마 보기가 민망해서 얼굴을 돌려 버렸다.

한참 법석을 떨고 난 기팔은 박 사장을 완전히 손아귀에 넣었다고 생각했는지 기세를 조금 낮추었다.

"당신 말이야, 사장이라는 사람이 너무 쩨쩨해. 사내답지 못하단 말이야!"

기팔은 방바닥에 도로 주저앉더니 주먹으로 방바닥을 후려쳤다. 박 사장은 움찔하고 놀라면서 고개를 주억거렸다.

"죄송합니다. 사람이 되도록 노력하겠습니다. 용서해 주십시오."

"나도 남자이기 때문에 간혹 이런 실수는 있을 수 있다고 생각해. 하지만 5백만 원이 뭐야? 당신, 그것도 돈이라고 내놓겠다는 거야? 아기까지 빼앗아 가겠다면서 기껏 돈 5백을 내놓겠다는 거야? 그게 사업한다는 사람의 생각인가? 예끼! 치사한 인간 같으니!"

"죄송합니다. 생각이 짧아서 그랬습니다. 그건 임시로 말했던 액수입니다."

"생각해 보라구. 이 애를 이렇게 만들어 놓았으면 당신이 책임지고 장래를 보장해 줘야 할 거 아니야? 시집갈 밑천이라도 주고 나서 아기를 낳아 달라고 하든지 할 것이지 5백만 원이 도대체 뭐야? 창피하지도 않아?"

"미, 미안합니다."

"미안하다고 해서 해결될 것도 아니고 딱 잘라 말하라구. 나도 이 문제로 오래 골치를 썩이고 싶지는 않으니까."

박 사장은 어쩔 줄 몰라 하며 얼굴에 번진 땀을 닦아냈다. 그러면서도 그는 사업가답게 지불해야 할 액수를 생각하는 것 같았다. 이윽고 그는 한숨을 내쉬면서 입을 열었다.

"저기, 2백만 원을 더 드리겠습니다. 그 대신 아기는 꼭 제가 키우도록 해주십시오."

"2백을 더 내놓겠다면…… 그럼 모두해서 7백을 내놓겠다는 거야?"

"네, 그렇습니다."

기팔은 상대방의 말이 끝나기가 무섭게 자리를 차고 벌떡 일어섰다.

"이 양반이 보자보자 하니까 갈수록 가관이군! 정말 어떻게 돼먹은 인간이 이래! 돈 7백 가지고는 지금 아파트 전세도 못 들어! 관둬! 당신하고는 도무지 이야기가 안 되겠어. 에이, 치사한 인간 같으니!"

김씨는 밖으로 휑하니 나가 버렸다. 박 사장은 당혹한 표정으로 영화를 바라보다가 기팔의 뒤를 허겁지겁 따라갔다.

영화는 그들이 곧 돌아올 것으로 생각하고 기다렸지만 한 시간이 지나도 그들은 나타나지 않았다. 그들이 밖에서 무슨 이야기를 나누고 있는지 영화로서는 알 수 없는 일이었다.

김기팔이 혼자 돌아온 것은 거의 두 시간도 더 지나서였다. 박 사장이 뒤따라오지 않은 것을 알고 영화는 몹시 실망했다.

기팔은 미간을 찌푸린 채 입맛을 쩝쩝 다시다가 이렇게 말했다.

"망할 자식 같으니, 그 자식이 말을 잘 안 들어먹어. 개자식 말이야. 정작 돈 문제가 나오니까 꽁무니를 빼는 거야. 드러운 새끼. 하지만 잘 될 거야. 지놈이 안 내고 배겨? 안 내면 집어넣으면 되니까 걱정할 것 없어. 우리는 한 푼이라도 더 많이 받아내는 게 목적이니까 성급하게 굴 필요는 없어. 이런 일은 갑자기 되는 게 아니니까 좀 기다려 봐. 잘 될 거야."

그는 술을 마셨는지 얼굴이 뻘개가지고 말했다. 박 사장님하고 술을 마신 것일까. 그런 생각이 들었지만 영화는 그것을 물어보지는 않았다. 그 대신 김씨에게 다음 한 가지만은 분명히 말해 두어야겠다고 생각했다.

"저기 아저씨……."

그녀는 조심스럽게 입을 열었다.

"뭐야?"

기팔은 일어서려다 말고 주춤하고 그녀를 바라보았다.

"저기, 돈 아무리 많이 줘도 전 싫어요."

"헛 참, 살다 보니까 별 이야기를 다 듣겠네. 돈이 싫다는 말을 다 듣고, 너 혹시 어떻게 된 거 아니야?"

기팔은 자신의 머리통을 손가락으로 짚어 보이며 그녀에게 조롱하듯 물었다. 영화는 상대방의 눈치를 살피면서도 할 말은 다 했다.

"돈 같은 건 싫어요. 돈 받고 아기를 내주는 것 싫어요. 아기는 줄 수 없어요. 아기는 제가 기를 거예요. 누가 뭐래도 안 돼요. 절대 안 돼요."

기팔은 멀거니 그녀를 쳐다보았다. 이윽고 그의 가는 두 눈이 위로 잔뜩 치켜 올라갔다. 그리고 핏발이 서는가 싶더니,

"이런 바보 같은 년. 산통 깰려고 지랄하네!"

하고 소리쳤다.

"이 멍청아! 아기는 시집가서 또 낳으면 될 거 아니야! 대가리에 피도 안 마른 것이 그래 아기를 낳아서 그 손으로 기르겠다는 거냐? 나 참 기가 막혀서 말이 안 나오네. 넌 절대 혼자서 아기를 못 기른다. 우선 너는 너무 어려서 안 돼. 그리고 돈도 한푼 없고 남편도 없어. 돈을 벌어가지고 좋은 신랑 만나서 아기를 낳아 길러야 그게 정상이야. 그러니까 이번 아기는 낳아서 박 사장한테 줘 버려. 그리고 돈을 많이 받아내란 말이야. 그 돈은 시집 밑천으로 저금해 뒀다가 좋은 신랑 만나 결혼하면 될 거 아니야. 처녀가 아니라서 걱정이냐? 그런 건 걱정할 필요 없어. 요즘 처녀치고 진짜 처녀가 어디 있는지 아니? 다 가짜야. 하지만 시집가서 모두 잘 산다고. 쓸데없는 생각 말고 내가 시키는 대로 해. 알았지?"

"아기는 안 돼요."

그녀의 목소리는 기어들어가는 듯 작았지만 거기에는 결코 흔들리지 않는 결의 같은 것이 서려 있었다.

기팔은 잡아먹을 듯이 그녀를 노려보고 있다가 무슨 생각을 먹었는지 갑자기 표정을 부드럽게 해가지고 말했다.

"알았다. 정 그렇다면 할 수 없지. 네 의사가 그렇다면 할 수 없지. 내가 그렇게 말했는데도 네 생각이 그렇다면 할 수 없지. 내 자식이라면 다리몽댕이라도 부러뜨려 놓겠다만 그럴 수도 없고……."

"아저씨, 죄송해요."

"나한테 미안해 할 것은 없다. 그런데 이건 분명히 해두어야 한다. 그놈한테서 돈은 받아 내야 해. 우선 돈을 받아 내는 게 문제야. 내말 알아들었지?"

영화는 마지못해 고개를 끄덕였다. 그녀가 뭐라고 말하기도 전에 기팔이 다시 말했다.

"만일 그놈이 묻거들랑 아기는 낳아서 주겠다고 그래. 그러고 나서 돈을 받아 낸 다음 멀리 시골로 가버리면 되는 거야. 그렇다고 하나도 죄 될 건 없어. 죄는 그놈이 졌으니까 너는 걱정할 거 하나도 없어. 알았지?"

"그렇지만 아저씨…… 그런 거짓말을 어떻게 해요?"

영화는 울상이 되어 기팔을 쳐다보았다. 사내는 그녀의 가냘픈 어깨를 부드럽게 껴안고 달랬다.

"사람은 살다 보면 필요한 거짓말을 할 때가 있어. 필요한 거짓말은 말이야, 어쩔 수 없이 하는 거짓말이야. 하지만 그런 거짓말은 죄가 되는 게 아니야. 다시 말하자면 죄는 그놈이 졌지 네가 진 게 아니야. 너는 피해자니까 네가 무슨 짓을 해도 그 원인은 그놈한테 있어. 그러니까 그놈은 너한테 따질 수가 없는 입장이야. 막말로 아기를 낳아서 안 주면 제놈이 어떡하겠어? 잡아먹겠어, 삶아먹겠어? 네가 낳은 아기니까 아기한테는 아무도 손을 댈 수가 없어. 네가 허락하기 전에는 아무도 네 아기를 가져갈 수 없어. 아기는 돈을 주고 사고 팔 수 있는 게 아니야. 너한테 그놈이 저지른 죄가 얼마나 큰데 그까짓 거짓말을 가지고 그렇게 걱정을 하니. 그 정도는 괜찮으니까 내가 시키는 대로만 해. 내가 이번 일을 잘 처리해 줄 테니까 나한테 모두 맡겨. 내가 할 지랄이 없어서 이런 일을 하고 있는 줄 아니? 보기에 네가 하도 딱하고 불쌍해서 널 도와주려고 그러는 거니까 아무 염려 말고 마음 푹 놓아. 제발 딴 생각하지 말고 얌전히 가만있어. 넌 그저 가만있기만 해."

기팔은 그녀의 어깨를 잡아 흔들면서 신신당부했다.

그녀는 불안했지만 마침내 김씨를 믿기로 마음먹었다. 그렇게 할 수밖에 딴 도리가 없었던 것이다. 김씨는 그녀에게 며칠 손님을 받지 말고 푹 쉬라고 친절을 베풀기까지 했다.

1주일이 지났다. 그동안 영화는 박 사장 소식을 듣지 못하고 있었다. 한 번 나타난 뒤로 박 사장은 보이지 않았다. 그녀는 궁금했지만 굳이 물어보지는 않았다.

김기팔도 거기에 대해서는 웬일인지 더 이상 말하려고 하지 않는 것 같았다. 그는 영화와 마주치기라도 하면 기분이 몹시 상해 있는 듯 미간을 찌푸리거나 해서 그녀가 감히 말을 걸어오지 못하게 하는 것이었다. 그의 표정으로 보아 박 사장과의 관계가 잘되어 가는 것 같지가 않았다. 일이 잘되어 가고 있다면 그가 얼굴을 찌푸리거나 하지는 않을 것이었다. 그래서 자연 영화는 김씨의 눈치만 살피게 되었다.

그러던 어느 날, 그러니까 박 사장이 처음 나타난 지 1주일쯤 지난 날 밤에 박 사장이 갑자기 다시 그 모습을 드러냈다.

그는 제대로 몸을 가누기 어려울 정도로 술에 취해 있었고, 기팔을 보자 손을 잡고 흔들었다.

"이봐. 김 선생, 나 술 한 잔 했어요. 잘 좀 부탁합시다. 나도 색시 하나 안아 봅시다. 이봐요, 김 선생, 당신이 참한 아가씨 하나 골라 줘요."

그들은 출입구에 마주 서서 서로를 노려보고 있었다. 김기팔은 박 사장이 집안으로 들어오지 못하게 출입구를 가로막고 서 있었고 박 사장은 무작정 안으로 들어오려고 어깨를 들이밀고 있었다.

"이거 왜 이래? 여기가 어디라고 술 처먹고 와서 지랄이야!"

"어디긴 어디야, 색시집이지. 갈보 집에는 술 마시고 오면 안 되나요? 헤헤…… 김 사장, 인상 쓰지 말라구요. 손님을 이렇게 냉대하면 되나요? 장사를 하려면 손님한테 친절해야 합니다. 그것도 모르고 어떻게 색시 장사를 합니까?"

"그러지 말고 돌아가. 화내기 전에 돌아가란 말이야!"

"왜 이러십니까? 이야기가 잘 됐는데 왜 이러십니까?"

영화는 불안한 눈으로 그들을 바라보았다. 그녀는 밖으로 나오지도 못하고 방에서 고개만 내민 채 그들이 실랑이 벌이는 것을 구경만 하고 있었다.

"글쎄, 오늘은 취했으니까 그냥 돌아가란 말이야!"

"김 사장, 나 오늘 밤 여기서 영화하고 하룻밤 자야겠어. 김 선생, 그래도 괜찮죠? 영화는 누가 뭐래도 내 색시란 말입니다. 당신이 아무리 삼촌이라 해도 영화는 나하고 더 가깝단 말입니다. 천만 원이나 줬는데 하룻밤쯤이야 공짜로 잘 수 있겠지. 안 됩니까? 내가 무리한 요구를 하는 겁니까? 김 사장, 정말 이러지 맙시다."

박 사장은 포주 김기팔을 김 사장이라고 부르면서 한참동안 빈정거리다가 당황해 하는 그를 힘껏 밀치고 안으로 들어왔다. 갑자기 박 사장이 힘껏 밀어 젖히는 바람에 기팔은 쓰러질 듯 비틀거렸다. 영화는 재빨리 문을 닫았다. 그러나 박 사장은 거칠게 문을 열어젖히면서 방안으로 밀고 들어왔다.

"영화야, 내가 싫으냐?"

박 사장은 우뚝 서서 영화를 바라보았다.

영화는 눈물이 쏟아져서 박 사장을 바로 쳐다볼 수가 없었다. 그녀는 고개를 떨어뜨린 채 미동도 하지 않고 서 있었다.

"영화야…… 미안하다. 정말…… 내가 나쁜 놈이지…… 나쁜 놈이고말고…… 하지만 이미 지난 일인데…… 이제 와서 따진들 뭣하겠니…….."

그때 기팔이 허둥지둥 방안으로 들어섰다. 그는 다짜고짜 박 사장의 팔을 잡아끌었다.

"박 사장, 왜 이러는 거야? 여기서 이러지 말고 나가! 나가란 말이야! 나가서 나하고 이야기해."

그러나 박 사장은 밖으로 나가기는커녕 자리에 철퍼덕 주저앉았다.
 "영화하고 하룻밤 자겠다는데 왜 이러는 거요? 당신하고 할 이야기는 없어요. 그만큼 이야기했으면 됐지 또 무슨 이야기를 하자는 거요? 또 돈 내놓으라는 거요? 나 돈 없어요. 요새는 사업도 안 되고 적자투성이란 말이오. 회사도 문 닫아야 할 판이란 말입니다."
 "나가자는데 왜 이리 말이 많아!"
 한 사람은 끌어당기고 한 사람은 못 가겠다고 버티는 것이 꼭 아이들 장난 같았다. 박 사장 몸이 워낙 육중했기 때문에 기팔은 결국 손을 놓고 말았다. 그러나 입으로는 계속 나가자고 재촉했다.
 "김 사장, 너무 이러지 마슈. 내가 아무리 죄를 지었다고 너무 괄시하지 마시오. 이래뵈도 나는 밖에 나가면 알아주는 사람이라구요. 여기서는 형편없는 취급을 받고 있지만. 김 사장, 내 새끼를 밴 영화를 내가 하룻밤 안고 자는 게 그렇게도 싫소? 싫으면 싫다고 말하시오."
 "하아, 그런 게 아니라 여기서 이러면 안 된다고 내가 말하지 않았소. 그러지 말고 나갑시다. 나가. 할 이야기도 있고 하니까 나갑시다."
 그렇게 말하는 기팔은 그 전에 비해 훨씬 누그러져 있었고. 왠지 불안한 기색이었다.
 "할 이야기가 있으면 여기서 합시다. 그러지 말고 소주 한 병 사오시오. 김 사장, 술 한 잔 얻어먹어 봅시다. 김 사장이 아무리 뭐라고 해도 난 오늘 밤 여기서 자고 갈 테니까 그리 아쇼. 그래도 손님인데 이렇게 대접할 수 있나요."

박 사장은 막무가내였다. 나중에는 오히려 김기팔을 잡아 앉히려고 끌어당기기까지 했다.

"김 사장, 거기 서 있지 말고 이리 앉아 보시오. 내가 할 말이 있으니까 앉아 보란 말이오."

기팔은 하는 수 없다는 듯 자리에 엉거주춤 앉았다.

영화는 구석 쪽에 옹송그리고 앉아 있었다. 그렇게 앉아 있는 그녀를 박 사장이 손가락으로 가리켰다.

"김 사장, 영화를 좀 보시오. 애까지 뺐는데 이 애를 이런데 두면 되겠소? 여기는 우리 영화 같은 애가 있을 곳이 못 돼요. 더구나 어린 동생까지 있는데 말이오. 영화를 이런데 놔둔다는 게 내 양심에 도저히……."

"흥, 당신 같은 사람이 양심을 다 찾는군. 해가 서쪽에서 뜨겠는데."

기팔이 빈정거렸지만 박 사장은 그 말에 상관하지 않고 계속 말했다.

"김 사장이 나를 욕해도 좋아요. 하지만 영화 남매를 위해서 따로 방을 하나 얻어 놨으니까 그리 아십시오. 그렇게 알고, 영화는 내일 내가 데리고 가겠소. 생활비는 물론 내가 대줘야지요. 아기 낳을 때까지 몸조리를 잘해야지 이런 데 있다가는 유산할지도 모르지 않소. 여자는 아기를 배면 깨끗한 환경 속에서 정숙한 몸가짐을 하고 있어야 한다고 들었는데, 여기서는 그게 불가능해요."

"여기서도 아기는 낳을 수 있어!"

기팔이 날카롭게 쏘아붙였다.

"쓰레기통 속에서도 아기는 낳을 수 있지요. 하긴 뭐 뒷간에서도 아기를 낳는다니까. 하지만 난 내 새끼를…… 이런 불결한 데서 낳게 할 수는 없어요."

"뭐가 불결하다는 거야?"

기팔이 발끈해서 소리쳤다.

"가만 듣고 보자니까 이 양반 정말 할 말 못 할 말 다 하고 있지 않아? 뭐가 불결하다는 거야?!"

"그럼 여기가 성스러운 데란 말이요? 하긴 뭐 다 생각 나름이겠지만 말이오. 하지만 사창가를 깨끗하다고 보는 사람은 없을 겁니다."

"그럼 나가라구! 더러운 데 왜 앉아 있는 거야!"

"내일 영화를 데리고 나갈 테니까 그리 아십시오. 병원에 데리고 가서 진찰도 한번 받아야겠고……."

"흥, 생각해 주는 척하는군. 미안하지만 영화는 데리고 나갈 수 없어. 영화한테 딴마음 품지 마. 그만큼 상처를 안겨 줬으면 됐지 또 뭐가 부족해서 딴살림을 차리겠다는 거야. 영화는 내가 데리고 있을 거니까 그리 알고 돌아가요. 당신은 영화한테 어쩌고저쩌고 할 자격이 없어. 뻔뻔스러운 것도 유분수지 어떻게 그따위 말을 할 수 있어."

"영화한테 방을 얻어 주겠다는 것이 뭐가 나쁩니까? 이런

데 있는 것보다야 낫지 않습니까?"

"속 뻔히 들여다보이는 소리 작작해. 방 하나 얻어서 숫제 첩살림을 시키겠다는 소리 아니야?! 저 애가 당신 첩노릇하게 생겼어? 저래 봬도 잘 차려 입으면 일류 신부감이라구! 돼먹지 못한 인간 같으니라구."

기팔은 잡아먹을 듯이 눈을 부라렸다. 그러나 박 사장도 물러나지 않고 대들었다. 거나하게 취한 그는 그 전처럼 고분고분하게 굴지 않고 갈수록 거칠게 나오고 있었다.

영화는 두 남자가 주고받는 수작을 알 것도 같고 모를 것도 같았다. 자신의 신상에 대해 자신은 가만있는데 남들이 핏대를 올리며 이러쿵저러쿵 수작을 벌이고 있는 것이 그녀는 한편으로 어이가 없기도 하고 겁이 나기도 했다.

그러나 또 한편으로는 박 사장이 자기를 그토록 생각해 주고 있다는 것이 눈물겹도록 고맙기도 했다. 그와 함께 그녀는 자신이 박 사장을 따라나서고 싶어 한다는 것을 알고는 내심 적잖이 놀랐다. 그녀는 김 씨가 박 사장에게 반말지거리로 해대는 것이 못마땅하기도 했다. 그래서 김씨를 말리고 싶었다. 그녀는 김씨에게 한 마디 하려다 말고 손으로 입을 가렸다. 제발 잠자코 있으라고 김씨 아저씨가 신신 당부하지 않았던가!

"김 사장, 너무 이러지 말아요. 이러면 정말 섭섭합니다."

"뭐가 섭섭하다는 거야?"

"섭섭하고말고요. 내가 천만 원이나 줬는데 나한테 이럴 수가 있습니까. 돈 천만 원이 적은 돈 아닙니다. 그거 정말 큰돈입니다. 참 김 사장, 영화한테 돈은 전해 줬겠지요? 영화한테서 직접 돈을 받았다는 영수증을 받아야겠군. 나중에 말썽이 나면 곤란하니까 합의서를 받아야지. 김 사장은 보증을 서주시오. 이런 일일수록 분명히 해둬야지, 어물쩍하게 놔뒀다가는 나중에 말썽이 생긴다구요. 딸이든 아들이든 낳기만 하면 데려가는 거고…… 또 하나 강간죄로 나를 고소하지 않는다는 거…… 그것도 써 주시오.”

영화는 하얗게 질린 얼굴로 김씨와 박 사장을 쳐다보았다. 그들이 주고받은 수작의 정체가 바로 그런 것이었단 말인가! 나쁜 사람들이다! 나쁜 어른들이다! 그녀는 숨이 막혀 질식할 것 같은 기분이었다.

박 사장의 말에 기팔은 완전히 당황해 버린 얼굴로 어쩔 줄 모르고 앉아 있었다. 그가 뭐라고 말하기 전에 박 사장이 다시 입을 열었다.

“왜 그러고 있습니까? 약속대로 해주셔야죠. 영화야, 너 돈 받았지?”

박 사장의 시선이 영화의 시선을 붙들었다. 그녀는 아무 대답도 하지 않은 채 원망스런 눈길로 그를 쳐다보기만 했다.

“왜 대답을 않지? 삼촌한테 천만 원을 분명히 줬는데 안 받았단 말이냐? 제발 그러고 있지 말고 말해 봐! 그 돈은 너한테 갈 돈이야!”

영화는 더 이상 참을 수 없었다. 마침내 그녀는 자세를 고쳐 앉으면서 쏘아붙였다. 그녀의 어디에 그런 날카로움이 숨겨져 있었는지 남자들은 놀란 눈길로 그녀를 쳐다보았다.

"전 누구한테도 아기를 안 주겠어요! 제가 낳은 아기는 제가 기르겠어요! 상관하지 마세요! 당신들이 뭔데 그러는 거예요! 돈은 필요 없어요! 아무리 돈을 많이 줘도 전 싫어요! 싫단 말예요!"

영화는 북받치는 감정을 이기지 못하고 울음을 터뜨렸다.

박 사장의 눈이 커지는 것 같았다. 그는 술이 확 깨는지 표정을 똑바로 하고 기팔을 돌아다보았다. 그리고 힐난하듯 따져 물었다.

"김 사장, 이거 어떻게 된 거지요? 이러면 약속이 다르지 않습니까? 영화하고는 이야기가 다 됐다고 하지 않았습니까? 내가 미쳤다고 천만 원이나 내놓은 줄 압니까? 난 어디까지나 아기를 낳아 주는 조건으로 돈을 준 거라고요! 김 사장, 돈은 어디 있지요?"

"그런 게 아니고 아직……."

어쩔 줄 몰라 당황해 하는 기팔의 태도가 더욱 의혹을 불러일으켰다.

박 사장은 발끈했다.

"뭐가 그런 게 아니란 말이야! 왜 이제 와서 말이 달라! 돈을 전해 줬어, 안 전해 줬어?"

박 사장은 영화를 돌아보았다. 그러나 영화는 두 손으로 얼굴을 가린 채 흐느끼고만 있었다. 박 사장은 다시 기팔을 노려보았다.

"당신이 돈을 모두 착복했군! 이런 사기꾼!"

마침내 완전히 입장이 뒤바뀌게 되었다. 박 사장은 손을 뻗어 기팔의 멱살을 움켜잡았다.

"이 사기꾼! 돈 내놔! 빨리 돈 내놓으란 말이야!"

기팔의 상체가 앞뒤로 흔들렸다. 숨이 막히는지 그의 얼굴이 시뻘게졌다. 그는 더듬더듬 입을 열었다.

"그, 그게 아니고…… 아직 말을 못했어…… 시간이 없어서 미처 말을 못했어…… 이, 이거 놓으라고…….'

"못 놓겠어! 이 사기꾼! 돈을 어딨어?"

영화는 비로소 대강 내막을 짐작할 수 있을 것 같았다.

그랬던가 하고 그녀는 생각했다. 그리고 그런 일이 있었다는 것이 도무지 믿어지지가 않았다. 그러나 두 사람이 그 일로 싸우고 있는 것으로 보아 사실은 사실인 듯 했다. 그러나 그녀는 분노를 느끼지도 않았고 따지고 싶지도 않았다. 그 대신 역겨움 같은 것을 느꼈다. 어른들의 세계가 더없이 추악하게만 생각되는 것이었다.

"돈 어딨냐 말이야! 돈 내놔! 영화한테 주라고 했지 네놈이 가지라고 하지는 않았어! 뭐 네놈이 영화 보호자라고! 돈 내놔, 어딨어?"

"으, 은행에 넣어 뒀어."

"어디, 그럼 통장을 보자."

김기팔은 궁지에 몰리자 반격을 가했다.

"이거 놓고 이야기해!"

기팔은 주먹으로 박 사장의 팔을 후려쳤다. 박 사장은 멱살을 더욱 틀어쥐었고, 그 바람에 옷이 부욱하고 찢어졌다. 그제서야 박 사장은 손을 놓았다.

"은행에 예금했다고? 거짓말하지 마, 이 사기꾼아! 예금했으면 통장을 보여 줘 봐!"

"보여줄 수 없어. 통장을 보자니, 사람을 뭐로 알고 그러는 거야?"

"사람을 뭐로 아느냐고! 넌 날도둑놈이야. 남의 돈을 사기쳐서 먹었으니까 날도둑놈이야."

"너는 어떻고? 어린애를 건드려서 임신시킨 놈은 날강도보다 더한 놈이야!"

"개소리 말고 돈 내놔! 당장 내놔! 안 내놓으면 경찰에 고발할 테야!"

"흥, 고발한다고? 고발할 테면 얼마든지 고발해 봐. 그럼 너는 온전할 줄 아냐? 미성년자를 강간한 놈이 뭐가 잘났다고 떠드는 거야?"

"이 더러운 사기꾼!?

박 사장은 다시 기팔의 멱살을 움켜잡았다. 이번에는 기팔도 지지 않고 함께 멱살을 틀어쥐었다. 그들은 씩씩거리며 서로를 노려보다가 마치 염소 싸움하듯 머리를 맞대고 상대를 밀어붙이기 시작했다. 그것은 남자 어른들의 싸움이기는커녕 어린아이들보다 못한 짓거리였다.

그때까지 잠자코 보고만 있던 영화가 비로소 그들 사이에

끼어들었다.
 "아이, 왜들 이러세요? 이거 놓고 말씀하세요."
 그러나 그들은 먼저 물러나는 것이 마치 항복이라도 하는 것처럼 생각했는지 좀처럼 떨어지려고 하지를 않았다.
 밖에는 창녀들이 무슨 일인가 싶어 몰려와 있었다. 그리고 두 남자가 염소처럼 머리를 맞대고 밀어붙이기를 하고 있는 것을 보고는 입을 가리며 킬킬거렸다.
 박 사장은 뚝심이 있었다. 차츰 기팔을 구석 쪽으로 밀어붙이기 시작하더니 마침내 상대방을 거꾸러뜨리는데 성공했다.
 기팔은 박 사장의 공격을 더 받아내지 못하고 방바닥에 그만 널부러졌고, 그런 그를 박 사장은 주먹으로 사정없이 찍어댔다. 기팔이 몸을 일으키려 하다가 박 사장의 머리통에 정통으로 코빼기를 얻어맞고 뒤로 벌렁 나자빠졌다. 기팔을 녹아웃 시킨 박 사장은 비로소 뒤로 물러나 앉았다.
 기팔은 손으로 코를 싸쥐고 낑낑거리다가 일어났는데 코에서는 피가 흘러내리고 있었다. 영화가 휴지를 내밀자 그는 휴지를 찢어 콧구멍을 틀어막은 다음 박 사장을 노려보았다. 박 사장은 가소롭다는 듯이 코웃음 쳤고, 기팔은 무슨 생각이 들었는지 갑자기 얼굴 표정을 부드럽게 했다.
 "애들 보기에 창피하니까 그만 싸우자구. 싸운다고 일이 해결되는 것도 아니고, 싸워 봐야 손해니 좋게 해결하자구."
 그러자 박 사장은 의외로 순순히 동조하고 나왔다.
 "좋아. 나도 싸우고 싶지 않으니까. 술이나 한 잔 하면서 이야기하자구."

기팔이 일어나 밖으로 나갔다.

방에는 박 사장과 영화만 남아 있었다. 그렇게 두 사람만이 있어 보기는 정말 오랜만이었다. 박 사장이 손을 뻗어 영화의 손을 잡으려고 하자 그녀는 뒤로 몸을 뺐다. 그러나 박 사장은 쫓아가 억지로 영화의 어깨를 껴안았다.

"영화야, 미안하다. 내가 밉지?"

영화의 어깨가 격하게 떨리기 시작했다.

"나랑 함께 나가자. 내일 방을 하나 얻어서 나가자. 내가 방을 하나 얻어줄 테니까 동생이랑 함께 거기서 살아. 앞으로 생활비 같은 건 걱정하지 않아도 돼. 내일까지만 기다려. 네 삼촌이라는 사람은 질이 좋지 않은 사람이야. 너를 등쳐먹으려는 사기꾼이야. 그런 사람한테 신세질 필요는 없어. 더구나 여기는 사창굴이야. 이런 데 있다가는 너도 창녀가 된다. 네 어린 동생은 또 뭐가 되겠니?"

영화는 머리를 흔들면서 울었다. 그녀는 소리를 내지 않으려고 목구멍으로 울음을 삼켰다.

그때 문이 열리고 기팔이 다시 들어왔다. 그는 박 사장이 영화의 어깨를 끌어안고 있는 것을 못 본 체했다. 박 사장은 영화의 어깨에서 팔을 내렸다.

살 인

○ ○ ○ ○ ○ ○ ○ ○ ○ ○

밖에 나갔다 돌아온 기팔은 집안이 떠나가라 하고 소년을 불렀다.

"학구야! 학구, 이리 와 봐라."

그때까지 골목에서 서성거리고 있던 소년이 뛰어왔다.

"부르셨어요?"

"너 심부름 하나 해라. 가서 청주 한 병하고 소주 한 병 사와. 그리고 청주는 주전자에 붓고 미지근하게 데워라. 주전자는 선반 위에 있다. 미끄러운데 조심해서 다녀와라."

소년은 김씨가 주는 돈을 들고 뛰어나갔다. 기팔은 소년에 대해 칭찬을 한바탕 늘어놓았다.

"저놈이 보통 놈이 아닙니다. 똑똑하기가 보통이 아닙니다. 저놈을 제대로 가르치기만 한다면 나중에 커서 한 자리 할 놈입니다. 벌써 이 동네 애들을 휘어잡고 노는 것이 보통내기가 아니에요."

그는 어조까지 부드럽게 해가며 존대어를 썼다. 영화는 어리둥절했다. 하루에도 몇 번씩 학구의 머리를 쥐어박으면서 나무라던 그가 이번에는 침이 마르게 동생을 칭찬하고 있는 것이다. 무슨 꿍꿍이 수작일까.

그날따라 김씨의 부인은 시골에 가고 없었으므로 영화가 술상을 차려야 했다. 그녀가 부엌에서 술상을 차리고 있을 때 소년이 술병 두 개를 들고 들어왔다. 소년은 추운지 어깨를 움츠리며 한번 크게 떨고 나서 누나의 눈치를 살폈다.

"누나, 괜찮아?"

영화는 학구를 바라보았다. 동생을 바라보는 그녀의 눈은 항상 맑았다.

"춥지? 조금만 기다려."

"괜찮아."

소년은 머리를 저었다.

소년은 항상 밖에 있어야 했다. 방마다 사람들이 차 있었기 때문에 밖에서 서성거려야만 했다.

"내일 사장님이 방 얻어 주신다고 했어. 우리 둘이 살 수 있는 방 말이야."

영화는 동생에게 희망을 불어넣어 주고 싶어 견딜 수가 없었다.

"그럼 우리 내일 나가는 거야?"

"그럴 거야."

"만세!"

소년은 두 손을 번쩍 쳐들며 뛰어나갔다.

영화는 청주병 마개를 딴 다음 선반 위에 놓여 있는 찌그러진 주전자를 내려 거기에 술을 부었다.

영화가 술상을 들고 들어갔을 때 김씨는 박 사장을 달래고 있었다.

　김씨가 어떻게 박 사장을 구워삶았는지는 몰라도, 어느새 그들은 다정하게 앉아서 이야기를 주고받고 있었다.

　영화는 어리둥절해서 그들을 바라보았다.

　"글쎄, 나한테 죄다 맡기라니까요. 내가 잘 달래서 좋게 해줄 테니까 염려 말아요. 이런 일이 어디 그렇게 쉽게 됩니까. 시간을 좀 두고 구슬러야지요. 박 사장님 보기보다는 정말 성질 하나 급하십니다. 나도 성질깨나 급한 놈인데 박 사장님한테 대니까 아무 것도 아니구먼. 암튼 나한테 딱 맡겨요. 기분 좋게 모두 해결해 줄 테니까요. 그까짓 계집 하나 요리 못해 가지고 어떡합니까. 젠장, 사내대장부로 태어나 가지고…… 안 그래요?"

　그녀가 듣거나말거나 상관하지 않고, 아니 그녀라는 존재 따위는 아예 묵살한 채 이야기하고 있었다.

　"하여간 빨리 해결해 주시오. 안 되면 돈을 도로 돌려주고. 내말 알아들었지요? 알아들었으면 자, 여기다 써요."

　박 사장은 백지를 한 장 꺼내 방바닥에다 탁 놓았다.

　"영화가 싫다니까 당신만이라도 돈을 받았다는 영수증을 하나 써 주시오. 그렇지 않으면 난 이대로 물러날 수 없어요. 자, 빨리 써요. 뭐가 못마땅해서 그런 눈으로 날 쳐다보는 거요? 못마땅한 건 내 쪽이지 당신 쪽이 아니야. 자, 빨리 쓰라구요."

　박 사장은 김씨 앞으로 종이를 밀었다. 김씨 앞에 고집스럽게 버티고 앉은 그는 결코 쉽게 물러날 기미를 보이지 않았다.

　김씨는 입맛을 쩍 다시면서 할 수 없다는 듯 백지를 자기 앞으로 놓았다.

"허어. 내 참, 내 말을 그렇게 못 믿겠소?"

"여러 소리할 필요 없어요. 잔소리 그만하고 빨리 써요!"

"헛참, 제기랄, 써 달래면 써 줘야지."

김씨는 헛기침을 하면서 볼펜을 만지작거리다가 이윽고 끙끙거리며 영수증을 쓴 다음 인주를 가져오게 하여 지장을 꽉 찍었다. 그러고 나서 영수증을 박 사장 앞으로 홱 밀어 놓았다.

"옛소, 받으시오."

박 사장은 미간을 찌푸린 채 영수증을 들여다보고 나서 안심한 표정으로 그것을 두 번 접어 호주머니 속에 집어넣었다.

그 다음부터는 분위기가 한결 누그러지는 것 같았다. 김씨는 눈웃음을 치면서 빈 잔을 집어 들었다.

"자, 한 잔 합시다."

박 사장은 이마의 주름살을 펴고 술잔을 받았다.

"추운 겨울에는 따끈한 청주가 제일이지요. 나도 청주를 좋아하는데……."

김씨는 말끝을 흐리며 영화에게 눈을 돌렸다.

"영화야, 사장님한테 술 따라드리지 않고 뭐하고 있니?"

그는 찌그러진 주전자를 영화 쪽으로 밀었다.

영화는 당혹감으로 얼굴이 붉어졌다. 그녀가 머뭇거리자 김씨가 다시 재촉했다.

"뭐하고 있어? 빨리 술 따르지 않고?"

영화는 두 손으로 주전자를 받쳐 들고 조심스럽게 박 사장의 잔에 청주를 따랐다.
　박 사장은 느긋한 표정으로 영화의 술 따르는 모습을 지켜보고 있다가 술잔에 술이 가득 차자 턱으로 김씨를 가리키며,
　"여기도 한 잔 따라 드려라."
하고 말했다.
　그 말이 떨어지기 무섭게 기팔은 소주병을 집어 들었다.
　"왜 이걸 안 마시고 소주를 마시는 거요? 청주를 좋아한다면서?"
　박 사장이 의아한 듯 묻자 기팔은 입가에 희미하게 미소를 지었다.
　"난 소주를 마셔야 한답니다."
　"누가 그런 말을 합디까?"
　박 사장은 기팔의 손에서 소주병을 받아 그의 잔에 소주를 따랐다.
　"의사가 그럽디다. 위가 좋지 않으니까 다른 술은 마시지 말고 소주만 마시라고 했습니다."
　그 말에 박 사장은 코웃음을 쳤다.
　"원 별소릴 다 듣겠군. 다른 술은 위에 나쁘고 소주는 괜찮다는 말 생전 처음 듣겠군."
　"나야 뭐 압니까. 의사가 그렇게 하라니까 하는 거지요."
　기팔은 잔 속에 들어 있는 소주를 반쯤 들이켰다.
　"돌팔이 의사인 모양이구먼, 엉터리 의사 말 듣지 말아요."
　박 사장은 기팔에게 면박을 주고 나서 마침내 술잔을 입으

로 가져갔다. 그는 반쯤 마시고 나서 잔을 상 위에 내려놓았다. 그것을 지켜보는 기팔의 안색이 왠지 창백했다. 박 사장과 눈이 마주치자 그는 얼른 시선을 돌렸다.

어느새 방안에 들어왔는지 구석진 곳에 소년이 앉아 있었다. 소년은 춥고 졸려서 방안에 살그머니 들어와 얌전히 앉아 있었던 것인데 음식 냄새에 그만 잠이 달아나 버리고 말았다. 그는 상 위에 놓여 있는 두부찌개가 먹고 싶었다. 너무 먹고 싶어 입 안에서 군침이 돌고 있었다. 저녁밥을 먹었는데도 배에서는 꼬르륵 소리가 나고 있었다. 그는 언제나 배가 고팠다. 아무리 먹어도 먹어도 그는 항상 배고픔을 느끼고 있었다.

어른들은 소년에게 먹어보라는 말 한 마디 없이 자기들만 먹어대고 있었다. 그렇다면 다른 곳에서 먹을 것이지 왜 하필 여기서 술을 마신담. 소년은 어른들이 못마땅했다.

술이 얼큰히 들어가자 박 사장은 기분이 한결 나아졌는지 히죽히죽 웃으면서 영화를 희롱하기 시작했다. 그는 술 한 잔을 모두 마시고 두 잔째 비우고 있었다. 소년과 기팔이 보든 말든 그는 영화의 허리를 끌어안고 히히덕거렸다.

"이리 와 봐. 넌 누가 뭐래도 내 색시야. 내 색시란 말이야. 김기팔 씨, 안 그래요?"

기팔은 창백한 얼굴로 박 사장의 노는 꼴을 바라보고 있다가 그의 말에 동조하듯 흐물흐물 웃었.

영화는 쥐구멍에라도 들어가고 싶은 심정이었다. 누구보다도 어린 동생 보기가 민망했다.

소년은 입을 꾹 다문 채 주먹을 쥐었다 폈다 하고 있었다. 박 사장을 바라보는 그의 눈에서는 불이 활활 이는 것 같았다. 그것은 어른에게서나 볼 수 있는 것이었기 때문에 영화는 내심 적지 않게 놀랐다.

"내가 밉지? 그렇지만…… 난 그렇게 나쁜 놈이 아니야. 알고 보면 난 좋은 아저씨라고. 넌 내 맘을 모를 거다. 하지만 이제부터는 내 맘을 알아야 해."

갈수록 박 사장은 난잡해지고 있었다. 한 손으로 영화의 허리를 껴안고 그녀의 얼굴에 볼을 비비더니 다른 한 손이 밑으로 내려가 엉덩이를 쓰다듬기 시작했다.

"히프 하난 조오타. 여자는 히프가 좋아야 해."

치마를 걷어 올리는가 싶더니 급기야 치마 속으로 손이 슬그머니 들어갔다. 영화는 울상을 지으며 그의 품에서 빠져나오려고 필사적으로 안간힘을 쓰고 있었다. 그러나 그럴수록 박 사장은 그녀의 허리를 더욱 힘주어 죄고 있었다. 공포와 불안감으로 그녀의 얼굴은 흙빛이 되어 갔다. 뱃속의 아기가 그만 짓눌려 으깨지는 것만 같았다.

"아, 안돼요…… 이러시면 안 돼요…… 아기가…… 눌려요…… 아, 안 돼요……."

그녀의 목소리는 거의 알아듣기 어려울 정도로 가냘 펐다.

"뭐라고 그러는 거야? 영화야, 내가 싫으냐? 싫으면 싫다고 말해. 네가 싫다고 하면 난 두말 않고 갈 테니까."

그는 횡설수설하면서 다리 사이로 교묘하게 손을 밀어 넣으려 하고 있었다.

　영화는 죽이고 싶도록 박 사장이 저주스러웠다. 그의 팔뚝이라도 물어뜯지 않으면 빠져나오기 힘들겠다고 생각하는데, 그때 영화의 그런 저주에 맞아 떨어지기라도 하듯 갑자기 박 사장이 배를 틀어쥐면서,

　"아이구, 배야. 배, 배가 왜 이러지?"
했다.

　능글맞기만 하던 그의 얼굴이 갑자기 일그러지고 있었다. 그는 몸을 일으키려 하다가 도로 주저앉았다. 그리고,

　"아이고, 배야…… 아이고, 배야……."
하면서 몸을 뒤틀기 시작했다.

　처음에는 영화와 소년은 박 사장이 갑자기 배를 싸쥐고 신음하는 것을 보고 별로 놀라지 않았다. 그를 저주하고 있던 참이었기 때문에 벌을 받아 싸다고 생각하고 오히려 차가운 눈으로 그가 고통스러워하는 모습을 지켜보고 있었다. 그런데 더욱 격렬해지는 그의 몸부림을 보고는 생각이 달라지기 시작했다.

　박 사장은 배를 움켜쥔 채 무릎을 꿇더니 머리를 방바닥에 처박고 옆으로 나뒹굴었다. 그리고 무섭게 신음 소리를 토했다.

　"아이구, 배야…… 아이구, 나 죽네…… 아이구, 영화야…… 아이구…… 아이구……."

　영화는 자기에게 도움을 청하는 것 같은 박 사장의 신음 소리에 어쩔 줄을 모르는 채 그저 쳐다보기만 했다.

　"왜, 왜 이러는 거요?"

기팔이 놀라서 박 사장을 일으켜 앉히려고 했지만, 이미 그의 몸은 걷잡을 수 없을 정도로 무서운 경련을 일으키고 있었다. 입에서는 거품이 흘러나오고 있었고 눈은 까뒤집혀 있었다.

영화는 자기도 모르게 소년의 손을 꽉 잡았다. 소년도 누나의 손을 맞잡으면서 눈을 크게 떴다.

이제 박 사장의 입에서는

"아이구…… 아이구……."

하는 소리만 흘러나오고 있었다.

그는 손톱으로 방바닥을 긁어대다가 갑자기 영화의 치맛자락을 움켜쥐었다.

"나…… 죽어…… 나…… 살려 줘…… 아이구…… 으윽……."

영화는 너무 무서워 그를 뿌리치고 방구석으로 도망쳤다.

소년도 무서워 누이 곁으로 바싹 다가가 붙어 앉았다. 오누이는 서로 꼭 끌어안은 채 박 사장이 죽어 가는 것을 바라보기만 했다. 그것은 전혀 예상하지 못했던, 너무나도 갑자기 일어난 일이었기 때문에 그들은 어떻게 해야 할지를 모르고 있었다. 그리고 어떻게 해야 할지를 알고 있다 해도 그것을 하기에는 그들은 너무 어렸다.

그래서 그들은 김씨 아저씨가 빨리 손을 써주기를 바라면서 애타는 눈으로 그를 쳐다보았다. 이제 모든 것은 그의 손에 달려 있는 것이었다. 그런데 김씨는 그들의 기대와는 정반대되는 짓을 자행하는 것이었다.

그는 박 사장이 신음 소리를 높게 내자 갑자기 수건으로 그의 입을 틀어막고 짓눌러댔다. 소리가 나오는 것을 막기 위해서 그러는 것 같았다.

느닷없는 짓에 영화는 소스라치게 놀랐다. 그녀는 달려들 듯이 하면서 그를 쏘아보았다.

"왜, 왜 이러시는 거예요?"

"잔말 말고 가만있어!"

기팔은 사납게 영화를 노려보면서 계속 박 사장의 입을 눌러댔다.

"이러지 마세요! 도대체 왜 이러시는 거예요?!"

그때까지 소극적이기만 하던 영화는 갑자기 맹렬한 기세로 달려들어 기팔의 소매를 끌어당겼다.

"이놈의 가시나가!"

기팔은 사정없이 그녀의 따귀를 올려붙였다. 그것을 보고 소년이 발딱 몸을 일으켰다.

"왜 우리 누나를 때려요. 왜!"

소년이 주먹을 부르쥐는 것을 보고 기팔은 눈을 부라렸다.

"이 잡것들이…… 가만있으라면 가만있어!"

영화는 눈물을 글썽이며 원망스러운 눈길로 기팔을 바라보았다.

"빨리 병원에 데려가지 않고 뭐하시는 거예요?"

그 말에 기팔은 다시 무섭게 그녀를 노려보았다.

"이젠 틀렸어. 이 바보 같은 년아, 죽고 싶어 환장했냐? 어리석은 것들 같으니. 내가 이러고 싶어서 이러는 줄 아냐? 내가 병원에 데려갈 줄 몰라서 이러고 있는 줄 아니? 다 생각이 있어서 그러는 거야. 너희들 때문에 그러는 거야."

그때까지도 영화는 그 말이 무슨 뜻인지 이해할 수가 없었다. 김씨는 알아듣기 어려운 묘한 말만 한다는 생각이 들었다. 우리 때문에 병원에 데려가지 않는다니, 도대체 그게 무슨 말인가? 우리가 어쨌기에 그런 말을 하는 것일까.

소년은 겁에 질려 울고 있었다. 소리를 내지 않으려고 입을 꾹 다문 채 울고 있었다.

"우리 때문에 그렇게 하진 마세요. 우리 생각은 하지 마세요. 빨리 병원에 데려가요! 안 그러면 제가 가서 의사를 데리고 오겠어요!"

영화가 발딱 일어나 문을 열려고 하자 기팔의 우악스런 손이 그녀의 팔을 움켜잡았다.

"이 바보 같은 년아. 그대로 앉아 있지 못해! 뒈지고 싶어 환장했냐? 지금 가봐야 늦었어. 죽었단 말이야!"

박 사장의 몸이 한 번 심하게 경련하더니 그대로 축 늘어져 버렸다. 부릅뜬 두 눈은 천장을 노려보고 있었고 입에는 거품이 그대로 남아 있었다.

"보란 말이야. 죽었어."

영화는 손으로 입을 가리면서 얼빠진 듯 시체를 내려다보았다. 도저히 상상도 할 수 없는 일이 그녀의 눈앞에 벌어졌다. 그녀는 박 사장의 죽음을 아무래도 믿을 수가 없었다. 지금 눈앞에 죽어 있는 사람은 박 사장이 아닌 다른 사람으로 생각됐다.

그때 기팔이 박 사장의 몸뚱이를 발로 밀어젖혔다. 마치 무슨 물건을 다루듯 거칠기 짝이 없는 행동이었다. 시체는 구석 쪽에 처박혔다.

이윽고 그는 오누이 앞으로 다가서더니 그들의 뺨을 사정없이 후려갈겼다. 볼때기가 얼얼할 정도로 그렇게 몇 번씩 후려갈기고 나서는 느닷없이 이렇게 말하는 것이었다.

"너희들이 술에다 독약을 탔지?"

오누이는 미쳐 아픈 것을 느낄 새도 없었다. 그의 말 한 마디에 그들은 완전히 얼어붙은 표정이 되어 멀거니 그를 쳐다보기만 했다. 너무도 기막힌 물음에 얼이 빠져 아무 소리 못하고 바보처럼 앉아 있는 데, 다시 김씨의 손이 날아왔다. 그는 오누이의 뺨을 번갈아 가며 사정없이 철썩철썩 갈겨댔다.

"바른대로 말해! 이 나쁜 것들! 너희들이 독약을 탔지?"

"아, 아니에요! 정말 아니에요!"

"아니긴 뭐가 아니야! 이 거짓말쟁이 새끼들!"

오누이의 뺨은 하도 맞아서 벌겋게 부어올랐다. 그러나 그런 것이 문제가 아니었다. 그들은 바들바들 떨었다. 천장을 향해 눈을 부릅뜨고 있는 박 사장을 보자 더욱 무섭기만 했다.

오누이가 부인하자 기팔은 길길이 뛰었다.

"그럼 이 사람이 왜 갑자기 죽었어?! 박 사장은 술을 마시다가 죽었단 말이야! 학구 네놈이 사온 술을 마시고 죽었단 말이야! 너도 두 눈으로 똑똑히 봤지? 틀림없이 봤지?"

기팔은 소년의 볼때기를 잡아 비틀면서 오누이를 잡아먹을 듯이 노려보았다.

소년이 술을 사 온 것은 사실이었다. 그런데 바로 그 술을 마시다가 박 사장이 죽은 것이다. 귀신이 곡할 노릇이었다.

"네가 술 사 가지고 오면서 술에다 독약을 탔지? 바른대로 말해! 바른대로 말하지 않으면 모가지를 분질러 버릴 테다!"

멱살을 잡아 비트는 바람에 소년은 숨이 막혀 캑캑거렸다.

"저…… 전…… 안 그랬어요! 전…… 그냥 술을 사오기만 했어요!"

소년은 너무 무서운 나머지 기침을 하며 울기 시작했다.

"울지 마, 이 새끼야!"

기팔이 난폭하게 따귀를 갈기는 바람에 소년의 조그만 몸뚱이가 한 바퀴 굴렀다. 몸을 일으킨 소년은 더 이상 울지 않고 입을 다물었다.

"네가 안 그랬다면…… 그럼 네년이 독약을 탔구나? 이것들이 그러고 보니까 서로 짜고 사람을 죽였어! 너희들이 죽였으니까 너희들이 시체를 치워!"

기팔은 오누이 쪽으로 시체를 밀어붙였다. 시체에 부딪친 영화는 기겁을 하면서

"어머!"

하고 비명을 질렀고, 소년은 다시 울음을 터뜨렸다.

그들을 노려보는 기팔의 모습은 마치 지옥에서 기어 나온 사자처럼 무시무시했다.

"네년이 독약을 탔지?!"

"아니에요!"

그녀는 완강하게 부인했지만 그럴수록 기팔의 추궁은 집요해지고 격해졌다.

"이 XX년, 거짓말하지 마! 뻔히 드러난 사실을 가지고 거짓말을 해! 발칙한 년!"

"아저씨, 정말이에요! 안 그랬어요!"

그녀는 울면서 자신의 결백을 주장했지만, 그녀의 말은 왠지 가련할 정도로 약하게 들렸다.

"이년이, 그래도 거짓말을 할 셈이야?"

기팔은 갑자기 영화의 팔을 비틀어대기 시작했다. 그리고 대답을 강요했다. 소년이 울면서 기팔에게 달려들었고, 영화는 아픔에 못 이겨 자기가 술에 독약을 탔다고 자백했다.

"그러면 그렇지. 진작 그랬다고 대답할 것이지. 망할 년 같으니! 너희들이 독약을 탔다고 해서 내가 곧바로 경찰에 고자질할 줄 알았냐? 난 이렇게 살아도 그런 짓은 안 해!"

기팔은 그녀의 팔을 풀고 손을 털었다.

"난 안 그랬어요."

영화는 비틀린 팔은 주무르며 마지막 저항을 시도해 보았다. 그러나 그 말이 먹혀들어갈 리 없었다.

"이년이 했다 안했다, 제 멋대로 노네. 나한테는 그런 식으로 말해도 되겠지만 일단 경찰에 끌려가서 따끔한 맛을 보면 생각이 달라질 거다. 술 마시고 죽었기 때문에 경찰이 알면 너희들은 꼼짝없이 붙들려가! 너희들이 정 그렇게 나온다면 나도 생각이 달라져. 경찰이 와서 캐물으면 나도 사실대로 말할 수밖에 없단 말이야! 너희들이 사온 술을 마시고 죽었다고 말이야! 그렇게 되면 어떻게 되는지 알아? 너희들은 살인범으로 체포돼서 사형을 받든가 죽을 때까지 감옥에 갇혀 있게 돼. 안 그랬다고 우겨도 소용없어! 술 마시고 죽은 게 분명한데, 너희들밖에 의심 가는 사람이 어디 있겠어? 가겟집 주인이 술에 독약을 타서 팔았을 리는 없고. 그렇다고 내가 그런 짓을 했을 리도 없어. 너희들도 알다시피 나는 박 사장과 너희들 앞에 쭉 앉아 있었어. 세 사람이 보는 앞에서 내가 어떻게 독약을 탔겠냐! 내가 그런 짓을 해야 할 이유도 업고…… 안 그래?"

오누이는 겁에 질려 와들와들 떨어대기만 했다.

김씨의 말은 옳은 것 같았다. 박 사장이 술을 마시고 죽은 것은 틀림없는 사실이다. 이 엄청난 사실을 물리치기에는 그들 오누이는 너무 무력했다.

"내가 빨리 박 사장을 병원에 데려가지 않은 것은 너희들을 위해서 그랬던 거야. 하긴 병원에 가는 도중에 죽었겠지만 말이야. 그럴 것 같아서 병원에 데려가지 않았던 거야. 만일 병원에 가서 죽었다면…… 병원에서는 즉각 경찰에 연락했을 거고, 그렇게 되면 너희들은 그 자리에서 체포되는 거야. 의심할 여지없이 말이야."

듣고 보니 김씨의 말은 그들 오누이에게는 지당한 말인 듯했다. 김씨의 어조가 갑자기 부드러워졌다.

"솔직히 말해 나는 너희들 편이야. 나는 너희들이 경찰에 붙잡혀 가는 게 싫어. 내가 왜 너희들을 경찰에 넘기겠니? 하지만……."

"아저씨, 살려 주세요! 저희들은 정말 안 그랬어요! 살려 주세요!"

"눈을 감아 준다는 것이 그렇게 쉬운 줄 아냐? 알고도 신고를 안 하면 나까지 처벌을 받게 되는 거야. 난 너희들 때문에 해를 입고 싶지는 않아."

기팔은 어림없다는 듯 고개를 설레설레 흔들었다.

"아저씨, 부탁이에요! 제발 도와주세요! 우리가 왜 술에다 독약을 탔겠어요! 우리가 한 짓이 아니에요! 하늘에 맹세코 저희들이 한 짓이 아니에요! 아저씨, 살려 주세요!"

"시끄럽다!"

기팔은 영화를 윽박질러 놓고 이렇게 말했다.

"정 네가 그렇게 부탁한다면 하는 수 없지."

그의 얼굴에 고뇌의 표정이 서렸다. 이럴 수도 저럴 수도 없어 몹시 괴로워하는 표정이었다. 한참 동안 그런 표정으로 앉아 있다가 이윽고 그는 결심한 듯 비장한 목소리로 입을 열었다.

"하는 수 없지. 내가 졌다. 나중에 내가 어떻게 되더라도 너희들을 감옥에 보낼 수는 없으니까 내가 위험을 무릅쓰는 수밖에 없지."

그는 더욱 괴로운 표정을 지으면서 길게 한숨을 내쉰다.

"아저씨, 고맙습니다…… 고맙습니다."

영화는 흐느끼면서 몇 번이고 고개를 숙였다.

"내 말대로만 해. 그러면 너희들은 다치지 않고 안심할 수 있어. 이건 어디까지나 너희들을 살리고 싶어서 그러는 거니까, 내가 시키는 대로 하란 말이야. 하나라도 시키는 대로 하지 않으면 너희들은 금방 경찰에 잡혀가고 만다는 것을 알아야 해. 알겠어?"

어느새 그의 말은 속삭이듯 작아져 있었다.

"네, 알겠어요."

소년은 고개를 숙인 채 입술을 지근지근 깨물고 있었다.

"너는 왜 대답하지 않니? 감옥에 들어가고 싶으냐?"

"아니오."

"내가 시키는 대로 할 거야 안할 거야?"

"하겠어요."

"무릎을 꿇고 나한테 빌어. 잘못했다구 말이야."

오누이는 시키는 대로 무릎을 꿇었다. 그리고 무엇을 잘못했는지도 모르면서, 아니 아무 것도 잘못한 것이 없으면서 용서해 달라고 빌었다.

"아무한테도 여기서 일어난 일을 말하지 마. 말하면 큰일 난다. 만일 경찰이 와서 물으면 그런 사람 본 적도 없다고 그래. 우물쭈물하면 안 돼. 딱 부러지게 말해야 해. 알았어?"

"네, 알았습니다."

오누이는 똑같이 대답했다.

그들은 어느새 범인이 되어 있었다. 그 상황에서 범인이 아니라고 우긴들 아무도 들어줄 사람이 없었다.

　영화는 아무리 보지 않으려고 해도 시체 쪽으로 자꾸만 시선이 돌아가곤 했다. 앞으로 시체를 어떻게 할 것인지 그녀는 그것이 몹시 궁금했다.

　눈치를 채고 기팔이 말했다.

　"시체는 내가 알아서 치울 테니까 염려하지 마. 너희들 때문에 잘못하다가는 나까지 큰일 나겠다. 사실 이걸 어떻게 치우는가 하는 것도 큰 문제다. 보통 문제가 아니야. 사람들 눈에 띄는 날에는 모든 게 수포로 돌아가고 말아."

　기팔은 소년을 아무래도 믿지 못하겠는지 불안한 눈으로 바라보았다. 나이 어린 소년이 밖에 나가 잘못 지껄였다가는 큰일 나겠기 때문이었다.

　"넌 내가 한 말 알아듣겠어?"

　"네, 알겠습니다."

　소년은 역시 불안한 표정으로 고개를 끄덕였다.

　"아무튼…… 너희들은 여기서 일어난 일을 누구한테도 이야기해서는 안 돼. 죽을 때까지 말이야. 아니, 영원히 이야기해서는 안 돼. 알았지?"

　기팔은 똑같은 말을 되풀이해서 강조했고, 그때마다 영화와 소년은 죽으면 죽었지 절대 이 일을 다른 사람들한테 이야기하지 않겠다고 굳게 다짐했다.

　"너희들은 이 방에서 나가지 말고 시체를 지키고 있어. 아무도 못 들어오게 안으로 문을 잠그고 있어. 지금은 사람들 때문에 시체를 운반할 수 없으니까 밤이 깊을 때까지 기다려야 해. 꼼짝 말고 여기서 지키고 있어."

그렇게 말한 다음 기팔은 비로소 밖으로 나갔다.

이제 좁은 방안에는 어린 오누이와 박 사장의 시체만 남아 있었다. 박 사장의 시체는 영화의 방안에 오랫동안 방치되어 있었다. 금방이라도 벌떡 일어나 달려들 것 같아 그들은 두 눈을 감고 어서 빨리 김씨가 돌아오기만을 기다렸다.

김씨가 올 때까지 영화와 소년은 무서움에 떨며 시체와 함께 있어야 했다.

좁은 방안에 누워 있는 시체는 시간이 흐를수록 점점 커지는 것 같았다. 사실 방안이 너무 좁았기 때문에 방은 시체에 의해 거의 점령당하고 있었다. 오누이는 시체를 보지 않기 위해 구석 쪽에 웅크리고 앉아 이불을 뒤집어쓰고 있었다.

기팔은 새벽 두 시가 지나서야 시체를 치우기 위해 방안으로 들어왔다. 술 냄새를 풍기며 방안으로 들어온 그는 구석 쪽에서 떨고 있는 오누이를 험상궂게 노려보았다.

"망할 것들, 너희들은 평생 내 은혜를 잊어서는 안 돼. 너희들 때문에 시체를 다 치우고, 내 생전 시체를 치워 보기는 처음이다."

그는 오누이가 덮고 있는 이불을 잡아챘다.

"그러고 앉아 있지 말고 빨리 일어나. 너는 나가서 망을 보란 말이야. 밖에 나가 봐. 사람이 오면 신호를 해."

소년은 고삐 풀린 망아지처럼 밖으로 뛰쳐나갔다. 기팔은 영화를 흘겨보고 나서 시체를 끌어당겼다.

"그렇게 멍청히 앉아 있지 말고 거들어 줘."

영화는 어쩔 줄을 몰라 두 손을 마주잡고 비비적거리기만 했다.

"이 계집애가, 귓구멍이 막혔나! 그러고 있으면 어떡하란 말이야! 등에다 업혀줘야 할 거 아니야!"

김씨는 시체 쪽에다 등을 돌리면서 투덜거렸다.

영화는 시체에다 손을 댔다가 얼른 도로 거두었다. 도저히 시체를 만질 수가 없었던 것이다.

기팔은 차마 입에 담지 못할 욕설을 내뱉으면서 그녀의 따귀를 한 번 올려붙인 다음 시체를 일으켜 앉혔다.

"쓰러지지 않게 붙잡아!"

더 이상 시체에 손을 대지 않는다는 것은 불가능했다. 그녀는 하는 수 없이 시체가 쓰러지지 않게 뒤에서 등을 받쳐 주었다. 기팔은 등을 바싹 들이댄 다음 뒤로 손을 뻗어 시체를 끌어당겼다. 그러나 시체가 워낙 무거웠기 때문에 쉽게 등 위로 끌어올려지지가 않았다.

"이 XX같은 년아, 보고만 있지 말고 좀 도와 줘!"

영화는 시체를 보지 않으려고 고개를 돌린 채 겨드랑이 밑으로 두 손을 집어넣은 다음 시체를 끌어올렸다.

겨우 시체가 기팔의 등에 밀착되었다.

"더럽게 무겁네. 뭘 처먹고 이렇게 살이 쪘다냐."

기팔은 낑낑거리면서 몸을 일으켰다. 시체의 팔다리가 덜

렁거렸다.

"문 좀 열고 밖을 내다 봐."

영화는 조심스럽게 문을 열고 밖을 내다보았다.

통로에는 아무도 없었다. 어느 방에선가 창녀가 몸부림치며 신음하는 소리가 들려왔다.

열어젖혀진 문을 통해 찬바람이 몰려 들어오고 있었다.

소년이 문 앞에 서서 빨리 나오라고 손짓하고 있었다.

"사람 있어, 없어?"

기팔이 신경질적으로 물었다.

"없어요."

그녀는 방문을 활짝 열었다.

기팔은 쓰러질 듯 비틀거리며 밖으로 내려섰다. 시체를 추르려 바싹 올려 업은 다음 통로를 빠져 나가는데 통로가 좁아 시체의 어깨며 다리가 판자벽에 쿵쿵 부딪쳤다.

그 뒤를 영화는 가슴 졸이며 따라 나갔다. 누구 한 사람 대다보기라도 하는 날에는 어찌 될까 하는 생각에 숨도 제대로 쉴 수가 없었다.

"아무도 없어요. 빨리 나오세요!"

기팔을 보고 소년이 급하게 손짓했다.

기팔은 마침내 골목으로 나섰다. 골목 안은 쥐죽은 듯 고요했다.

몸을 돌려 위쪽으로 몇 걸음 옮기다가 그는 그만 얼음판에 엎어지고 말았다. 그 바람에 시체가 옆으로 나뒹굴었다.

"이런 빌어먹을!"

그는 몸을 일으키더니 홧김에 시체를 한 번 힘껏 걷어찼다. 퍽 하는 소리가 났다.

"보고 있지 말고 빨리 거들어!"

오누이는 재빨리 움직였다. 무섭다고 머뭇거리고 있을 여유가 없었다. 시체를 들어 기팔의 등에 가까스로 업혀 주었다.

"너는 들어가고 너는 앞장서."

기팔은 영화를 들어가게 하고 소년한테는 앞장을 서게 했다. 소년은 재빨리 앞장서서 뛰어갔다.

그들은 쓰레기터에 이를 때까지 다행히 아무도 만나지 않았다. 기팔은 쓰레기터에 이르자 주위를 한번 휘둘러본 다음 시체를 쓰레기더미 위에 휙하니 내던졌다.

"됐다. 넌 빨리 돌아가!"

소년은 뒷걸음질하다가 몸을 돌려 재빨리 골목 안으로 뛰어갔다.

얼어붙은 시간

○ ○ ○ ○ ○ ○ ○ ○

밤이 깊어질수록 정신은 더욱 맑아지기만 했다.

오 형사는 어둠 속에서 눈을 뜬 채 드러누워 있었다.

바람이 문풍지를 흔드는 소리가 선명히 들려오고 있었다. 그는 아까부터 그 소리에 귀를 기울이고 있었다. 오누이는 잠이 들었는지 꼼짝도 하지 않고 있었다.

그는 돌아누웠다가 다시 몸을 바로 했다.

집힐 것 같으면서도 잡히지 않는 안개 같은 정체가 아까부터 그를 괴롭히고 있었다.

범인은 누구일까. 세 명 중의 하나가 분명하다. 그 중에서 범인을 가려내는 것은 별로 어려운 일이 아닐 것이다. 그런데도 그 윤곽이 선명히 드러나지 않는 이유는 무엇일까. 선입견을 가지고 범인을 골라내서는 안 된다. 보다 냉정한 눈으로 세 사람을 살펴야 한다.

그는 한숨을 내쉬고 눈을 감았다. 모든 것을 잊고 한숨 푹 자두고 싶었다. 그러나 너무 피곤한 탓인지 오히려 머릿속은 더욱 맑아지기만 했다.

구석에서 부스럭거리는 소리가 났다. 병호는 귀를 세우고 주의를 집중했다. 종이 같은 것을 만지는지 계속 부스럭거리는 소리가 들려왔다. 그는 모른 체하고 싶었지만 그 소리는 계속 신경을 긁어대는 것이었다.

병호는 고개를 조금 들어 올리고 오누이 쪽을 바라보았다. 부스럭거리는 소리는 그쪽에서 나고 있었다. 그는 가만히 그쪽을 지켜보고 있었다.

그 소리는 얼마 동안 계속되고 있었다.

이윽고 누군가가 일어서는 것이 보였다. 그는 바짝 긴장해서 숨을 죽였다.

어슴푸레한 빛 속에서 그는 소년이 일어서 는 것이 보였다.

소년은 어둠 속에 한동안 꼼짝 않고 서 있었다. 장승처럼 서 있는 모습이 점점 커지더니 마치 거한이 버티고 서 있는 것 같은 느낌이 들었다. 반대로 그는 자신이 왠지 한없이 위축되는 것을 느꼈다.

저놈이 왜 저러고 서 있지? 소변이 보고 싶으면 빨리 나갈 것이지 왜 저러고 서 있을까? 묘한 놈인데. 지금 저놈은 무엇인가 생각하고 있는 것 같다. 무슨 생각을 하고 있을까? 가만 있자, 혹시 저놈이 나를 해치려고 그러는 게 아닐까?

그렇게 생각하자 그는 온몸에 소름이 끼쳤다. 이놈의 자식, 오기만 해봐라. 때려줄 테다. 그는 주먹을 쥐면서 본능적으로 방어 태세를 취했다. 놈이 달려들면 사정을 두지 않고 주먹으로 후려칠 생각이었다.

그는 상당히 긴장해서 소년이 다가오기를 기다리고 있었다.

마침내 소년이 움직였다. 그는 그림자처럼 조용히 움직였다.

그의 생각과는 달리 소년은 문 쪽으로 다가갔다.

문 앞에서 소년은 또 한참 동안 서 있었다. 마치 나가기가 싫어서 그러고 있는 것 같았다.

저놈이 도망치려고 그러나? 누이를 내버려 두고 혼자 도망칠 셈인가? 설마 그러지야 않겠지. 도망친다 해도 눈이 이렇게 많이 내렸는데 제깟 놈이 어디까지 갈 텐가.

순간적으로 그는 차라리 오누이가 멀리 도망쳐 버리면 얼마나 마음 편할까 하고 생각했다. 소년이 도망친다 해도 그는 막고 싶지가 않았다. 막고 싶은 마음이 손톱만큼도 없었다. 도망쳐라, 임마. 도망쳐. 제발 도망치라구.

그는 속으로 외쳐댔다. 그러나 그것이 쓸데없는 짓이라는 것을 그는 잘 알고 있었다. 눈은 이미 어른의 무릎 높이까지 차올랐을 것이다.

마침내 문소리가 났다. 문이 열리는 소리였다. 소년은 몹시 조심해서 문을 열고 있었지만, 문이 열리는 소리는 꽤나 크게 들려왔다.

찬바람이 몰려들어 왔다. 병호는 어깨를 움츠리고 소년을 쏘아보았다.

소년은 밖으로 나갔다. 소년의 모습이 사라졌다. 조용히 문이 닫히고 다시 정적이 찾아왔다.

놈의 행동이 너무도 어른스럽게 조용하고 무거웠지 때문에 병호는 좀 당황해서 그대로 누워 있었다. 빨리 일어나서 소년을 붙잡아야 한다고 생각하면서도 그는 그대로 움직이지 않고 옆으로 누워 있었다.

그는 생각을 고쳐먹고 벽 쪽으로 머리를 처박았다. 그리고 한숨을 내쉬었다. 이번에는 정말 잠들어야겠다고 그는 거듭 생각했다.

얼마 후 병호는 정말 잠이 들었다. 이상할 정도로 깊은 잠이었다.

그러나 한 시간쯤 지나 누가 깨우지도 않았는데 벌떡 일어나 앉았다. 정신을 가다듬어 보려고 했지만 머릿속의 흐리멍덩한 느낌은 쉽게 가셔지지가 않았다.

그는 머리를 흔들고 나서 도로 드러누웠다. 실컷 자고 난 기분이었다. 그는 머리맡을 더듬어 담배를 찾았다.

담배를 한 대 피우고 났을 때 그는 마침내 하나의 분명한 실체를 바라볼 수가 있었다. 그는 그것을 두 손으로 움켜쥐고 흔들었다.

그것은 바로 주전자였다. 주전자가 그토록 떠오르지 않던 것이다. 그는 발작하듯 주먹으로 방바닥을 후려쳤다. 이럴 수가! 그는 소리 지르며 몸부림치고 싶었다.

다시 생각해 보자. 아마 이렇게 되었을 것이다.

김기팔은 오누이 모르게 그들에게 간접 살인을 시킨 것이다. 아주 감쪽같이 말이다. 어떻게 시켰을까?

병호는 하나하나 생각을 더듬어 나갔다.

기팔은 부엌 선반 위에 놓여 있는 그 찌그러진 주전자에 그 전부터 집에 있던 쥐약을 미리 부어 놓은 다음 방으로 돌아와 소년에게 청주와 소주를 사오게 했다. 소년은 그런 줄도 모르고 시키는 대로 술을 사왔고, 그 중 청주를 주전자에 붓고 따끈하게 데웠을 것이다. 기팔이 소주만 마신 이유가 바로 거기에 있다. 자신은 소주만 마시면서 그는 쥐약을 탄 청주를 박 사장에게 권했던 것이다.

계획대로 일은 잘 진행되어 나갔다.

계획대로 박 사장은 쥐약을 탄 청주를 마시고 몸부림치다가 죽었다.

박 사장이 죽자 그는 오누이에게 죄를 덮어씌웠다.

함정에 빠진 어린 오누이는 도저히 빠져 나갈 수가 없었다. 술은 소년이 사왔고 그것을 데운 사람은 영화였다. 그리고 박 사장은 바로 그 술을 마시고 그들이 보는 앞에서 죽은 것이다. 기팔은 어린 남매에게 잔뜩 겁을 주었고, 겁에 질린 오누이는 기팔이 시키는 대로 입을 다물 수밖에 없었던 것이다.

기팔은 그런 식으로 오누이의 입을 틀어막아 버렸다. 그리고 1천만 원도 고스란히 먹어치울 수가 있었던 것이다. 아주 교묘하고 지능적이고 악랄한 방법이었다.

시체를 내다 버리는 것은 그렇게 어려운 일이 아니었을 것이다.

기팔은 시체를 쓰레기 더미 위에 내다 버린 다음 시계를 벗기고 소지품도 모조리 빼냈을 것이다. 그리고 집으로 돌아온 그는 방안에서 박 사장이 벗어 놓은 코트를 발견하고는 증거가 되지 않도록 허겁지겁 그것을 치웠을 것이다. 모든 것을 완벽하게 해놓을 수 있을 만큼 시간은 충분했을 것이다.

기팔은 왜 박 사장을 살해했을까?

놈은 영화에게 줄 1천만 원을 자신이 착복한 것이 드러나자 잔뜩 겁을 집어먹었을 것이다. 돈을 도로 내놓으면 문제가 없겠지만, 돈에 환장한 놈이라 어떤 방법을 써서라도 그 돈을 차지하고 싶었을 것이다. 일단 손에 들어온 돈은 놓치기는 정말 아까운 법이다. 돈을 벌기 위해서는 세상에서 가장 더러운 일, 즉 매음업도 사양치 않는 사내가 아닌가. 그런 인물인 만큼 손에 굴러 들어온 1천만 원이란 거금을 어떻게 해서든지 혼자 삼키고 싶었을 것이다. 사람이란 1억을 차지하기 위해서도 사람을 죽일 수가 있고, 단돈 1원을 갖기 위해서도 살인을 할 수가 있다.

그 뒤에 일어난 일은 간단하다.

수사망이 점점 좁혀지자 놈은 불안한 나머지 오누이를 시골로 내려 보냈다. 사전에 물론 위험이 닥칠 경우 박 사장 이름으로 전보를 쳐주기로 약속했겠지. 본명으로 전보를 치면 영화의 삼촌이란 자가 알아보고 이상하게 생각할까 봐 박 사장의 이름으로 전보를 쳤을 것이다. 영화의 삼촌과 김기팔은 같은 고향이므로 서로 잘 아는 사이일 것이다.

오누이는 정말로 자기들이 박 사장을 죽인 것으로 착각하고 기팔이 시키는 대로 움직였을 것이다. 사람이란 자기가 분명히 하지 않은 행위에 대해서도 강력한 제3자가 자꾸만 당신이 그 짓을 했다고 거듭해서 주장하면 마치 최면에 걸린 것처럼 그것을 믿게 된다. 하물며 어린것들이야 말해서 무엇하겠는가. 어린 오누이는 그만 세뇌를 당했던 것이리라.

　병호가 여기까지 생각했을 때 울음소리가 들려왔다.

　병호는 일어나서 불을 켰다. 영화는 무릎 위에 머리를 파묻고 앉아 울고 있었다. 병호는 그녀 앞으로 다가가, 떨고 있는 어깨 위에 손을 올려놓았다.

　"왜 우는 거지?"

　"동생이 어디 갔어요. 기다려도 안 돌아와요."

　그녀는 눈물을 줄줄 흘리면서 병호를 원망스러운 듯 바라보았다.

　병호는 그제서야 소년이 아까 밖으로 나간 다음 아직 돌아오지 않은 것을 깨달았다. 소년이 누워 있던 자리는 텅 비어 있었다.

　"어디 갔지?"

　그의 물음에 영화는 여전히 울면서 고개를 흔들었다.

　그는 나가려다가 말고 문 앞에 떨어져 있는 종이쪽지를 발견했다. 그것을 집어 든 그는 소스라치게 놀랐다.

　<-형사님. 제가 사람을 죽였습니다. 우리 누나는 아무 죄도 없습니다. 불쌍한 우리 누나를 잘 부탁합니다. 저는 형사가 싫습니다.->

　그렇지. 형사가 싫겠지. 그는 치밀어 오르는 감정을 목으로 넘기면서 멍하니 서 있다가 발작이라도 난 것처럼 밖으로 뛰쳐나갔다.

　아직 날이 새지 않아 밖은 어두웠다. 그러나 하얀 눈빛 때문에 주위는 어느 정도 알아볼 수가 있었다.

눈은 그쳐 있었지만 쌓인 눈은 무릎까지 쌓여 있었다.

"학구야! 학구야!"

그는 정신없이 소년의 이름을 불러댔다. 그러나 어디에서도 소년의 대답은 들려오지 않고 그 대신 매서운 바람소리만 들려오고 있었다.

자세히 보니 북쪽으로 눈이 깊이 헤쳐져 있는 것이 보였다.

그는 영화의 손을 잡고 그 쪽으로 조금씩 나가 보았다. 한참을 가보아도 눈은 끝없이 헤쳐져 있었다.

동생의 이름을 불러대는 영화의 애처로운 목소리는 삭풍에 쓸려 허공으로 흩어지곤 했다.

"돌아가 있어! 넌 위험해!"

임신한 소녀가 눈 속을 헤맨다는 것은 위험한 일이었다.

울부짖는 영화를 돌려보내고 나서 병호는 눈 속을 허둥지둥 뛰어갔다. 그는 자신이 눈 속에 묻혀 죽어도 좋다는 심정으로 뛰어갔다.

눈은 길을 벗어나 들판 쪽으로 헤쳐져 있었다. 그는 거의 제 정신이 아닌 상태에서 앞으로 걸음을 옮겼다.

처음에는 몹시 추웠지만 한참 동안 정신없이 걷다 보니 몸에서 땀이 났다.

날이 뿌옇게 밝아 오기 시작했을 때 그는 마침내 헤쳐진 눈길의 끝에 닿을 수가 있었다.

소년은 눈 속에 공처럼 뭉쳐져 있었다. 무릎을 가슴에 대고 몸을 오그라붙인 채 새우처럼 옆으로 누워 있는 소년을 보자 병호는 아무 느낌, 아무 생각도 가질 수가 없었다. 다만 자신도 이 소년처럼 자살하고 싶다는 충동만이 그를 사로잡고 있었다. 소년이 끼고 있는 빨간 장갑을 보자 그는 비로소 눈물이 나왔다.

소년은 형사가 되는 것이 꿈이었다. 그러나 결국 형사를 저주하면서 죽어갔다. 소년은 마지막으로 무슨 꿈을 꾸면서 눈을 감았을까. 얼마나 추웠을까.

그는 소년의 곁에 무릎을 꿇었다. 걷잡을 수 없이 눈물이 흘러내렸다.

이윽고 그는 가슴이 찢어지는 것 같은 고통을 느끼면서 떨리는 손으로 소년의 몸에서 눈을 털어 냈다. 그런 다음 소년을 안고 일어섰다.

얼음덩이처럼 굳어 버린 소년의 몸뚱이는 생각보다도 아주 가벼웠다. 많이 굶주린 탓인지 앙상한 뼈가 그대로 손바닥에 전해져 왔다.

이 소년은 내가 죽인 것이다. 내가 쫓아와 죽인 것이다.

그는 얼빠진 듯 서서 울음을 삼키다가 소년을 안은 채, 마치 자신의 따뜻한 몸으로 그 얼어붙은 몸뚱이를 녹이기라도 하려는 듯 꼭 끌어안은 채, 비틀비틀 걸음을 옮기기 시작했다.

<끝>

김성종

1941년 중국 제남시 출생. 전남 구례에서 성장기를 보냈다.
구례 농고와 연세대학교 정외과 졸업한 후 언론매체에 종사하다가
전업 작가로 전업.
1969년 조선일보 신춘문예 단편소설 당선
1971년 현대문학 소설추천 완료
1974년 한국일보 장편소설 공모에 「최후의 증인」 당선
장편 대하소설 「여명의 눈동자」(전10권)는 TV드라마로 방영
장편 추리소설 「제5열」, 「부랑의 강」 등 50여 편의 작품을 발표하였다.

이 책은 1995년 추리문학사에서 최초 발행되었습니다

얼어붙은 시간
김성종 장편비극소설

초판발행────2013년 3월 25일
초판 1쇄────2013년 3월 25일
저　　자────金聖鍾
발행인────金範洙
발행처────도서출판 바른책
등록일────서기 2007년 12월 31일 (제324-25100-2007-21호)
주　　소────서울 강동구 천호대로 1053 산경빌딩 비동 502호
사업자등록번호────212-91-34101
전　　화──── 02-483-2115.
팩　　스──── 02-473-0481
Email　　rakihel@hanmail.net

ⓒ 2013 Kim Sung Jong. Printed in Korea
ISBN　978-89-960955-5-2　03810
저자와의 합의로 인지를 붙이지 않습니다.

정가: 16,000원

　　　　　총판 :　남도출판사
　　　　　전화 : 02-488-2923
　　　　　팩스 : 02-473-0481

파본이나 잘못된 책은 교환하여 드립니다.

이 도서의 국립중앙도서관 출판시도서목록(CIP)은 서지정보유통지원
시스템 홈페이지(http://seoji.nl.go.kr)와 국가자로 공동목록시스템
(http://www.nl.go.kr/kolisnet)에서 이용하실 수 있습니다.
(CIP제어번호: CIP2013001407)